你是人间四月天

林徽因 ◎ 著

全本无删减

名师批注

无障碍阅读

有声伴读

原创手绘

北方妇女儿童出版社

图书在版编目（CIP）数据

你是人间四月天 / 林徽因著. -- 长春 : 北方妇女儿童出版社, 2021.1

（悦享丛书）

ISBN 978-7-5585-5264-9

Ⅰ. ①你… Ⅱ. ①林… Ⅲ. ①中国文学—现代文学—作品综合集 Ⅳ. ①I216.2

中国版本图书馆CIP数据核字(2021)第005202号

你是人间四月天

NI SHI RENJIAN SIYUE TIAN

出 版 人 师晓晖

责任编辑 李 媛

装帧设计 旧雨出版

开 本 787 mm × 1092 mm 1/16

印 张 15

字 数 385

版 次 2021年1月第1版

印 次 2023年1月第1次印刷

印 刷 北京市兴怀印刷厂

出 版 北方妇女儿童出版社

发 行 北方妇女儿童出版社

地 址 长春市福祉大路5788号

电 话 总编办：0431-81629600

定 价 45.80元

前 言

Preface

德国诗人歌德说过：“读一本好书，就等于和一位高尚的人对话。”阅读中外文学名著，简直就是在和一位位文学大师对话。他们创作的名著，纵贯古今，横跨中外，大浪淘沙，沙里淘金，成为全人类共同的宝贵财富。

名著是历史的回音壁，是自然的旅行册。它可以拉近古今的距离：我们阅读名著可以探访在时间长河中和我们擦肩而过的人，看看他们怎样面对生活。它可以缩短地域间的距离：我们阅读名著便可足不出户而卧游千山万水，体察各地的风土人情。

名著是全人类智慧的结晶，里面充满了智者的箴言。谁读了《论语》《老子》，不觉得是大师们站在人类思想的巅峰上，为我们播撒智慧的种子？我们阅读他们的书，就是站在巨人的肩膀上俯瞰世界。

名著是人类感情的储藏室，是传承文明的火炬手。它们展示着人类审视、确认、表现自身情感的过程，表现出一种摆脱生活的琐杂而趋向美与高尚的境界，其深厚的底蕴总是能够在我们的生活中唤起这种寓于诗意的情怀，因而具有永恒的魅力。

名著是真、善、美的化身，是人类生活中难得的一片净土。大师们在炼狱中，心灵首先得到了净化，他们的作品无处不放射着高尚的光辉。在紧张而浮躁的社会中，我们的心灵有时会由于四处奔波而疲惫，由于过于好斗而阴暗，这时，阅读名著能使我们变得宁静而高尚，在阅读过程中抚慰心灵的创痕，涤荡心灵的浮尘。

本套丛书有《红楼梦》《水浒传》等中国传统名著，还有《钢铁是怎样炼成的》《格林童话》等国外经典名著。可以带领学生领略中外人文差异，徜徉思想之海，探索文字奥秘。编者在编制本套丛书时，本着符合学生的认知层面和生活经验的原则，对原著进行了全方位的解读。章节前设置了“精彩导读”栏目，帮助学生获取本章的大致内容，增强总结能力；同时，在文段中选取了大量优美的词句，进行精彩解读，帮助学生理解作者的情感变化、写作手法等，提升学生的写作技巧；章节后设置有“精彩点拨”栏目，有的还设置有“阅读积累”栏目，总结中心思想，剖析艺术手法，加深学生的阅读印象，拓展学生的知识层面。

相信广大学子读完这套为他们精心打造的丛书后一定能开阔眼界，增加智慧，健全人格，铸就人生的新境界！

编　者

学问速递

作者素描

林徽因(1904年6月10日—1955年4月1日),女,汉族,福建闽县(今福州)人。原名林徽音,毕业于美国宾夕法尼亚大学美术学院,中国著名建筑师、诗人和作家,建筑学家梁思成的第一任妻子。著有散文、诗歌、小说、剧本、译文和书信等,代表作《你是人间的四月天》《莲灯》《九十九度中》等。林徽因是中华人民共和国国徽主要设计者,人民英雄纪念碑设计领导小组成员。1955年4月1日6时20分,林徽因病逝于同仁医院,享年51岁。林徽因的祖父是林孝恂,进士出身,历官浙江金华、孝丰等地。族叔林觉民是民主的先驱。父亲林长民是在政治上较为活跃的人物。

清光绪三十年(1904年)6月10日,林徽因出生于浙江杭州。林徽因是林长民的大女儿,从小聪慧过人,林长民视她为掌上明珠。5岁,由大姑母林泽民授课发蒙。8岁,移居上海,入虹口爱国小学学习。民国三年(1914年),林徽因与祖父来京,与父亲同住在前王公厂。

1920年,林徽因因和父亲一起游历欧洲。1928年春天,和梁思成在美国成婚;同年8月,夫妻二人回国,一同受聘于东北大学建筑系。林徽因在从事建筑科学研究之余,也开始从事文学创作。1931年4月,第一首诗《谁爱这不息的变幻》以"徽音"为笔名,发表于《诗刊》第二期。

以后几年中,林徽因又在《诗刊》《新月》《北斗》、天津《大公报》《文学杂志》等,先后发表了几十篇作品。大部分是诗歌,也有散文、小说、戏剧和文学评论。当时,林徽因曾被聘为北平女子文理学院外语系讲授《英国文学》课程,负责编辑《大公报·文艺丛刊·小说选》,还担任《文学杂志》的编委,经常参加北平文学界读诗会等活动。1936年,平津各大学及文化界发表《平津文化界对时局宣言》,向国民政府提出抗日救亡的八项要求,林徽因是文艺界的发起人之一。1948年5月,她在《文学杂志》发表了《病中杂诗》9首。1949年初,两位解放军突然到访,表现出的对重要文物古迹的保护态度,让好和梁思成消除了对共产党的疑虑,并应解放军请求,编写了《全国文物古建筑目录》。此书后来演变成为《全国文物保护目录》。1952 年 5 月，为迎接即将到来的建设高潮，林徽因、梁思成翻译了《苏联卫国战争被毁地区之重建》一书，并由上海龙门书局印行，为国家建设提供了借鉴。应《新观察》杂志之约，撰写了《中山堂》《北海公园》《天坛》《颐和园》《雍和宫》《故宫》等一组介绍中国古建筑的文章。在民国时期的著名才女中，林徽因的才艺比萧红和张爱玲等显得更全面一些，人生际遇也更幸运。她最早加入了"新月社"，在诗歌、小说、散文、戏剧、绘画、翻译等方面成就斐然。她几乎标志一个时代的颜色，出众的才，倾城的貌，情感生活也像一个春天的童话，幸福而浪漫。

在林徽因的著作中，建筑学家的科学精神和作家的文学气质糅合得浑然一体。她的学术论文和调查报告不仅有严谨的科学内容，而且用诗一般的语言描绘和赞美祖国古建筑在技术和艺术方面的精湛成就，充满诗情画意。而在文学作品中也常用古建筑的形象做比喻，如《深笑》一诗中，就以古塔檐边无数风铃转动的声音，比喻笑声的清脆悦耳，直上云天，既贴切，又新颖，别具一格。由于她兼通文理，在建筑学和文学创作上都显露出惊人的才华，所以在 20 世纪 30 年代就享有"一代才女"的美誉，被列入当时出版的《当代中国四千名人录》。

内容精讲

《你是人间的四月天》发表于 1934 年的《学文》上。关于这首诗有两种说法：一是为悼念徐志摩而作，一是为儿子的出生而作，以表达心中对儿子的希望和儿子的出生带来的喜悦。

梁从诫先生在《倏忽人间四月天》中说："父亲曾告诉我，《你是人间的四月天》是母亲在我出生后的喜悦中为我而作的，但母亲自己从未对我说起过这件事。"对于这首诗的创作意图，梁先生说得很客观。当前的学界对于林徽因女士此诗创作意图的理解基本趋于同一，即这首诗是一首情诗，是为已在天国的徐志摩而作。

但结合林徽因对徐志摩的情感有关表述及她的情感历程，联系她当时的心境，仔细揣摩分析《你是人间的四月天》诗中的意象和情感，可以看出，这样的动情之作如作为她为徐志摩写的情诗，在他去世之后几年才出现，是不太符合现实和情感逻辑的；林徽因是一个母亲，有着对孩子强烈的母爱，为孩子写一首这样轻快灵动的诗是绝对可能的。故而《你是人间的四月天》不是一首情诗，而是一首表达母爱的亲子之诗，或者更确切地说，是一首对生命的赞歌。

经典书评

中央民族大学语言文学系教授杨春：林徽因用她的五彩笔为我们描绘了一幅四月天的春景图，有云烟星子细雨图、百花娉婷鲜妍图、水光浮动白莲图、燕子梁间呢喃图等，整首诗无瑕而又透明，既充满了古典主义的典雅、和谐与适度美，也洋溢了浪漫主义的热情和明朗，超越了时空，超越了个人的生命体验，具有很强的艺术魅力。

安徽师范大学文学院教授俞晓红：全诗借助多重象喻，来书写孩子的天真烂漫、活泼开朗及其所表现出来的爱和希望，表达了女诗人对孩子的深沉的爱，内容纯净，意象优美，笔调有如诗作所描写的画面一样轻灵美丽、温暖喜悦。诗人注重韵律的和谐和形式的美感，词语虽有跳跃，语意却自然连贯，五节句式大致整齐，各节比喻也形成了排比群，各种喻像色彩缤纷，动静交融，表现出形式的新颖与完美，在清新柔丽的意境中让读者感受到心灵愉悦的震颤。

当代作家白落梅：林徽因遗留下的诗作有五十余首，唯独这首《你是人间的四月天》，让人一见倾心，刻骨难忘。于是每个春暖时节，人间四月，必然会想起这个叫林徽因的女子。捧读这首诗，无论处何季，置何地，总有一种如沐春风之感。从此，林徽因永远活在人间四月天，永远那般清丽脱俗。她如同春天一样，有着不会老去的华年。

角色卡片

胡适

胡适（1891 年 12 月 17 日—1962 年 2 月 24 日），男，曾用名嗣穈，字希疆，学名洪骍，后改名适，字适之。毕业于哥伦比亚大学。思想家、文学家、哲学家。安徽宣城市绩溪县人，以倡导“白话文”、领导新文化运动闻名于世。

胡适于 1917 年发表的白话诗是现代文学史上的第一批新诗，一生的学术活动主要在文学、哲学、史学、考据学、教育学、红学几个方面，主要著作有《中国哲学史大纲》（上）、《尝试集》《白话文学史》（上）和《胡适文存》（四集）等。他在学术上影响最大的是提倡“大胆地假设、小心地求证”的治学方法。1962 年 2 月 24 日，在中央研究院开酒会时心脏病猝发，病逝于台湾省台北市南港区，胡适去世后，获得哀荣。

沈从文

沈从文（1902年12月28日—1988年5月10日），男，原名沈岳焕，乳名茂林，字崇文，笔名休芸芸、甲辰、上官碧、璇若等，湖南凤凰人，曾在北京大学旁听，中国著名作家、历史文物研究者。1924年开始进行文学创作，撰写出版了《长河》《边城》等小说，1987年、1988年入围诺贝尔文学奖。代表作品有《中国丝绸图案》《唐宋铜镜》等。

梁思成

梁思成（1901年4月20日—1972年1月9日），男，籍贯广东新会，毕生致力于中国古代建筑的研究和保护，是建筑历史学家、建筑教育家和建筑师、被誉为“中国近代建筑之父”。

傅斯年

傅斯年（1896年3月26日—1950年12月20日），男，初字梦簪，字孟真，山东聊城人。著名历史学家，古典文学研究专家，教育家，学术领导人。五四运动学生领袖之一，中央研究院历史语言研究所的创办者。

1950年12月20日，傅斯年在台北病逝，享年54岁。主要著作有《东北史纲》（第一卷）、《性命古训辨证》《古代中国与民族》。有《傅孟真先生集》六册。

目录

contents

悦享丛书

yue xiang cong shu

诗

散　文

小　说

剧　本

诗

谁爱这不息的变幻

精彩导读

世间万物无一不是处于变幻当中的，“她笑永恒是人们造的谎”。一阵风过了，是不可能回头的。星光，日影，即使每日都重回大地，也绝不是往昔的模样了。人的成长亦是如此。“时光倒流”“返老还童”“长生不老”的愿望太滑稽，永远不可能实现。从诞生开始，我们就开始了注定不可逆转的旅途。一路上变数太多，路遥不可测，没有什么百分之百注定要成功的人、注定要发生的事，因为一切机遇、命运都是在不可预知地变幻。

谁爱这不息的变幻，她的行径？
催一阵急雨，抹一天云霞，月亮，
星光，日影，在在都是她的花样，
更不容峰峦与江海偷一刻安定。
骄傲的，她奉着那荒唐的使命：
看花放蕊树凋零，娇娃做了娘；
叫河流凝成冰雪，天地变了相；
都市喧哗，再寂成广漠的夜静！
虽说千万年在她掌握中操纵，
她不曾遗忘一丝毫发的卑微。
难怪她笑永恒是人们造的谎，
来抚慰恋爱的消失，死亡的痛。
但谁又能参透这幻化的轮回，
谁又大胆的爱过这伟大的变幻？

香山　四月十二日

本诗刊于1931年4月《诗刊》第二期

精彩点拨

唯有变幻，才有挑战，才有人生的精彩和不屈于命数的可贵。就像当今我们生活的年代，含着金汤匙出生的富二代，也有因年少时玩世不恭、寻欢作乐而最后落得个塑料饭碗都得不到的下场。反而贫贱出身的穷小子却能靠自己的双手掘出金银宝藏。变数，催有志者奋进，叫庸人落得凄凉。

阅读积累

轮回

轮回又称流转、轮转、生死轮回，意思是人在死亡后，灵魂又轮回重新投胎成为另一个人，像车轮一样转动不停，循环不已。轮回理论源于生命的世代轮转，传承启发，而三世因果中，业力也是主导轮回的因，故业力不单是现世的结果，还会生生不息地延伸至来世。（《正法念处经》卷七之偈曰：“非异人作恶，异人受苦报；自业自得果，众生皆如是。”）

笑

精彩导读

此诗描绘的是一个少女高雅纯洁的笑。在露珠与花影间，阳光的气息扑面而来；在轻歌和柔波中，纯粹的美丽尽现眼前。整首诗是一曲轻唱似的妙乐，是一帧柔美亮丽的画。这首诗再现了诗人对美的感受和领悟。

笑的是她的眼睛，口唇，
和唇边浑圆的漩涡。
艳丽如同露珠，
朵朵的笑向，
贝齿的闪光里躲。
那是笑——神的笑，美的笑：
水的映影，风的轻歌。

笑的是她惺忪的鬈发，
散乱的挨着她耳朵。
轻软如同花影，
痒痒的甜蜜，
涌进了你的心窝。
那是笑——诗的笑，画的笑：
云的留痕，浪的柔波。

本诗刊于1931年9月《新月诗选》

精彩点拨

诗人将少女的笑描写得这样的美，如诗、如画，如水的映影、风的轻歌、云的留痕、浪的柔波。美的文字是诗人美的眼、美的心灵的外在显现，体现了诗人对美的极高的艺术领悟能力。全诗将少女笑写得细腻入微，形象动人动作捕捉得很到位，写出了女子笑得高雅纯洁，一点不做作，是难得一见的笑。

阅读积累

漩涡

漩涡是一种自然现象，水流有差异的地方就有形成漩涡的可能，指水流遇低洼处或不同温度和速度的水流相撞所形成的螺旋形涡旋，也比喻气体、烟雾等旋转时形成的螺旋形流向，还比喻某种使人不能自脱的境地。

情 愿

精彩导读

面对徐志摩的苦苦追求，林徽因是矛盾而又无奈的，这一点从这首诗中就能看出来。她的无奈不是因为下不了决定，而是不知道用哪种方式拒绝。短短数语，承载了林徽因落寞的神情，悲伤的心情，以及那么一份怅惘和落寞的感情。在她的笔下，一切都有了生命，关乎她这个人的一切，落叶、流云，和那象征着什么的痕迹。

我情愿化成一片落叶，
让风吹雨打到处飘零；
或流云一朵，在澄蓝天，
和大地再没有些牵连。
但抱紧那伤心的标志，
去触遇没着落的怅惘；
在黄昏，夜半，蹑着脚走，
全是空虚，再莫有温柔。
忘掉曾有这世界；有你；
哀悼谁又曾有过爱恋；
落花似的落尽，忘了去
这些个泪点里的情绪。
到那天一切都不存留，
比一闪光，一息风更少
痕迹，你也要忘掉了我
曾经在这世界里活过。

本诗刊于1931年9月《新月诗选》

精彩点拨

综观这首诗，通篇没有华丽的辞藻，笔调清丽而又自然，读来如同一曲溪水从心间缓缓流过。但诗人的感情却又是强烈的，矛盾与纠结，回忆和忘却，舍与不舍，都藏在了字里行间，令人印象深刻，这也是这首诗受到许多人喜爱的原因。可惜的是，诗人虽已经用了“没有些牵连”“再莫有温柔”“你也要忘掉了我”等决绝的语句，却仍无法让徐志摩忘情。

阅读积累

落叶

落叶，是一种自然现象，一般到了秋天，大部分树木开始落叶，叶子枯黄、卷曲，从树上落下，随风飘舞。我国北方地处北温带，每逢秋季，由于气温较低，雨水减少，使得植物的根部吸收作用降低，植物体得到的水分与无机盐大减，从而不能正常进行光合作用、呼吸作用和蒸腾作用等生理活动。如果继续保留叶子，就会蒸腾出大量水分，威胁植物生存。

山中一个夏夜

精彩导读

这样浓黑而宁静的夜，让诗人的感官像动物一般敏锐，她不仅捕捉着那些细微的光亮、声音，连山风也似乎激发了她的嗅觉和触觉。而诗歌最初的源头也正是这样。

山中一个夏夜，深得
像没有底一样，
黑影，松林密密的；
周围没有点光亮。
对山闪着只一盏灯——两盏
像夜的眼，夜的眼在看！

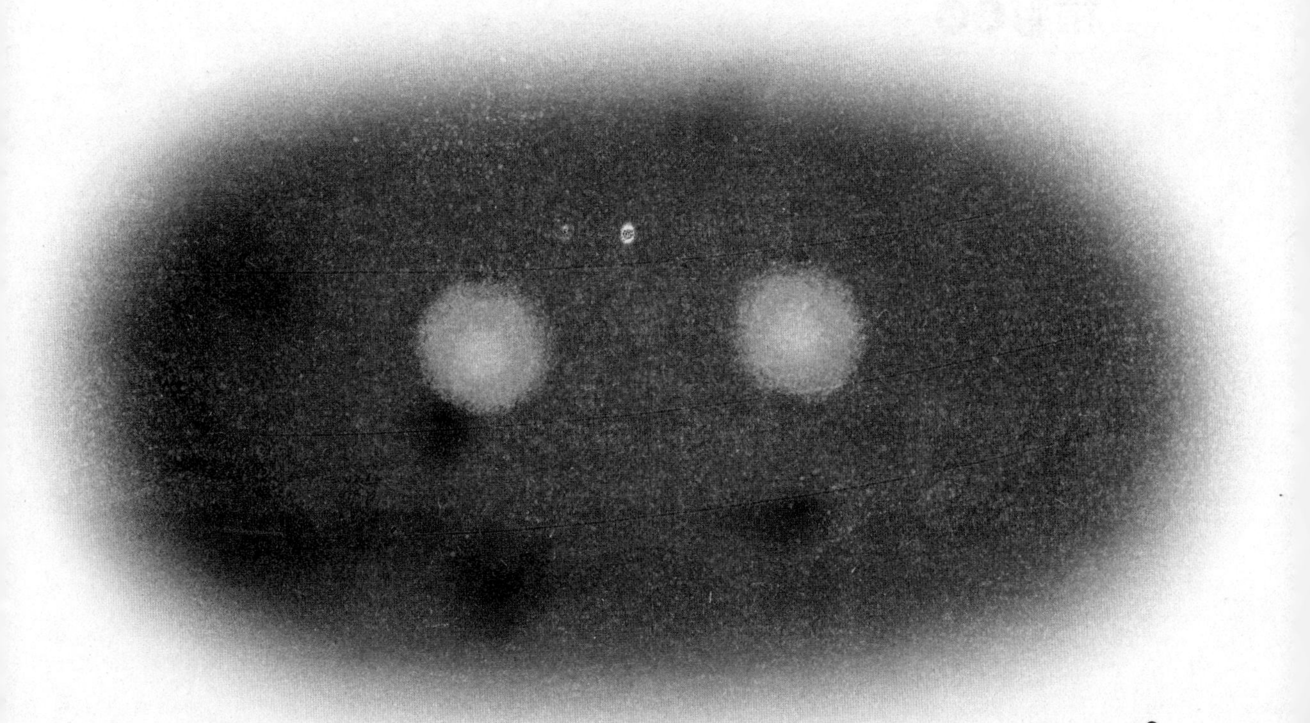

满山的风全蹑着脚
像是走路一样，
躲过了各处的枝叶
各处的草，不响。
单是流水，不断的在山谷上
石头的心，石头的口在唱。

均匀的一片静，罩下
像张软垂的幔帐。
疑问不见了，四角里
模糊，是梦在窥探？
夜像在祈祷，无声的在期待，
幽馥的虔诚在无声里布漫。

一九三一年

本诗刊于1933年6月《新月》四卷7期

精彩点拨

林徽因她的诗玲珑剔透，情感纯真炽热，意象错落有致，表现了真挚细腻的内心世界和精细微妙的艺术感受，具有明丽与清新的韵致。这首《山中一个夏夜》便是她的代表作之一。诗虽短，但想象丰富，意象新颖，用光亮、声音把山中夏夜摹得细致入微，引人入胜。“对山闪着只一盏灯——两盏，像夜的眼，夜的眼在看！”多么形象的描述，简直出神入化。炎夏已经来临，迈开双腿走出去吧，到乡野去享受夜的寂静！

你是人间的四月天
——一句爱的赞颂

精彩导读

《你是人间的四月天》的一至四节句式结构基本相同，形成复沓，构成对称的乐章，将心中的爱以一幅幅四月天丰美的画面作比，节奏明快，排比的句式将画面连接，情感如水面涟漪，层层叠叠，荡漾起伏，作品不仅美，而且易于吟咏，朗朗上口。诗的第五节，“你是爱，是暖，是希望，你是人间的四月天！”是收束的乐章，以抽象的爱、暖、希望来比喻心中的你，极尽盛赞，美不胜收。诗的末尾“你是人间的四月天”与开篇呼应，重复中有变化，诗情回旋而流转，毫无滞涩之感。

我说你是人间的四月天；
笑响点亮了四面风；
轻灵在春的光艳中交舞着变。

你是四月早天里的云烟，
黄昏吹着风的软，
星子在无意中闪，
细雨点洒在花前。

那轻，那娉婷，你是，
鲜妍百花的冠冕你戴着，
你是天真，庄严，
你是夜夜的月圆。

雪化后那片鹅黄，你像；
新鲜初放芽的绿，你是；

柔嫩喜悦，
水光浮动着你梦期待中白莲。
你是一树一树的花开，
是燕在梁间呢喃，
——你是爱，是暖，是希望，
你是人间的四月天！

本诗刊于1934年5月《学文》一卷1期

精彩点拨

此诗的节奏、韵律与语词的选取都处于中性状态，没有大红大紫、纯黑纯白的俗艳与锋利，在声音上，也是温和的、静雅的，甚至走向旖旎和慵懒；十一个“你”字，既突出了主题又起到了“衬韵”的作用，在诗歌运行的过程中，“你”字的每一次出现，就像乐队演奏中的节点，以“频率”的方式突出了“我”的指向，这是一种形式美感与内容美感的深层次结合，是尚未被人们研究和认识的精妙之处。

灵 感

精彩导读

《灵感》主要反映作者本人的生活感受。“清泉潺潺流动转狂放的河；孤僻林里闲开着鲜妍花，细香常伴着圆月静天里挂；”和“难怪阶前人忘掉黄昏，脚下草，高阁古松，望着天上点骄傲；”等句子，都有寄情山水、移情田园的思想感情，也有从梦想到现实的一般忧思和从现实到梦想的美好期待。

是你，是花，是梦，打这儿过，
此刻像风，在摇动着我；
告诉日子重叠盘盘的山窝；
清泉潺潺流动转狂放的河；
孤僻林里闲开着鲜妍花，
细香常伴着圆月静天里挂；
且有神仙纷纭的浮出紫烟，
衫裾飘忽映影在山溪前；
给人的理想和理想上
铺满香，叫人心和心合着唱；
直到灵魂舒展成条银河，
长长流在天上一千首歌！
是你，是花，是梦，打这里儿过，
此刻像风，在摇动着我；
告诉日子是这样的不清醒；
当中偏响着想不到的一串铃，
树枝里轻声摇曳；金镶上翠，
低了头的斜阳，又一抹光辉。

难怪阶前人忘掉黄昏，脚下草，
高阁古松，望着天上点骄傲：
留下檀香，木鱼，合掌
在神龛前，在蒲团上，
楼外又楼外，幻想彩霞却缀成
凤凰栏杆，挂起了塔顶上灯！

一九二四年十月徽因作于北平（据手稿）

精彩点拨

《灵感》一诗中，诗人的主观情感由花、山窝、河流、树林、小草等形象作为载体表现出来，主观之“意”与客观之“象”共同构成了极富美感的诗歌形象。

深　笑

精彩导读

似沁甜的泉水，似悠淡的莲花，在自然空灵中洋溢着孩子般天真的笑，缭绕着生命之美的纯洁与绚烂；诗的意境，人的意境，爱的意境，生命的意境……瞬间的笑创造无限的美丽。林徽因用女性独有的柔情、独特的视角和细腻的心思，抒写《深笑》这首小诗，彰显现代诗歌的无尽魅力。

是谁笑得那样甜，那样深，
那样圆转？一串一串明珠
大小闪着光亮，迸出天真！
清泉底浮动，泛流到水面上，
灿烂，
分散！
是谁笑得好花儿开了一朵？
那样轻盈，不惊起谁。
细香无意中，随着风过，
拂在短墙，丝丝在斜阳前
挂着
留恋。
是谁笑成这百层塔高耸，
让不知名鸟雀来盘旋？是谁
笑成这万千个风铃的转动，
从每一层琉璃的檐边
摇上
云天？

本诗刊于1936年1月5日《大公报·文艺副刊》

精彩点拨

笑，是人类最美的符号，《深笑》高度展现了这种人性的纯美。第一层，笑，甜，深，圆转而又天真；第二层，笑，轻盈，无意；第三层，笑，清脆悦耳，直上云天。诗人轻轻地吟唱，化无形为有形，变抽象为具体，让笑遍布人间的每一个角落。这是一种柔美，一种淡淡的却又能牵动人们内心深处的情愫。纯美的笑，纯美的意境，层层递进，凝聚着生命的和谐。

阅读积累

琉璃

琉璃亦作“瑠璃”，是用各种颜色（颜色是由各种稀有金属形成的）的人造水晶（含24%的二氧化铅）为原料，在1000多度的高温下烧制而成的。其色彩流云漓彩，其品质晶莹剔透、光彩夺目。中国古代最初制作琉璃的材料，是从铸造青铜器时产生的副产品中获得的，经过提炼加工然后制成琉璃。琉璃的颜色多种多样，古人也叫它“五色石”。古时由于民间很难得到，所以当时人们把琉璃看得比玉器还要珍贵。

风　筝

精彩导读

四月天刚刚萌发的春意，既不华丽，也不冷峻，但却温柔，却绵软，读起来如微风拂面，让人从身体到心灵感受到一种愉悦的震颤！

看，那一点美丽
会闪到天空！
几片颜色，
挟住双翅，
心，缀一串红。

飘摇，它高高的去，
逍遥在太阳边
太空里闪
一小片脸，
但是不，你别错看了
错看了它的力量，
天地间认得方向！
它只是
轻的一片，
一点子美
像是希望，又像是梦，
一长根丝牵住
天穹，渺茫——
高高推着它舞去，

白云般飞动，
它也猜透了不是自己，
它知道，知道是风！

正月十一日
本诗刊于1936年2月14日《大公报·文艺副刊》

精彩点拨

何等洒脱，何等自由，绝没有小女子因风筝引发的哀怨，她只有“逍遥在太阳边”的洒脱，她只有“天地间认得方向”的坚定，她还有“知道是风”的通达。这个风筝主要是强调把梦想寄托在蓝天。

雨后天

精彩导读

林徽因在雨后的感受，显得更具灵性，更具心底里那鲜活的跳跃，难掩的喜悦和具舒适感的风雨融合得没有丝毫缝隙。林徽因心底里的“雨后天”，更空旷，更深邃。林徽因在雨后的“这平原的青草一片”的畅想，该是多么清爽的绿意朦胧，绿意中的辽阔无际和深远，更是深邃中的静谧啊！

我爱这雨后天，
这平原的青草一片！
我的心没底止的跟着风吹，
风吹：
吹远了草香，落叶，
吹远了一缕云，像烟——
像烟。

本诗刊于1936年3月15日《大公报·文艺副刊》

精彩点拨

林徽因的情感是自我的，是内心那跳动的脉搏与自然的天然融合。她眼里、心里的“雨后天”，是属于她自己的，属于她内心特定的情感的表达和转换。“我的心没底止的跟着风吹”，细细体味，这是一种怎样的感慨呢？怎样一种风中花雨，雨中的风儿轻抚呢？对自然这样的感触，好像能够表现出林徽因当时的心境——忘我，没有任何纷扰地忘我，心灵随风而去，随风而叹，随风而飞。

记 忆

精彩导读

思念是记忆的延伸，信任是情感的初始，心语便是相知的永恒。那些似曾相识的记忆，像历年开放在冬天的寒梅，自然而然地要在时节到来的时候开放，虽然要经历一个年头的等待，有份寂寞，有点冷清，但开放后的姿颜却会带来久久的回味。也许相知就是那样的滋味，没有温馨的过往，只有让梦犹在。

断续的曲子，最美或最温柔的
夜，带着一天的星。
记忆的梗上，谁不有
两三朵娉婷，披着情绪的花
无名地展开
野荷的香馥，
每一瓣静处的月明。

湖上风吹过，头发乱了，或是
水面皱起像鱼鳞的锦。
四面里的辽阔，如同梦
荡漾着中心彷徨的过往
不着痕迹，谁都
认识那图画，
沉在水底记忆的倒影！

本诗刊于1936年3月22日《大公报·文艺副刊》

精彩点拨

人为何要向往爱的永恒，为何要向往两心相悦的久远？那是念想的渴望，心底的浪漫，灵魂的情觞，是短暂甜蜜滋味的留存。或许这一切在起初时分谁都难明白。

阅读积累

鱼鳞

鱼鳞，占鱼体重的2%－3%。鳞片的主要特性：从外表上看是透明的，像花瓣，且边缘呈微小的卷曲；白色光泽；略带有鱼腥味；质地坚且柔软；含水量范围16.4%—17.8%，平均为17.5%。营养学家研究发现，鱼鳞是特殊的保健食品。它含有较多的卵磷脂，把脂肪球分解成乳状液与水交溶，有增强人脑记忆力，缓延细胞衰老的作用。鱼鳞中含有多种不饱和脂肪酸，可减少胆固醇在血管壁的沉积，促进血液循环，起到预防高血压及心脏病的作用。鱼鳞中还含有多种丰富的微量矿物质，尤以钙、磷含量高，能预防小儿佝偻病及老人骨疏松与骨折。

静 院

精彩导读

“情绪”是一个或虚或实的意象。尽管它的内涵显得十分的高邈，毕竟还是可感的——“你指点看，有不有轻风，轻得那样，没有声响，吹着凉？”而诗中所描述的每一番景致，又总仿佛是“情绪”的一员，离离落落满院子的香，像是“寂寞在嘶声地喊”的黑的屋脊，角落里低着头脸的人……“情绪”这个本属抽象化的东西已被知觉化了，让人感到灵魂也会抽芽开花。这里的情绪仿佛启迪了万物，让已经逝去的，正在进行的，尚未到来的一切都一并活动起来——那多少年前的一个夏夜也回过头来组成了这一晚的情绪，于是有一种浓重的怀旧情绪在这蠕动的夜色里盘桓。

你说这院子深深的
美从不是现成的。
这一掬静，
到了夜，你算，
就需要多少铺张？
月圆了残，叫卖声远了，
隔过老杨柳，一道墙，又转，
初一？凑巧谁又在烧香……
离离落落的满院子，
不定是神仙走过，
仅是迷惘，像梦……
窗槛外或者是暗的，
或透那么一点灯火。

这掬静，院子深深的

——有人也叫它做情绪——
情绪，好，你指点看
有不有轻风，轻得那样
没有声响，吹着凉？
黑的屋脊，自己的，人家的，
兽似的背耸着，又像
寂寞在嘶声地喊！
石阶，尽管沉默，你数，
多少层下去，下去，
是不是还得栏杆，斜斜的
双树的影去支撑？

对了，角落里边
还得有人低着头脸。
会忘掉又会记起，
——会想，
——那不论——或者是
船去了，一片水，或是
小曲子唱得嘹亮；
或是枝头粉黄一朵，
记不得谁了，又向谁认错！
又是多少年前——夏夜。
有人说：
“今夜，天……”（也许是秋夜）
又穿过藤萝，
指着一边，小声地，“你看，
星子真多！”
草上人描着影子；
那样点头，走，
又有人笑……

静，真的，你可相信
这平铺的一片——
不单是月光，星河，
雪和萤虫也远——
夜，情绪，进展的音乐，
如果慢弹的手指
能轻似蝉翼，
你拆开来看，纷纭，
那玄微的细网
怎样深沉地拢住天地，
又怎样交织成
这细致飘渺的彷徨！

一九三六年一月

本诗刊于1936年4月12日《大公报·文学副刊》

精彩点拨

一种铺叙式的语调絮絮地描绘这夜的静院里的每一番景致，以及这每一番景致中所蕴涵的情感因素。第一节是说这深深的院子的静的美，恰是由一群声息铺张而成的——圆了又残的月，远了的叫卖声，离离落落满院子的香，透那么一点灯火的窗槛外的世界。对于满院子的香，还有一个幻象式的比喻：“不定是神仙走过，仅是迷惘，像梦……”全诗的基调马上被一种幽暗中的美与神秘所笼罩。

无　题

精彩导读

这首诗，首先出现的意象是静，接着是季节、春天，最后是眼前的山和小河流，体现了作者的心灵和情思处于静极而动的状态中，而她的内心却在这一刻是满怀着希望、理想与梦，而这一切只和一个人有关，只是那个人究竟是谁？

什么时候再能有
那一片静；
溶溶在春风中立着，
面对着山，面对着小河流？

什么时候还能那样
满掬着希望；
披拂新绿，耳语似的诗思，
登上城楼，更听那一声钟响？

什么时候，又什么时候，心
才真能懂得
这时间的距离；山河的年岁；
昨天的静，钟声
昨天的人
怎样又在今天里划下一道影！

本诗刊于1936年3月3日《大公报·文艺副刊》

精彩点拨

诗人展示了自己曾经爱的景象。“那一片静；溶溶在春风里立着，面对着山，面对着小河流？”这分明是在诉说，诗人与曾经拥有的纯洁爱恋对象，将爱之心沉浸在爱河之中，早已忘却周围的一切，感觉世界一片宁静，任心灵之爱随意溶入春风之中，两位恋人四目相对，注视着对方，或者在相拥而轻吻对方，这表达的是少女初吻时的无限美好的感觉。“面对着山，面对着小河流？”这里用了问号，说明恋人已完全沉醉于爱之中，这山这河分明是有，却又似无，这种境界一切尽在不言之中。

阅读积累

城楼

城楼指城墙上的门楼，是城的标志，其雄伟壮丽的外观显示着城池的威严和民族的风采。它是我国古代城市的一种防御建筑，城楼之间城墙相连，既有军事防御作用，又有城市防洪功能，形成古城一道坚固的屏障。多形成于明代。在古代或近代的战争中，砖木结构的城楼是瞭望所，是守城将领的指挥部，又是极其重要的射击据点。

黄昏过泰山

精彩导读

那一天，心情如河流，汩汩地流动，轻轻渡过了黄昏。月色映在胸前。如青山浓郁的心思，却是无处消除。近黄昏的美丽，使我矗立在八荒四野中迷失了自己。忘却夜晚已悄悄来临了……

记得那天

心同一条长河，

让黄昏来临，

月一片挂在胸襟。

如同这青黛山，

今天，

心是孤傲的屏障一面；

葱郁，

不忘却晚霞，

苍莽，

却听脚下风起，

来了夜——

本诗刊于1936年7月19日《大公报·文艺副刊》

精彩点拨

黄昏过泰山。我知道，这是一种行走的姿态，这是一种行走的气势，这是一种行走的品格，是日月、星空、大地、河流、山川的行走品格，是云起、雨飘、风吟、叶飞、鸟鸣的行走品格，是我的思想、我的爱情、我的生命、我的精神、我的灵魂的行走品格。我知道，只有行走着，才能破译出时光的玄妙而让阳光照我、让河流爱我，也只有行走着，才能深入到世界的内核而让月色照我、让青山爱我，惟有行走才能让我万古不朽。

阅读积累

晚霞

傍晚日落前后的天边出现的五彩缤纷的彩霞。晚霞的形成是由于空气对光线的散射作用。当太阳光射入大气层后，遇到大气分子和悬浮在大气中的微粒，就会发生散射。这些大气分子和微粒本身是不会发光的，但由于它们散射了太阳光，使每一个大气分子都形成了一个散射光源。

八月的忧愁

精彩导读

《八月的忧愁》被认为是优美的田园诗，发表于一九三六年，构思当是更早。“不明白生活同梦怎样的连牵”一句即透露了诗人的愁思之深：浪漫的理想与现实为什么竟有如此落差。这种思考的过程即是女性生命意识觉醒的过程，但觉醒的过程充满苦恼与焦虑。面对生活的困顿与繁琐，女性显得微弱而无力、落寞而无奈。但在诗中，这种困惑、烦闷的表达是含蓄、节制的，平静而委婉地道来，具有古典诗词的“幽怨”情致。

黄水塘里游着白鸭，
高粱梗油青的刚高过头，
这跳动的心怎样安插，
田里一窄条路，八月里这忧愁？

天是昨夜雨洗过的，山岗
照着太阳又留一片影；
羊跟着放羊的转进村庄，
一大棵树荫下罩着井，又像是心！

从没有人说过八月什么话，
夏天过去了，也不到秋天。
但我望着田垄，土墙上的瓜，
仍不明白生活同梦怎样的连牵。

本诗刊于1936年9月30日《大公报·文艺副刊》

精彩点拨

《八月的忧愁》是一首优美的田园诗，此诗不仅仅表达诗人恬淡的心境和闲情逸致，更表达了诗人对命运、生活的思考和难以言说的幽怨。在安静、幽美的田园风光背景下，潜藏着诗人深深地思考和难以解脱的愁绪。

阅读积累

高粱

禾本科一年生草本植物。秆较粗壮，直立，基部节上具支撑根。叶鞘无毛或稍有白粉；叶舌硬膜质，先端圆，边缘有纤毛。圆锥花序疏松，主轴裸露，总梗直立或微弯曲；雄蕊 3 枚，花药长约 3 毫米；子房倒卵形；花柱分离，柱头帚状。颖果两面平凸，淡红色至红棕色，熟时宽 2.5-3 毫米，顶端微外露。有柄小穗的柄长约 2.5 毫米，小穗线形至披针形，花果期 6-9 月。

静　坐

精彩导读

《静坐》整首诗虽然篇幅不长，却意境深远。林徽因用飘逸、清丽的语言描绘了一幅简单安静的冬日景象，诗人看着眼前美景，进而开始思考这世间美景的存在意义，思考生命和自然情感的联系。世间万物的来和去都有它的时间，昼夜轮回、四季更迭，世间的一切情感变化都在这美妙至极的生命定律中不断上演。

冬有冬的来意，
寒冷像花，——花有花香，冬有回忆一把。
一条枯枝影，青烟色的瘦细，
在午后的窗前拖过一笔画；
寒里日光淡了，渐斜……
就是那样地
像待客人说话
我在静沉中默啜着茶。

本诗刊于1937年1月31日《大公报·文艺副刊》

精彩点拨

这首《静坐》写于1936年1月，这个时期的林徽因，与梁思成的婚后生活很美满，在跟随梁思成从事建筑科学研究之余，也从事文学创作。她这一时期的诗歌以个人情绪的起伏和波澜为主题，探索生活和爱的哲理，诗句委婉柔丽，韵律自然。

阅读积累

茶

灌木或小乔木，嫩枝无毛。叶革质，长圆形或椭圆形，先端钝或尖锐，基部楔形，上面发亮，下面无毛或初时有柔毛，边缘有锯齿，叶柄无毛。花白色，花柄有时稍长；萼片阔卵形至圆形，无毛，宿存；花瓣阔卵形，基部略连合，背面无毛，有时有短柔毛；子房密生白毛；花柱无毛。

展　缓

精彩导读

诗人写此诗时，随梁思成的工作单位中央研究院迁到四川宜宾附近的李庄，当时的住所为低矮破旧的农舍，生活颠沛流离，物质条件艰苦，另外，那时，林徽因肺病复发。

当所有的情感
都并入一股哀怨
如小河，大河，汇向着
无边的大海，
——不论
怎么冲急，怎样盘旋，
——那河上劲风，大小石卵，
所做成的几处逆流
小小港湾，就如同
那生命中，无意的宁静
避开了主流；情绪的
平波越出了悲愁。
停吧，这奔驰的血液；
它们不必全然废弛地
都去造成眼泪。
不妨多几次辗转，溯回流水，
任凭眼前这一切缭乱，
这所有，去建筑逻辑。
把绝望的结论，稍稍

迟缓，拖延时间——
拖延理智的判断，
——会再给纯情感一种希望！

本诗刊于1947年5月4日《大公报·文艺副刊》

精彩点拨

在这个时期，林徽因的文学作品不多，在她若干诗稿中，流露出“迷惘、惆怅、苍凉、沉郁”的心情，“已代替了战前那恬静、飘逸、清丽、婉约的格调”。诗歌《展缓》流露出关怀祖国前途、命运的情愫。

阅读积累

海

与“大洋”相连接的大面积咸水区域，即大洋的边缘部分。通常大型内陆盐湖、没有与海洋连通的大型咸水湖泊，如里海、加利利海，不是“海”。海分为边缘海、内海和内陆海（广大的淡水水系，如五大湖）。海域是人类最先通向大洋的桥梁。海域的作用不仅是为人类提供丰富的各类可用资源，它里面的藻类也为调节整个地球水平衡发挥出重要作用。

激　昂

精彩导读

这首诗少见地表现出林徽因性格的另一面，即柔韧的风骨，不屈的意志。此种性格在林徽因婚后及中年以后的言行作为中表现得尤其鲜明。无论是跟着梁思成辗转奔波，还是于自己的事业上有所成就，以及不惮风云变幻的抗争。

我要借这一时的豪放
和从容，灵魂清醒地
在喝一泉甘甜的鲜露，
来挥动思想的利剑，
舞它那一瞥最敏锐的
锋芒，像皑皑塞野的雪
在月的寒光下闪映，
喷吐冷激的辉艳；
——斩，
斩断这时间的缠绵，
和猥琐网布的纠纷，
剖取一个无瑕的透明，
看一次你，纯美，你的裸露的庄严。
……
然后踩登
任一座高峰，攀牵着白云
和锦样的霞光，跨一条
长虹，瞰临着澎湃的海，
在一穹匀净的澄蓝里，

书写我的惊讶与欢欣，
献出我最热的一滴眼泪，
我的信仰，至诚，和爱的力量，
永远膜拜，
膜拜在你美的面前！

五月，香山
本诗刊于1931年9月《北斗》创刊号

精彩点拨

一首诗能写出一个绝美的“你”来，已有非凡价值，令人惊艳的是诗中充满了灵动绝美的诗句，除了以上涉及到的词句，我们再举两例，看她怎么写“剑”吧：“思想的”，“一瞥最敏锐的锋芒，像皑皑塞野的雪，在月的寒光下闪映，喷吐冷激的辉艳”。这还不是一把绝美的剑吗？看她怎么写泪吧：“最热的一滴眼泪。”这滴泪究竟有多热？我想应该是可以融化冰山，可以冶炼钢铁之热。我们不需知道这诗是写给谁的，但可以推测，只有林徽因这样几近绝美的女人才能写出如此绝美的爱情诗，因为秉赋很重要。我们同样喜爱两情相悦的情诗，但只有这样的情诗才让我们滴热泪，而且是最热的泪。

一首桃花

精彩导读

无论是怎样的一种际遇，在春日她依然美丽。在时多情，去时也多情。那笑——颤动后的笑，是淡淡的。那眼神——多情的一瞥，是动人的。那多情一瞥之后留下的痕迹是最后一次美丽的绽放，绽放属于三月桃花最后的妩媚和忧伤。

桃花，
那一树的嫣红，
像是春说的一句话：
朵朵露凝的娇艳，
是一些
玲珑的字眼，
一瓣瓣的光致，
又是些
柔的匀的吐息；
含着笑，
在有意无意间
生姿的顾盼。
看，——
那一颤动在微风里
她又留下，淡淡的，
在三月的薄唇边，
一瞥，
一瞥多情的痕迹！

本诗刊于1931年10月《诗刊》第3期

精彩点拨

作者此首桃花非黛玉心中之桃花。虽然作者也有怜花、惜花之意，但悲情却无。一直到末句才透出些许无奈而又自然的感伤。

春之桃花，艳及群芳，既多情又风情万千。“朵朵露凝的娇艳，是一些玲珑的字眼。”这种美让人怦然心动，让人忍不住去细读。于之桃花，也展尽自身的风流，等诗人去读去品。于是她含笑顾盼，但也许她未能等到她所要等的人。但也许她等到了，但最终要离开。

莲　灯

精彩导读

在此诗中，诗人把小小的莲灯及其蜡光捧出的辉煌与宇宙以及人的生命历程有机地联系起来，把玲珑透亮的莲灯及其蜡光所照的有限生命与人生及生死看作一个美丽的梦，尽管自己只是“一剪光”“一次过客”，但诗人却要骄傲地“捧出辉煌”。

如果我的心是一朵莲花，
正中擎出一枝点亮的蜡，
荧荧虽则单是那一剪光，
我也要它骄傲地捧出辉煌。
不怕它只是我个人的莲灯，
照不见前后崎岖的人生——
浮沉它依附着人海的浪涛
明暗自成了它内心的秘奥。
单是那光一闪花一朵——
像一叶轻舸驶出了江河——
宛转它飘随命运的波涌
等候那阵阵风向远处推送。
算做一次过客在宇宙里，
认识这玲珑的生从容的死，
这飘忽的途程也就是个——
也就是个美丽美丽的梦。

本诗刊于1933年3月1日《新月》

精彩点拨

这是一首很美、很有意境的诗，林徽因用了一贯的比喻象征手法，把她的心比喻成一朵莲花，一朵有亮光的莲花，就像莲灯，而莲灯本身象征着生生不息的生命。诗的主题则在阐述人生处在一个如过客般飘忽的途程中，就算是短暂的生命，如果能像莲灯一样点燃自己，奉献出自己的光芒，那么，即使是梦的人生也必将是美丽的。

阅读积累

宇宙

宇宙是广袤空间和其中存在的各种天体以及弥漫物质的总称。宇宙起源是一个极其复杂的问题。现代天文观测证明，它处于不断的运动和发展中。千百年来，科学家们一直在探寻宇宙是什么时候、如何形成的。许多科学家认为，宇宙是由大约140亿年前发生的一次大爆炸形成的。

十一月的小村

精彩导读

这是林徽因在抗战时期，与梁思成在西南小镇李庄时创作的作品。林徽因卧病在床，只能通过诗歌来表达自己的哀愁，于是就创作了这首诗。

我想象我在轻轻地独语：
十一月的小村外是怎样个去处?
是这渺茫江边淡泊的天；
是这映红了的叶子疏疏隔着雾；
是乡愁，是这许多说不出的寂寞；
还是这条独自转折来去的山路?
是村子迷惘了，绕出一丝丝青烟；
是那白沙一片篁竹围着的茅屋?
是枯柴爆裂着灶火的声响，
是童子缩颈落叶林中的歌唱?
是老农随着耕牛，远远过去，
还是那坡边零落在吃草的牛羊?
是什么做成这十一月的心，
十一月的灵魂又是谁的病?
山坳子叫我立住的仅是一面黄土墙；
下午透过云霾那点子太阳!
一棵野藤绊住一角老墙头，斜睨
两根青石架起的大门，倒在路旁
无论我坐着，我又走开，
我都一样心跳；我的心前

虽然烦乱，总像绕着许多云彩，
但寂寂一湾水田，这几处荒坟，
它们永说不清谁是这一切主宰
我折一根柱枝，看下午最长的日影
要等待十一月的回答微风中吹来。

精彩点拨

这首诗体现了林徽因病中的姿态，看似描写朴素乡村简单的安宁，却终究还是感受到初冬的萧索与凉意。她没有浓墨重彩，只用淡淡几笔勾勒这个十一月的田园小村，却无比的形象生动。十一月的心有些清瘦，十一月的灵魂是谁的病，她用无言的感伤摄住读者的心魄。而我们又被她诗中丝丝青烟、篁竹茅屋、零落的牛羊所感染，让人想要抵达这个宁静的地方，这个十一月的小村。想来这就是林徽因与其他才女的不同之处，无论何时何地，她都不会用大量悲伤的文字来渲染心境。她骄傲却不孤绝，她清新却不薄冷，她安静却不寡淡。

散文

山西通信

精彩导读

林徽因于抗战前的1937年考察山西的古建筑，她在给友人的信中，一开始便写道："居然到了山西 ，天是透明的蓝，白云更流动得使人可以忘记很多的事，单单在一点什么感情底下，打滴溜转；更不用说到那山山水水，小堡垒,村落,反映着夕阳的一角庙,一座塔！景物是美得到处使人心慌心痛。"山西，当年是全国的模范省，除了风光美丽，文物众多，建设成就也是全国翘楚。可见，山西给一代才女留下了美好印象。

××××：

居然到了山西，天是透明的蓝，白云更流动得使人可以忘记很多的事，单单在一点什么感情底下，打滴溜转；更不用说到那山山水水，小堡垒，村落，反映着夕阳的一角庙，一座塔！景物是美得到处使人心慌心痛。

我是没有出过门的，没有动身之前不容易动，走出来之后却就不知道如何流落才好。旬日来眼看去的都是图画，日子都是可以歌唱的古事。黑夜里在山场里看河南来到山西的匠人，围住一个大红炉子打铁，火花和铿锵的声响，散到四团黑影里去。微月中步行寻到田陇废庙，划一根"取灯"偷偷照看那瞭望观音的脸，一片平静。几百年来，没有动过感情的，在那一闪光底下，倒像挂上一缕笑意。

我们因为探访古迹走了许多路；在种种情形之下感慨到古今兴废。在草丛里读碑碣，在砖堆中间偶然碰到菩萨的一双手一个微笑，都是可以激动起一些不平常的感觉来的。乡村的各种浪漫的位置，秀丽天真；中间人物维持着老老实实的鲜艳颜色，老的扶着拐杖，小的赤着胸背，沿路上点缀的，尽是他们明亮的眼睛和笑脸。由北平城里来的我们，东

词苑撷英

堡垒：军队所修筑，战守两用的小城堡。

比喻手法

运用了比喻手法，将日子比作可以歌唱的古事，写出了日子的美好。

看看，西走走，夕阳背在背上，真和掉在另一个世界里一样！云块，天，和我们之间似乎失掉了一切障碍。我乐时就高兴地笑，笑声一直散到对河对山，说不定哪一个林子，哪一个村落里去！我感觉到一种平坦，竟许是辽阔，和地面恰恰平行着舒展开来，感觉的最边沿的边沿，和大地的边沿，永远赛着向前伸……

我不会说，说起来也只是一片疯话，人家不耐烦听。以我描写一些实际情形我又不大会，总而言之，远地里，一片田亩有人在工作，上面青的，黄的，紫的，分行地长着；每一处山坡上，有人在走路，放羊，迎着阳光，背着阳光，投射着转动的光影；每一个小城，前面站着城楼，旁边睡着小庙，那里又托出一座石塔，神和人，都服帖地，满足地，守着他们那一角天地，近地里，则更有的是热闹，一条街里站满了人，孩子头上梳着三个小辫子的，四个小辫子的，乃至于五六个小辫子的，衣服简单到只剩一个红兜肚，上面隐约也绣有她嬷嬷挑的两三朵花！

娘娘庙前面树荫底下，你又能阻止谁来看热闹？教书先生出来了，军队里兵卒拉着马过来了，几个女人娇羞地手拉着手，也扭着来站在一边了，小孩子争着挤，看我们照相，拉皮尺量平面，教书先生帮忙我们拓碑文。说起来这个那个庙，都是年代可多了，什么时候盖的，谁也说不清了！说话之人来得太多，我们工作实在发生困难了，可是我们大家都顶高兴的，小孩子一边抱着饭碗吃饭，一边睁着大眼看，一点子也不松懈。

我们走时总是一村子的人来送的，儿媳妇指着说给老婆婆听，小孩们跑着还要跟上一段路。开栅镇，小相村，大相村，哪一处不是一样的热闹，看到北齐天保三年造像碑，我们不小心地，漏出一个惊异的叫喊，他们乡里弯着背的，老点儿的人，就也露出一个得意的微笑，知道他们村里的宝贝，居然吓着这古怪的来客了。“年代多了吧？”他们骄傲地问。“多了多了。”我们高兴地回答，“差不多一千四百年了。”“呀，一千四百年！”我们便一齐骄傲起来。

我们看看这里金元重修的，那里明季重修的殿宇，讨论那式样做法的特异处，塑像神气，手续，天就渐渐黑下来，嘴里觉到渴，肚里觉到饿，才记起一天的日子圆圆整整地就快结束了。回来躺在床上绮丽鲜明的印象仍然挂在眼睛前边，引导着种种适意的梦，同时晚饭上所吃的菜蔬果子，便给养充实着我们明天的精力，直到一大颗太阳，红红地照在我们的脸上。

本文刊于1934年8月25日《大公报·文艺副刊》第96期（第12版）

精彩点拨

才女写道：“开栅镇，小相村，大相村，哪一处不是一样的热闹？看到北齐天保三年造像碑，我们不小心地漏出一个惊异的叫喊。”文中提到的这些村庄，有的就是我的邻村，想必当年林徽因、梁思成夫妇是沿着太汾公路考察的，而太汾公路从我们村穿村而过，他们一定也到过我们村了。只是，我们村的古庙真武庙，不知她们当年考察过没有？文水上贤村的塔，紧邻太汾公路，远近闻名，文中提到的塔也许就是指上贤塔吧。1937 年，父亲们当年只是个少年，他们也许就在围观的人群中吧。一代才女，居然就这样与我有了些许的联系。

《文艺丛刊小说选》题记

精彩导读

作品最主要处是诚实。诚实的重要还在题材的新鲜、结构的完整、文字的流丽之上。即作品需诚实于作者客观所明了、主观所体验的生活。小说的情景即使整个是虚构的，内容的情感却全得借助于真的、体验过的情感，毫不能用空洞虚假来支持着伤感的"情节"。所谓诚实，并不是作者必须实际地经过在作品中所提到的生活，而是凡在作品中所提到的生活，的确都是作者在理智上所极明了，在感情上极能体验得出的情景或人性。

《大公报·文艺副刊》出了一年多，现在要将这第一年中属于创造的短篇小说提出来，选出若干篇，印成单行本供给读者更方便的阅览。这个工作的确该使认真的作者和读者两方面全都高兴。

这里篇数并不多，人数也不多，但是聚在一个小小的选集里也还结实饱满，拿到手里可以使人充满喜悦的希望。

我们不怕读者读过了以后，这燃起的希望或者又会黯下变成失望。因为这失望竟许是不可免的，如果读者对创造界诚恳地抱着很大的理想，心里早就叠着不平常的企望。但只要是读者诚实的反应，我们都不害怕。因为这里是一堆作者老实的成绩，合起来代表一年中创造界一部分的试验，无论拿什么标准来衡量它，断定它的成功或失败，谁也没有一句话说的。

侧面描写

运用了侧面描写，写出了林徽因在创作这方面，敢于接受读者的意见。

现在姑且以编选人对这多篇作品所得的感想来说，供读者浏览评阅这本选集时一种参考，简单的就是底下的一点意见。

词苑撷英

鸟瞰：意思是从高处往下看。

如果我们取鸟瞰的形式来观察这个小小的局面，至少有一个最显著的现象展在我们眼下。在这些作品中，在题材的选择上似乎有个很偏的倾向，那就是趋向农村或少受教育分子或劳力者的生活描写。这倾向并不偶然，说好一点，是我们这个时代对于他们——农人与劳力者——有浓重的同情和关心；说坏一点，是一种盲从趋时的现象。但最公平地说，还是上面的两个原因都有一点关系。描写劳工社会，乡村色彩已成一种风气，且在文艺界也已有一点成绩。初起的作家，或个性不强烈的作家，就容易不自觉地，因袭种种已有眉目的格调下笔。尤其是在我们这时代，青年作家都很难过自己在物质上享用，优越于一般少受教育的民众，便很自然地要认识乡村的穷苦，对偏僻的内地发生兴趣，反倒撇开自己所熟识的生活不写。拿单篇来讲，许多都写得好，还有些写得特别精彩的。但以创造界全盘试验来看，这种偏向表示贫弱，缺乏创造力量。并且为良心的动机而写作，那作品的艺术成分便会发生疑问。我们希望选集在这一点上可以显露出这种创造力的缺乏，或艺术性的不纯真，刺激作家们自己更有个性，更热诚地来刻画这多面错综复杂的人生，不拘泥于任何一个角度。

除却上面对题材的偏向以外，创造文艺的认真却是毫无疑问的。前一时代在流畅文字的烟幕下，刻薄地以讽刺个人博取流行幽默的小说，现已无形地摈出努力创造者的门外，衰灭下去几至绝迹。这个情形实在是值得我们作者和读者额手相庆的好现象。

在描写上，我们感到大多数所取的方式是写一段故事，或以一两人物为中心，或以某地方一桩事发生的始末为主干，单纯地发展与结束。这也是比较薄弱的手法。这个我们疑惑或是许多作者误会了短篇的限制，把它的可能性看得过窄的缘故。生活大胆的断面，这里少有人尝试，剖示贴己生活的矛盾也无多少人认真地来做。这也是我们中间一种遗憾。

至于关于这里短篇技巧的水准，平均的程度，编选人却要不避嫌疑地提出请读者注意。无疑地，在结构上，在描写上，在叙事与对话的分配上，多数作者已有很成熟自然地运用。生涩幼稚和冗长散漫的作品，在新文艺早期中毫无愧色地散见于各种印刷物中，现在已完全敛迹。通篇的连贯，文字的经济，着重点的安排，颜色图画的鲜明，已成为极寻常的标准。在各篇中我们相信读者一定还不会不觉察到那些好处的，为着那些地方就给了编选人以不少愉快和希望。

最后如果不算离题太远，我们还要具体地讲一点我们对于作者与作品的见解。作品最主要处是诚实。诚实的重要还在题材的新鲜，结构的完整，文字的流丽之上。即是作品需诚实于作者客观所明了，主观所体验的生活。小说的情景即使整个是虚构的，内容的情感却全得藉力于逼真的，体验过的情感，毫不能用空洞虚假来支持着伤感的“情节”！所谓诚实并不是作者必须实际的经过在作品中所提到的生活，而是凡在作品中所提到的生活，的确都是作者在理智上所极明了，在感情上极能体验得出的情景或人性。许多人因是自疚生活方式不新鲜，而故意地选择了一些特殊浪漫，而自己并不熟识的生活来做题材，然后敲诈自己有限的幻想力去铺张出自己所没有的情感，来骗取读者的同情。这种创造既浪费文字来夸张虚伪的情景和伤感，那些认真的读者要从文艺里充实生活认识人生的，自然要感到十分的不耐烦和失望的。

生活的丰富不在生存方式的种类多与少，如做过学徒，又拉过洋车，去过甘肃又走过云南，却在客观的观察力与主观的感觉力同时的锐利敏捷，能多面地明了及尝味所见、所听、所遇，种种不同的情景；还得理会到人在生活上互相的关系与牵连；固定的与偶然的中间所起戏剧式的变化；最后更得有自己特殊的看法及思想，信仰或哲学。

一个生活丰富者不在客观的见过若干事物，而在能主观地能激发很复杂，很不同的情感，和能够同情于人性的许多方面的人。

所以一个作者，在运用文字的技术学问外，必须是能立在任何生活上面，能在主观与客观之间，感觉和了解之间，理智上进退有余，情感上横溢奔放，记忆与幻想交错相辅，到了真即是假，假即是真的程度，他的笔下才现着活力真诚。他的作品才会充实伟大，不受题材或文字的影响，而能持久普遍的动人。

这些道理，读者比作者当然还要明白点，所以作品的估价永远操在认真的读者手里，这也是这个选集不得不印书，献与它的公正的评判者的一个原因。

本文刊于1936年3月1日《大公报·文艺》第102期星期特刊

精彩点拨

许多人因为自己生活方式不新鲜，而故意选择了一些特殊浪漫，自己并不熟识的生活来做题材，然后敲诈自己有限的幻想去铺张出自己所没有的情感，来骗取读者的同情。这种创造浪费文字来夸张虚伪的情感和伤感，那些认真的读者要从文艺里充实生活认识人生的，自然要感到十分的不耐烦和失望的。所以，一个作者在运用文字的技术学问外，必须是能立在任何生活上面，能在主观和客观之间，感觉和了解之间，理智上进退有余，感情上横溢奔放，记忆与幻想交错相辅，到了真即是假，假即是真的程度，他的笔下才现着活力真诚。他的作品才会充实伟大，不受题材或文字的影响，而能持久普遍地动人。

唯其是脆嫩

精彩导读

《唯其是脆嫩》，但凡感动，是大为真切的心意，林徽因在她的那个时代，说出了我们这个时代想说的话，她在她的那个时代，关于文章的说词，竟也切合到现如今的书法中来了，这不由得让我心生一种亲切，一种由心的交流，如是，这如何不令人欢喜？文由心生，耻于造作，创作是不能给这个时代见面的，固然有，那也只是偶然和例外的事。难道我们真麻木了不成？难道我们这时代的语辞真贫穷得不能达意？难道我们这时代真没有学问，真没有文章？

活在这非常富于刺激性的年头里，我敢喘一口气说，我相信一定有多数人成天里为观察听闻到的，牵动了神经，从跳动而有血裹着的心底下累积起各种的情感，直冲出嗓子，逼成了语言到舌头上来。这自然丰富的累积，有时更会倾溢出少数人的唇舌，再奔进到笔尖上，另具形式变成在白纸上驰骋的文字。这种文字便全是我们这个时代的出产，大家该千万珍视它！

现在，无论在哪里，假如有一个或多种的机会，我们能把许多这种自然触发出来的文字，交出给同时代的大众见面，因而或能激动起更多方面，更复杂的情感，和由这情感而形成更多方式的文字；一直造成了一大片丰富而且有力的创作的田壤，森林，江山……产生结结实实的我们这个时代特有的表情和文章；我们该不该诚恳地注意到这机会或能造出的事业，各人将各人的一点点心血献出来尝试？

假使，这里又有了机会联聚起许多人，为要介绍许多方面的文字，更进而研讨文章的质的方面；或指出以往文章的历程，或讲究到各种文章上比较的问题，进而无形地讲究到

词苑撷英

驰骋：一指骑马奔跑，二指驰射、田猎，三指奔竞、追逐，四指在某个领域纵横自如，能充分发挥才能，五指役使，六指奔放，七指历观；放视，八指显扬、显示，九是形容得意。

反问手法

运用了反问手法，写出了在林徽因看来，如果发现了机会，就应该去尝试。

程度和标准等问题。我又敢相信，在这种景况下定会发生更严重鼓励写作的主动力。使创作界增加问题，或许，唯其是增加了问题，才助益到创造界的活泼和健康。文艺绝不是蓬勃丛生的杂草。

我们可否直爽地承认一桩事？创作的鼓动时常要靠着刊物把它的成绩布散出去吹风，晒太阳，和时代的读者把晤的。被风吹冷了，太阳晒萎了，固常有的事。被读者所欢迎，所冷淡，或误会，或同情，归根应该都是激动创造力的药剂！

至于，一来就高举趾，二来就气馁的作者，每个时代都免不了有他们起落踪迹。这个与创作界主体的展动只成枝节问题。哪一个创作兴旺的时代缺得了介绍散布作品的刊物，同那或能同情，或不了解的读众？

创作品是不能不与时代见面的，虽然作者的名姓，则并不一定。伟大作品没有和本时代见面，而被他时代发现珍视的固然有，但也只是偶然例外的事。

希腊悲剧是在几万人前面唱演的，莎士比亚的戏更是街头巷尾的粗人看得到的。到有刊物时代的欧洲，更不用说，一首诗文出来人人争买着看，就是中国在印刷艰难的时候，也是什么“传诵一时”，什么“人手一抄”等……

创作的主力固在心底，但逼迫着这只有时间性的情绪语言而留它在空间里的，却常是刊物这一类的鼓励和努力所促成。

现走遍人间是能刺激起创作的主力。尤其在中国，这种日子，那一副眼睛看到了些什么，舌头底下不立刻紧急地想说话，乃至于歌泣！如果创作界仍然有点消沉寂寞的话——努力的少，尝试的稀罕——那或是有别的缘故而使然。

我们问：能鼓励创作界的活跃性的是些什么？刊物是否可以救济这消沉的？努力于刊物的诞生的人们，一定知道刊物又时常会因为别的复杂原因而夭折的。它常是极脆嫩的孩儿……那么有创作冲动的笔锋，努力于刊物的手臂，此刻何不联在一起，再来一次合作，逼着创造界又挺出一个新鲜的萌芽！管它将来能不能成田壤，成森林，成江山，一个萌芽是一个萌芽。

脆嫩？唯其是脆嫩，我们大家才更要来爱护它。

这时代是我们特有的，结果我们单有情感而没有表现这情绪的艺术，眼看着后代人笑我们是黑暗时代的哑子，没有艺术，没有文章，乃至于怀疑到我们有没有情感！

回头再看到祖宗传流下那神气的衣钵，怎不觉得惭愧！说世乱，杜老头子过的是什么日子！辛稼轩当日的愤慨当使我们同情！何必诉，诉不完。

难道现在我们这时代没有形形色色的人物，喜剧悲剧般的人生作题？难道我们现时没有美丽，没有风雅，没有丑陋、恐慌，没有感慨，没有希望？！难道连经这些天灾人祸，我们都不会描述，身受这许多刺骨的辱痛，我们都不会愤慨高歌迸出一缕滚沸的血流？！

难道我们真麻木了不成？难道我们这时代的语辞真贫穷得不能达意？难道我们这时代真没有学问，真没有文章？！朋友们努力挺出一根活的萌芽来，记着这个时代是我们的。

原载《大公报·文艺副刊》第1期

1933年9月23日

精彩点拨

“唯其是脆嫩”，而这个“其”，实际上指的是文章的创造力。在动荡的年代里，人们或许因为看到、听到、经历了许多的事情，进而感触，形成书面上的文字，形成可以阅读的作品。但因为读者的层次，社会的需求，时代的局限，很多的作品并不能一时被予以认同，仅仅在短时间内或者局部范围里产生一定的影响力和认可度。故而说它是个脆嫩的东西，因为它受到了太多因素的限制，往往显示不出它顽强的生命力，过于单薄，过于脆嫩而脆弱了。

窗子以外

精彩导读

“窗子以外”四个字值得玩味。“窗子”是个富有诗意的意象，曾有一句话说“上帝关上一扇门，同时也为你打开了一扇窗”，“窗子”无疑代表了美好和希望。人们可以在窗子以内温暖的世界去窥探窗外的秘密。阳光、草地、新鲜的空气，似乎都可以通过窗子伸手可触。作者要写“窗子以外”的新奇，抑或美丽吧？然而，很快我们就发现，作者所写的超出了我们的预料。

话从哪里说起？等到你要说话，什么话都是那样渺茫地找不到个源头。

此刻，就在我眼帘底下坐着是四个乡下人的背影：一个头上包着黯黑的白布，两个褪色的蓝布，又一个光头。他们支起膝盖，半蹲半坐的，在溪沿的短墙上休息。每人手里一件简单的东西：一个是白木棒，一个篮子，那两个在树荫底下我看不清楚。无疑地，他们已经走了许多路，再过一刻，抽完一筒旱烟以后，是还要走许多路的。兰花烟的香味频频随着微风，袭到我官觉上来，模糊中还有几段山西梆子的声调，虽然他们坐的地方是在我廊子的铁纱窗以外。

> **外貌描写** 运用了外貌描写，写出了四个人的外貌，衣着朴素。

铁纱窗以外，话可不就在这里了。永远是窗子以外，不是铁纱窗就是玻璃窗，总而言之，窗子以外！

所有的活动的颜色、声音，生的滋味，全在那里的，你并不是不能看到，只不过是永远地在你窗子以外罢了。

多少百里的平原土地，多少区域的起伏的山峦，昨天由窗子外映进你的眼帘，那是多少生命日夜在活动着的所在；每一根青的什么麦黍，都有人流过汗；每一粒黄的什么米粟，都有人吃去；其间还有的是周折，是热闹，是紧张！可

> **词苑撷英** 山峦：连绵不断的群山。

是你则并不一定能看见，因为那所有的周折，热闹，紧张，全都在你窗子以外展演着。

在家里吧，你坐在书房里，窗子以外的景物本就有限。那里两树马缨，几棵丁香；榆叶梅横出疯杈的一大枝；海棠因为缺乏阳光，每年只开个两三朵——叶子上满是虫蚁吃的创痕，还卷着一点焦黄的边；廊子幽秀地开着扇子式，六边形的格子窗，透过外院的日光，外院的杂音。什么送煤的来了，偶然你看到一个两个被煤炭染成黔黑的脸；什么米送到了，一个人掮着一大口袋在背上，慢慢踱过屏门；还有自来水，电灯，电话公司来收账的，胸口斜挂着皮口袋，手里推着一辆自行车；更有时厨子来个朋友了，满脸的笑容，“好呀，好呀！”地走进门房；什么赵妈的丈夫来拿钱了，那是每月一号一点都不差的，早来了你就听到两个人唧唧哝哝争吵的声浪。那里不是没有颜色，声音，生的一切活动，只是他们和你总隔个窗子，——扇子式的，六边形的，纱的，玻璃的！

你气闷了把笔一搁说，这叫做什么生活！你站起来，穿上不能算太贵的鞋袜，但这双鞋和袜的价钱也就比——想它做什么，反正有人每月的工资，一定只有这价钱的一半乃至于更少。

你出去雇洋车了，拉车的嘴里所讨的价钱当然是要比例价高得多，难道你就傻子似的答应下来？不，不，三十二子，拉就拉，不拉，拉倒！心里也明白，如果真要充内行，你就该说，二十六子，拉就拉——但是你好意思争！

车开始辗动了，世界仍然在你窗子以外。长长的一条胡同，一个个大门紧紧地关着。就是有开的，那也只是露出一角，隐约可以看到里面有南瓜棚子，底下一个女的，坐在小凳上缝缝做做的；另一个，抓住还不能走路的小孩子，伸出头来喊那过路卖白菜的。至于白菜是多少钱一斤，那你是听不见了，车子早已拉得老远，并且你也无需乎知道的。在你每月费用之中，伙食是一定占去若干的。在那一笔伙食费里，白菜又是多么小的一个数。难道你知道了门口卖的白菜多少钱一斤，你真把你哭丧着脸的厨子叫来申斥一顿，告诉他每一斤白菜他多开了你一个“大子儿”？

车越走越远了，前面正碰着粪车，立刻你拿出手绢来，皱着眉，把鼻子蒙得紧紧的，心里不知怨谁好。

怨天做的事太古怪；好好的美丽的稻麦却需要粪来浇！怨乡下人太不怕臭，不怕脏，发明那么两个篮子，放在鼻前手车上，推着慢慢走！你怨市里行政人员不认真办事，如此脏臭不卫生的旧习不能改良，十余年来对这粪车难道真无办法？为着强烈的臭气隔着你窗子还不够远，因此你想到社会卫生事业如何还办不好。

路渐渐好起来，前面墙高高的是个大衙门。这里你简直不止隔个窗子，这一带高高的墙是不通风的。你不懂里面有多少办事员，办的都是什么事；多少浓眉大眼的，对着乡

词苑撷英

自欺欺人：欺骗自己，也欺骗别人。

侧面描写

运用了侧面描写，写出了两个女人斤斤计较，十分市侩。

下人做买卖的吆喝诈取；多少个又是脸黄黄的可怜虫，混半碗饭分给一家子吃。自欺欺人，里面大大演的到底是什么把戏？但是如果里面真有两三个人拼了命在那里奋斗，为许多人争一点便利和公道，你也无从知道！

到了热闹的大街了，你仍然像在特别包厢里看戏一样，本身不会，也不必参加那出戏；倚在栏杆上，你在审美地领略，你有的是一片闲暇。但是如果这里洋车夫问你在哪里下来，你会吃一惊，仓促不知所答。生活所最必需的你并不缺乏什么，你这出来就也是不必需的活动。

偶一抬头，看到街心和对街铺子前面那些人，他们都是急急忙忙地，在时间金钱的限制下采办他们生活所必需的。

两个女人手忙脚乱地在监督着店里的伙计称秤。二斤四两，二斤四两的什么东西，且不必去管，反正由那两个女人的认真的神气上面看去，必是非同小可，性命交关的货物。并且如果称得少一点时，那两个女人为那点吃亏的分量必定感到重大的痛苦；如果称得多时，那伙计又知道这年头那损失在东家方面真不能算小。于是那两边的争持是热烈的，必需的，大家声音都高一点；女人脸上呈块红色，头发披下了一缕，又用手抓上去；伙计则维持着客气，口里嚷着："错不了，错不了！"

热烈的，必需的，在车马纷纭的街心里，忽然由你车边冲出来两个人；男的，女的，各个提起两脚快跑。这又是干什么的，你心想，电车正在拐大弯。那两人原就追着电车，由轨道旁边擦过去，一边追着，一边向电车上卖票的说话。电车是不容易赶的，你在洋车上真不禁替那街心里奔走赶车的担心。但是你也知道如果这趟没赶上，他们就可以在街旁站个半点来钟，那些宁可盼穿秋水不雇洋车的人，也就是因为他们的生活而必需计较和节省到洋车同电车价钱上那相差的数目。

此刻洋车跑得很快，你心里继续着疑问你出来的目的，到底采办一些什么必需的货物。眼看着男男女女挤在市场里面，门首出来一个进去一个，手里都是持着包包裹裹，里边虽然不会全是他们当日所必需的，但是如果当中夹着一盒稍微奢侈的物品，则亦必是他们生活中间闪着亮光的一个愉快！

你不是听见那人说么？里面草帽，一块八毛五，贵倒贵点，可是“真不赖”！他提一提帽盒向着打招呼的朋友，他摸一摸他那剃得光整的脑袋，微笑充满了他全个脸。那时那一点迸射着光闪的愉快，当然的归属于他享受，没有一点疑问，因为天知道，这一年中他多少次地克己省俭，使他赚来这一次美满的，大胆的奢侈！

那点子奢侈在那人身上所发生的喜悦，在你身上却完全失掉作用，没有闪一星星亮光的希望！你想，整年整月你所花费的，和你那窗子以外的周围生活程度一比较，严格算来，可不都是非常靡费的用途？每奢侈一次，你心上只有多难过一次，所以车子经过的那些玻璃窗口，只有使你更惶恐，更空洞，更怀疑，前后彷徨不着边际。并且看了店里那些形形色色的货物，除非你真是傻子，难道不晓得它们多半是由哪一国工厂里制造出来的！奢侈是不能给你愉快的，它只有要加增你的戒惧烦恼。每一尺好看点的纱料，每一件新鲜点的工艺品！

你诅咒着城市生活，不自然的城市生活！检点行装说，走了，走了，这沉闷没有生气的生活，实在受不了，我要换个样子过活去。健康的旅行既可以看看山水古刹的名胜，又可以知道点内地纯朴的人情风俗，走了，走了，天气还不算太坏，就是走他一个月六礼拜也是值得的。

没想到不管你走到那里，你永远免不了坐在窗子以内的。不错，许多时髦的学者常常骄傲地带上“考察”的神气，架上科学的眼镜，偶然走到那里一个陌生的地方瞭望，但那无形中的窗子是仍然存在的。不信，你检查他们的行李，有谁不带着罐头食品，帆布床，以及别的证明你还在你窗子以内的种种零星用品，你再摸一摸他们的皮包，那里短不了有些钞票；一到一个地方，你有的是一个提梁的小小世界。不管你的窗子朝向哪里望，所看到的多半则仍是在你窗子以外，隔层玻璃，或是铁纱！隐隐约约你看到一些颜色，听到一些声音，如果你私下满足了，那也没有什么，只是千万别高兴起说什么接触了，认识了若干事物人情，天知道那是罪过！洋鬼子们的一些浅薄，千万学不得。

你是仍然坐在窗子以内的，不是火车的窗子，汽车的窗子，就是客栈逆旅的窗子，再不然就是你自己无形中习惯的窗子，把你搁在里面。接触和认识实在谈不到，得天独厚的闲暇生活先不容你。一样是旅行，如果你背上掮的不是照相机而是一点做买卖的小血本，你就需要全副的精神来走路：你得留神投宿的地方；你得计算一路上每吃一次烧饼和几颗沙果的钱，遇着同行的战战兢兢地打招呼，互相捧出诚意，遇着困难时好互相关照帮忙，到了一个地方你是真带着整个血肉的身体到处碰运气，紧张的境遇不容你不奋斗，不与其他奋斗的血和肉的接触，直到经验使得你认识。

前日公共汽车里一列辛苦的脸，那些谈话，里面就有很多生活的分量。陕西过来做生意的老头和那旁坐的一股客气，是不得已的；由交城下车的客人执着红粉包纸烟递到汽车行管事手里也是有多少理由的，穿棉背心的老太婆默默地挟住一个蓝布包袱，一个钱包，是在用尽她的全副本领的，果然到了冀村，她错过站头，还亏别个客人替她要求车夫，将汽车退行两里路，她还不大相信地望着那村站，口里噜苏着这地方和上次如何两样了。开车的一面发牢骚一面爬到车顶替老太婆拿行李，经验使得他有一种涵养，行旅中少不了有认不得路的老太太，这个道理全世界是一样的，伦敦警察之所以特别和蔼，也是从迷路的老太太孩子们身上得来的。

话说了这许多，你仍然在廊子底下坐着，窗外送来溪流的喧响，兰花烟气味早已消失，四个乡下人这时候当已到了上流“庆和义”磨坊前面。昨天那里磨坊的伙计很好笑地满脸挂着面粉，让你看着磨坊的构造；坊下的木轮，屋里旋转着的石碾，又在高低的院落里，来回看你所不经见的农具在日影下列着。院中一棵老槐、一丛鲜艳的杂花、一条曲曲折折引水的沟渠，伙计和气地说闲话。他用着山西口音，告诉你，那里一年可出五千多包的麦粉，每包的价钱约略两块多钱。又说这十几年来，这一带因为山水忽然少了，磨坊关闭了多少家，外国人都把那些磨坊租去做他们避暑的别墅。惭愧的你说，你就是住在一个磨坊里面，他脸上堆起微笑，让面粉一星星在日光下映着，说认得认得，原来你所租的磨坊主人，一个外国牧师，待这村子极和气，乡下人和他还都有好感情。

这真是难得了，并且好感的由来还有实证。就是那一天早上你无意中出去探古寻胜，这一省山明水秀，古刹寺院，动不动就是宋辽的原物，走到山上一个小村的关帝庙里，看到一个铁铎，刻着万历年号，原来是万历赐这村里庆成王的后人的，不知怎样流落到卖古董的手里。七年前让这牧师买去，晚上打着玩，嘹亮的钟声被村人听到，急忙赶来打听，要凑原价买回，情辞恳切。说起这是他们吕姓的祖传宝物，决不能让它流落出境，这牧师于是真个把铁铎还了他们，从此便在关帝庙神前供着。

这样一来你的窗子前面便展开了一张浪漫的图画，打动了你的好奇，管它是隔一层或两层窗子，你也忍不住要打听点底细，怎么明庆成王的后人会姓吕！这下子文章便长了。

如果你的祖宗是皇帝的嫡亲弟弟，你是不会，也不愿，忘掉的。据说庆成王是永乐的弟弟，这赵庄村里的人都是他的后代。不过就是因为他们记得太清楚了，另一朝的皇帝都有些老大不放心，雍正间诏命他们改姓，由姓朱改为姓吕，但是他们还有用二十字排行的方法，使得他们不会弄错他们是这一脉子孙。

这样一来你就有点心跳了，昨天你雇来那打水洗衣服的不也是赵庄村来的，并且还姓吕！果然那土头土脑圆脸大眼的少年是个皇裔贵族，真是有失尊敬了。那么这村子一定穷不了，但事实上则不见得。

田亩一片，年年收成也不坏。家家户户门口有特种围墙，像个小小堡垒——当时防匪用的。屋子里面有大漆衣柜衣箱，柜门上白铜擦得亮亮；炕上棉被红红绿绿也颇鲜艳。可是据说关帝庙里已有四年没有唱戏了，虽然戏台还高巍巍地对着正殿。村子这几年穷了，有一位王孙告诉你，唱戏太花钱，尤其是上边使钱。

这里到底是隔个窗子，你不懂了，一样年年好收成，为什么这几年村子穷了，只模模糊糊听到什么军队驻了三年多等，更不懂是，村子向上一年辛苦后的娱乐，关帝庙里唱唱戏，得上面使钱？既然隔个窗子听不明白，你就通气点别尽管问了。

隔着一个窗子你还想明白多少事？昨天雇来吕姓倒水，今天又学洋鬼子东逛西逛，跑到下面养有鸡羊，上面挂有武魁匾额的人家，让他们用你不懂得的乡音招呼你吃菜，炕上坐，坐了半天出到门口，和那送客的女人周旋客气了一回，才恍然大悟，她就是替你倒脏水洗衣裳的吕姓王孙的妈，前晚上还送饼到你家来过！

这里你迷糊了。算了算了！你简直老老实实地坐在你窗子里得了，窗子以外的事，你看了多少也是枉然，大半你是不明白，也不会明白的。

原载《大公报·文艺副刊》第99期

1934年9月5日

外貌描写

运用了外貌描写，写出了少年的模样。

词苑撷英

模模糊糊：指看不清事物的状态或意识不清醒。

精彩点拨

对于林徽因来说，“窗子以外”对于她的意思是，有的人坐在窗子里面，有的人行走在窗子外面，而一扇窗子隔绝出来的，是两个截然不同的世界，这四个字蕴含着林徽因所想要表达的对这个世界和社会的感悟。文章表达了作者的无奈和无能为力的一种心情，窗子以外的世界和自己好像很遥远，却又看得那么真实，是林徽因对生活在痛苦中的群众的深切关心，是对生活和制度的一种反抗。

阅读积累

玻璃

一般是用多种无机矿物（如石英砂、硼砂、硼酸、重晶石、碳酸钡、石灰石、长石、纯碱等）为主要原料，另外加入少量辅助原料制成的。广泛应用于建筑物，用来隔风透光，属于混合物。另有混入了某些金属的氧化物或者盐类而显现出颜色的有色玻璃，以及通过物理或者化学方法制得的钢化玻璃等。

蛛丝和梅花

精彩导读

作者展示了一根蛛丝引起的诗意联想，把简单的景致写得很美，并寓含哲理，尤其是对诗词的解析令人心有戚戚，展示了一个人格独立、性情温婉、精致典雅和秀劲傲骨的精神世界……一朵美丽的梅花，一朵谦虚的梅花，一朵默默奉献的梅花，一朵不畏严寒的梅花，这样的梅花怎不叫人动心呢？

真真地就是那么两根蛛丝，由门框边轻轻地牵到一枝梅花上。就是那么两根细丝，迎着太阳光发亮……再多了，那还像样么？一个摩登家庭如何能容蛛网在光天白日里作怪，管它有多美丽，多玄妙，多细致，够你对着它联想到一切，自然造物的神工和不可思议处；这两根丝本来就该使人脸红，且在冬天够多特别！可是亮亮的，细细的，倒有点像银，也有点像玻璃制的细丝，委实不算讨厌，尤其是它们那么潇脱风雅，偏偏那样有意无意地斜着搭在梅花的枝梢上。

你向着那丝看，冬天的太阳照满了屋内，窗明几净，每朵含苞的，开透的，半开的梅花在那里挺秀吐香，情绪不禁迷茫缥渺地充溢心胸，在那刹那的时间中振荡。同蛛丝一样的细弱，和不必需，思想开始抛引出去：由过去牵到将来，意识的，非意识的，由门框梅花牵出宇宙，浮云沧波，踪迹不定。是人性，艺术，还是哲学，你也无暇计较，你不能制止你情绪的充溢，思想的驰骋，蛛丝梅花竟然是瞬息可以千里！

好比你是蜘蛛，你的周围也有你自织的蛛网，细致地牵引着天地，不怕多少次风雨来吹断它，你不会停止了这生命上基本的活动。此刻“……一枝斜好，幽香不知甚处……”

拿梅花来说吧，一串串丹红的结蕊缀在秀劲的傲骨上，最可爱，最可赏，等半绽将开地错落在老枝上时，你便会心跳！梅花最怕开；开了便没话说。索性残了，沁香拂散同夜里炉火都能成了一种温存的凄清。

记起了，也就是说到梅花，玉兰。初是有个朋友说起初恋时玉兰刚开完，天气每天的暖，住在湖旁，每夜跑到湖边林子里走路，又静坐幽僻石上看隔岸灯火，感到好像仅有如此虔诚地孤对一片泓碧寒星远市，才能把心里情绪抓紧了，放在最可靠、最纯净的一撮思想里，始不至亵渎了或是惊着那“寤寐思服”的人儿。那是极年轻的男子初恋的情景——对象渺茫高远，反而近求“自我的”郁结深浅——他问起少女的情绪。

就在这里，忽记起梅花。一枝两枝，老枝细枝，横着，虬着，描着影子，喷着细香；太阳淡淡金色地铺在地板上；四壁琳琅，书架上的书和书签都像在发出言语；墙上小对联记不得是谁的集句；中条是东坡的诗。你敛住气，简直不敢喘息，踮起脚，细小的身形嵌在书房中间，看残照当窗，花影摇曳，你像失落了什么，有点迷惘。又像“怪东风着意相寻”，有点儿没主意！浪漫，极端的浪漫。“飞花满地谁为扫？”你问，情绪风似地吹动，卷过，停留在惜花上面。再回头看看，花依旧嫣然不语。“如此娉婷，谁人解看花意，”你更沉默，几乎热情地感到花的寂寞，开始怜花，把同情统统诗意地交给了花心！

借景抒情

前面写景，后面抒情，情景交融，物我一体，完美表达出内心的迷失感，而且颇有文采。

这不是初恋，是未恋，正自觉“解看花意”的时代。情绪的不同，不止是男子和女子有分别，东方和西方也甚有差异。情绪即使根本相同，情绪的象征，情绪所寄托，所栖止的事物却常常不同。水和星子同西方情绪的联系，早就成了习惯。一颗星子在蓝天里闪，一流冷润倾泄一片幽愁的平静，便激起他们诗情的波涌，心里甜蜜地，热情地便唱着由那些鹅羽的笔锋散下来的“她的眼如同星子在暮天里闪”，或是“明丽如同单独的那颗星，照着晚来的天”，或“多少次了，在一流碧水旁边，忧愁倚下她低垂的脸”。惜花，解花太东方，亲昵自然，含着人性的细致是东方传统的情绪。

此外年龄还有尺寸，一样是愁，却跃跃似喜，十六岁时的，微风零乱，不颓废，不空虚，踮着理想的脚充满希望，东方和西方却一样。人老了脉脉烟雨，愁吟或牢骚多折损诗的活泼。大家如香山，稼轩，东坡，放翁的白发华发，很少不梗在诗里，至少是令人不快。话说远了，刚说是惜花，东方老少都免不了这嗜好，这倒不论老的雪鬓曳杖，深闺里也就攒眉千度。

最叫人惜的花是海棠一类的“春红”，那样娇嫩明艳，开过了残红满地，太招惹同情和伤感。但在西方即使也有我们同样的花，也还缺乏我们的廊庑庭院。有了“庭院深深深几许”才有一种庭院里特有的情绪。如果李易安的“斜风细雨”底下不是“重门须闭”也就不“萧条”得那样深沉可爱；李后主的“终日谁来”也一样的别有寂寞滋味。看花更须庭院，深深锁在里面认识，不时还得有轩窗栏杆，给你一点凭借，虽然也用不着十二栏杆倚遍，那么慵弱无聊。

当然旧诗里伤愁太多；一首诗竟像一张美的证券，可以照着市价去兑现！所以庭花，乱红，黄昏，寂寞太滥，诗常失却诚实。西洋诗，恋爱总站在前头，或是“忘掉”，或是“记起”，月是为爱，花也是为爱，只使全是真情，也未尝不太腻味。就以两边好的来讲。拿他们的月光同我们的月色比，似乎是月色滋味深长得多。花更不用说了，我们的花“不是预备采下缀成花球，或花冠献给恋人的”，却是一树一树绰约的，个性的，自己立在情人的地位上接受恋歌的。

所以未恋时的对象最自然的是花，不是因为花而起的感慨——十六岁时无所谓感慨——仅是刚说过的自觉解花的情绪，寄托在那清丽无语的上边，你心折它绝韵孤高，你为花动了感情，实说你同花恋爱，也未尝不可，一那惊讶狂喜也不减于初恋。还有那凝望，那沉思……

一根蛛丝！记忆也同一根蛛丝，搭在梅花上就由梅花枝上牵引出去，虽未织成密网，这诗意的前后，也就是相隔十几年的情绪的联络。

午后的阳光仍然斜照，庭院阒然，离离疏影，房里窗棂和梅花依然伴和成为图案，两根蛛丝在冬天还可以算为奇迹，你望着它看，真有点像银，也有点像玻璃，偏偏那么斜挂在梅花的枝梢上。

二十五年新年漫记

原载《大公报·文艺》第86期星期特刊

1936年2月2日

精彩点拨

这篇文章林徽因是用诗歌的创作手法来写的，要读懂它有一定的难度。从蛛丝牵扯到梅花的瞬息千里和朋友初恋时的玉兰；从“解看花意”的东方人惜花解花的不同到那些鹅毛笔锋散下来的“水”和“星子”的拟人描述；从东方式的最令人怜惜的“春红”——海棠遥想到西洋诗中的“月”和“花”暗合的高雅情爱……其中既有“中国山水”的巧、宜、精、雅，又见华丽装饰、曲线复杂和散逸错落，全文各段落随着作者灵动的思绪自由跳跃，毫无启承转合的痕迹。林徽因以个人的独特性格、建筑师的审美眼光，从异常纤微细巧的角度去观照人物、情景和人生，以清新的风格、细密的文化和真挚的情思，将自己的思绪真实展现在读者面前。

究竟怎么一回事

精彩导读

“灵异的风和月所指的当是外界的一种偶然现象，同时却也是指它们是内心活动的一种引火线。诗人说话没有不打比喻的。”显然地，林徽因在这里所说的“诗人”正是徐志摩无疑，并且，她进一步认为，所谓的“奇异的风和月”只是诗人的“比喻”，重要的是：“究竟这灵异的风和月、心灵的震荡和惊讶是什么？”

写诗究竟是怎么一回事？

写诗，或可说是要抓紧一种一时闪动的力量，一面跟着潜意识浮沉，摸索自己内心所萦回、所着重的情感——喜悦，哀思，忧怨，恋情，或深，或浅，或缠绵，或热烈；又一方面顺着直觉，认识，辨味，在眼前或记忆里官感所触遇的意象——颜色，形体，声音，动静，或细致，或亲切，或雄伟，或诡异；再一方面又追着理智探讨，剖析，理会这些不同的性质，不同分量，流转不定的情感意象所互相融会，交错策动而发生的感念；然后以语言文字（运用其声音意义）经营，描画，表达这内心意象，情绪，理解在同时间或不同时间里，适应或矛盾的所共起的波澜。

举例手法

运用了举例子手法，写出了诗能表达很多种情感。

写诗，或又可说是自己情感的，主观的，所体验了解到的；和理智的客观的所体察辨别到的，同时达到一个程度，腾沸横溢，不分宾主地互相起了一种作用，由于本能的冲动，凭着一种天赋的兴趣和灵巧，驾驭一串有声音，有图画，有情感的言语，来表现这内心与外物息息相关的联系，及其所发生的悟理或境界。

词苑撷英

天赋：自然赋予、生来具有的、禀受于天的。

写诗，或又可以说是若不知其所以然的，灵巧的，诚挚的，在传译给理想的同情者，自己内心所流动的情感穿过繁复的意象时，被理智所窥探而由直觉与意识分着记取的符录！一方面似是惨淡经营——至少是专诚致意，一方面似是藉力于平时不经意的准备，“下笔有神”的妙手偶然拈来；忠于情感，又忠于意象，更忠于那一串刹那间内心整体闪动的感悟。

写诗，或又可说是经过若干潜意识的酝酿，突如其来地，在生活中意识到那么凑巧的一顷刻小小时间；凑巧地，灵异地，不能自已地，流动着一片浓挚或深沉的情嫜，敛聚着重重繁复演变的情绪，更或凝定入一种单纯超卓的意境，而又本能地迫着你要刻画一种适合的表情。这表情积极的，像要流泪叹息或歌唱欢呼，舞蹈演述；消极的，又像要幽独静处，沉思自语。换句话说，这两者合一，便是一面要天真奔放，热情地自白去邀同情和了解，同时又要寂寞沉默，孤僻地自守来保持悠然自得的完美和严肃！

在这一个凑巧的一顷刻小小时间中（着重于那凑巧的），你的所有直觉、理智、官感、情感、记性和幻想，独立的及交互的都迸出它们不平常的锐敏、紧张、雄厚、壮阔及深沉。

在它们潜意识的流动——独立的或交互的融会之间——如出偶然而又不可避免地涌上一闪感悟，和情趣——或即所谓灵感——或是亲切地对自我得失悲欢；或辽阔地对宇宙自然；或智慧地对历史人性。

这一闪感悟或是混沌朦胧，或是透彻明晰。像光同时能照耀洞察，又能揣摩包含你的所有已经尝味，还在尝味，及幻想尝味的“生”的种种形色质量，且又活跃着其间错综重叠于人于我的意义。

这感悟情趣的闪动——灵感的脚步——来得轻时，好比潺潺清水婉转流畅，自然地洗涤，浸润一切事物情感，倒影映月，梦残歌罢，美感地旋起一种超实际的权衡轻重，可抒成慷慨缠绵千行的长歌，可留下如幽咽微叹般的三两句诗词。愉悦的心声，轻灵的心画，常如啼鸟落花，轻风满月，夹杂着情绪的缤纷；泪痕巧笑，奔放轻盈，若有意若无意地遗留在各种言语文字上。

但这感悟情趣的闪动，若激越澎湃来得强时，可以如一片惊涛飞沙，由大处见到纤微，由细弱的物体看它变动，宇宙人生，幻若苦谜。一切又如经过烈火燃烧锤炼，分散，减化成为净纯的茫焰气质，升处所有情感意象于空幻，神秘，变移无定，或不减不变绝对，永恒的玄哲境域里去，卓越隐奥，与人性情理遥远得好像隔成距离。身受者或激昂通达，或禅寂淡远，将不免挣扎于超情感，超意象，乃至于超言语，以心传心的创造。隐晦迷离，如禅偈玄诗，便不可制止地托生在与那幻想境界几不适宜的文字上，估定其生存权。

写诗……

总而言之，天知道究竟写诗是怎么一回事。在写诗的时候，或者是“我知道，天知道”；到写了之后，最好学Browning不避嫌疑的自讥的，只承认“天知道”，天下关于写诗的笔墨官司便都省了。

我们仅听到写诗人自己说一阵奇异的风吹过，或是一片澄清的月色，一个惊讶，一次心灵的震荡，便开始他写诗的尝试，迷于意境、文字、音乐的搏斗，但是究竟这灵异的风和月、心灵的震荡和惊讶是什么？是不是仍为那可以追踪到内心直觉的活动，到潜意识后面那综错交流的情感与意象，那意识上理智的感念思想；以及要求表现的本能冲动？灵异的风和月所指的当是外界的一种偶然现象，同时却也是指它们是内心活动的一种引火线。诗人说话没有不打比喻的。

我们根本早得承认诗是不能脱离象征比喻而存在的。在诗里情感必依附在意象上，求较具体的表现；意象则必须明晰地或沉着地，恰适地烘托情感，表征含义。

如果这还需要解释，常识的，我们可以问：在一个意识的或直觉的，官感，情感，理智，同时并重的一个时候，要一两句简约的话来代表一堆重叠交错的外象和内心情绪思想所发生的微妙的联系，而同时又不失却原来情感的质素分量，是不是容易或可能的事？

一个比喻或一种象征在字面或事物上可以极简单，而同时可以带着字面事物以外的声音、颜色、形状，引起它们与其他事关系的联想。这个办法可以多方面地来辅助每句话确实的含义，而又加增官感情感理智每方面的刺激和满足，道理甚为明显。

无论什么诗都从不会脱离过比喻象征，或比喻象征式的言语。诗中意象多不是寻常纯客观的意象。诗中的云霞星宿，山川草木，常有人性的感情，同时内心人性的感触反又变成外界的体象，虽简明浅现、隐奥繁复各有不同的。但

夸张手法

运用了夸张手法，写出了写诗是一件很奇妙的事情，没有人能说清楚写诗是怎么一回事。

知识延伸

星宿：天文学术语，寓指日、月、五星栖宿的场所。一宿通常包含一颗或者多颗恒星。古人将黄道附近划分为二十八组，俗称“二十八宿”。因为二十八宿环列在日、月、五星的四方，很像日、月、五星栖宿的场所，所以称作“宿”。

是诗虽不能缺乏比喻象征，象征比喻却并不是诗。

诗的泉源，上面已说过，是意识与潜意识地融会交流，错综的情感意象和概念所促成；无疑地，诗的表现必是一种形象、情感思想合一的语言。

但是这种语言，不能仅是语言，它又须是一种类似动作的表情，这种表情又不能只是表情，而须是一种理解概念的传达。它同时须不断传译情感，描写现象，诠释感悟。它不是形体而须创造形体颜色；它是声音，却最多仅要留着长短节奏。最要紧地是按着疾徐高下，和有限的铿锵音调，依附着一串单独或相联的字义上边；它须给直觉意识，情感理智，以整体的快惬。

因为相信诗是这样繁难的一列多方面条件的满足，我们不能不怀疑到纯净意识的，理智的，或可以说是“技术的”创造——或所谓“工”之绝无能为。

诗之所以发生，就不叫它做灵感的来临，主要的亦在那一闪力量突如其来，或灵异的一刹那的“凑巧”，将所有繁复的“诗的因素”都齐集荟萃于一俄顷偶然的时间里。所以诗的创造或完成，主要亦当在那灵异的，凑巧的，偶然的活动一部分属意识，一部分属直觉，更多一部分属潜意识的，所谓“不以文而妙”的“妙”。

理智情感，明晰隐晦都不失之过偏。意象瑰丽迷离，转又朴实平淡，像是纷纷纭纭不知所从来，但飘忽中若有必然的缘素可寻，理解玄奥繁难，也像是纷纷纭纭，莫明所以。但错杂里又是斑驳分明，情感穿插联系其中，若有若无，给草木气候，给热情颜色。

一首好诗在一个会心的读者前边有时真会是一个奇迹！但是伤感流丽，铺张的意象，涂饰的情感，用人工连缀起来，疏忽地看去，也未尝不像是诗。故作玄奥渊博，颠倒意象，堆砌起重重理喻的诗，也可以赫然惊人一下。

写诗究竟是怎么一回事，真是唯有天知道得最清楚！读者与作者，读者与读者，作者与作者关于诗的意见，历史告诉我，传统的是要永远地差别分歧，争争吵吵到无尽时。因为老实地说，谁也仍然不知道写诗是怎么一回事的，除却这篇文字所表示的，勉强以抽象的许多名词，具体的一些比喻来捉摸描写那一种特殊的直觉活动，献出一个极不能令人满意的答案。

原载《大公·文艺》第206期诗歌特刊

1936年8月30日

精彩点拨

文中说："我们仅听到写诗人自己说一阵奇异的风吹过，或是一片澄清的月色，一个惊讶，一次心灵的震荡，便开始他写诗的尝试，迷于意境文字音乐的搏斗，但是究竟这灵异的风和月、心灵的振荡和惊讶是什么？是不是仍为那可以追踪到内心直觉的活动，到潜意识后面那综错交流的情感与意象，那意识上理智的感念思想，以及要求表现的本能冲动？"

阅读积累

灵感

灵感也叫灵感思维，指文艺、科技活动中瞬间产生的富有创造性的突发思维状态。通常，搞创作的学者或科学家会用"灵感"一词来描述自己对某件事情或状态的想法。

彼　此

精彩导读

我们只要都为信仰忠贞地活着或死去，我们的大国家自会永远地向前迈进，由一个时代到另一个时代。我们在这生是如此艰难，死是这样容易的时候，彼此仍会微笑点头的缘故也在这里吧？

朋友又见面了，点点头笑笑，彼此晓得这一年不比往年，彼此是同增了许多经验。个别地说，这时间中每一人的经历虽都有特殊的形相，含着特殊的滋味，需要个别的情绪来分析，来描述。

综合地说，这许多经验却是一整片仿佛同式同色，同大小，同分量的迷惘。你触着那一角，我碰上这一头，归根还是那一片迷惘笼罩着彼此。

词苑撷英
迷惘：迷惑失措。

七月——这两字就如同史歌的开头那么有劲——八月，九月带来了那狂风，后来，后来过了年——那无法忘记的除夕——又是那一月，二月，三月，到了七月，再接再厉的又到了年夜。现在又是一月、二月在开始……谁记得最清楚，这串日子是怎样地延续下来，生活如何地变？

想来彼此都不会记得过分清晰，一切都似乎在迷离中旋转，但谁又会忘掉那么切肤的重重忧患的网膜？

经过炮火或流浪的洗礼，变换又变换的日月，难道彼此脸上没有一点记载这经验的痕迹？但是当整一片国土纵横着创痕，大家都是“离散而相失……去故乡而就远”，自然“心婵媛而伤怀兮，眇不知其所蹠”，脸上所刻那几道并不使彼此惊讶，所以还只是笑笑好。

反问手法
运用了反问手法，写出了经过战争，所有人的脸上都有了经过炮火的痕迹。

口角边常添几道酸甜的纹路，可以帮助彼此咀嚼生活。何不默认这一点：在迷惘中人最应该有笑，这种的笑，虽然是敛住神经，敛住肌肉，仅是毅力的后背，它却是必需的，如同保护色对于许多生物，是必需的一样。

那一晚在××江心，某一来船的甲板上，热臭的人丛中，他记起他那时的困顿饥渴和狼狈，旋绕他头上的却是那真实倒如同幻象，幻象又成了真实的狂敌杀人的工具，敏捷而近代型的飞机：美丽得像鱼像鸟……这里黯然的一掬笑是必需的，因为同样的另外一个人懂得那原始的骤然唤起纯筋肉反射作用的恐怖。

他也正在想那时他在某车站台上露宿，天上有月，左右有人，零落如同被风雨摧落后的落叶，瑟索地蜷伏着，他们心里都在回味那一天他们所初次尝到的敌机的轰炸！谈话就可以这样无限制的延长，因为现在都这样的记忆——比这样更辛辣苦楚的——在各人心里真是太多了！随便提起一个地名大家所熟悉的都会或商埠，随着全会涌起怎样的一个最后印象！

再说初入一个陌生城市的一天——这经验现在又多普遍——尤其是在夜间，这里就把个别的情形和感触除外，在大家心底曾留下的还不是一剂彼此都熟识的清凉散？苦里带涩，那滋味侵入脾胃时，小小的冷噤会轻轻在背脊上爬过，用不着丝毫锐性的感伤！

也许他可以说他在那夜进入某某城内时，看到一列小店门前凄惶的灯，黄黄的发出奇异的晕光，使他嗓子里如梗着刺，感到一种发紧的触觉。你所记得的却是某一号车站后面黯白的煤气灯射到陌生的街心里，使你心里好像失落了什么。

那陌生的城市，在地图上指出时，你所经过的同他所经过的也可以有极大的距离，你同他当时的情形也可以完全的不相同。但是在这里，个别的异同似乎非常之不相干；相干的仅是你我会彼此点头，彼此会意，于是也会彼此地笑笑。

七月在卢沟桥与敌人开火以后，纵横中国土地上的脚印密密地衔接起来，更加增了中国地域广漠的证据。每个人参加过这广漠地面上流转的大韵律的，对于尘土和血，两件在寻常不多为人所理会的，极寻常的天然质素，现在每人在他个别的角上，对它们都发生了莫大亲切的认识。每一寸土，每一滴血，这种话，已是可接触，可把持的十分真实的事物，不仅是一句话、一个“概念”而已。

在前线的前线，兴奋和疲劳已掺拌着尘土和血另成一种生活的形体魂魄。睡与醒中间，饥与食中间，生和死中间，距离短得几乎不存在！生活只是一股力，死亡一片沉默的恨，事情简单得无可再简单。尚在生存着的，继续着是力，死去的也继续着堆积成更大的恨。恨又生力，力又变恨，惘惘地却勇敢地循环着，其他一切则全是悬在这两者中间悲壮热烈地穿插。

在后方，事情却没有如此简单，生活仍然缓弛地伸缩着；食宿生死间距离恰像黄昏长影，长长的，尽向前引伸，像要扑入夜色，同夜溶成一片模糊。在日夜宽泛的循回里于是穿插反更多了，真是天地无穷，人生长勤。生之穿插零乱而琐屑，完全无特殊的色泽或轮廓，更不必说英雄气息、壮烈成分。斑斑点点仅像小血锈凝在生活上，在你最不经意中烙印生活。

知识延伸

意识：意识是人脑对大脑内外表象的觉察。生理学上，意识脑区指可以获得其它各脑区信息的意识脑区（在前额叶周边）。意识脑区最重要的功能就是辨识真伪，即它可以辨识自己脑区中的表象是来自外部感官还是来自想象或回忆。

比喻手法

运用了比喻手法，将信念比作泉流，写出了信念能够强过意识，超越理智。

如果你有志不让生活在小处腐败，逐渐减损，由锐而钝，由张而弛，你就得更感谢那许多极平常而琐碎的磨擦，无日无夜地透过你的神经、肌肉或意识。

这种时候，叹息是悬起了，因一切虽然细小，却绝非从前所熟识的感伤。每件经验都有它粗壮的真实，没有叹息的余地。

口边那酸甜的纹路是实际哀乐所刻画而成，是一种坚忍韧性的笑。因为生活既不是简单的火焰时，它本身是很沉重，需要韧性地支持，需要产生这韧性支持的力量。

现在后方的问题，是这种力量的源泉在哪里？决不凭着平日均衡的理智——那是不够的，天知道！尤其是在这时候，情感就在皮肤底下“踊跃其若汤”，似乎它所需要的是超理智的冲动！

现在后方被缓的生活，紧的情感，两面磨擦得愁郁无快，居戚戚而不可解，每个人都可以苦恼而又热情地唱“终长夜之曼曼兮，掩此哀而不去”，或“宁溘死而流亡兮，不忍为此之常愁！”支持这日子的主力在哪里呢？你我生死，就不检讨它的意义以自大。也还需要一点结实的凭借才好。

我认得有个人，很寻常地过着国难日子的寻常人，写信给他朋友说，他的嗓子虽然总是那么干哑，他却要哑着嗓子私下告诉他的朋友：他感到无论如何在这时候，他为这可爱的老国家带着血活着，或流着血或不流着血死去，他都觉到荣耀，异于寻常的，他现在对于生与死都必然感到满足。

这话或许可以在许多心弦上叩起回响，我常思索这简单朴实的情感是从哪里来的。信念？像一道泉流透过意识，我开始明了理智同热血的冲动以外，还有个纯真的力量的出处。信心产生力量，又可储蓄力量。

信仰坐在我们中间多少时候了，你我可曾觉察到？信仰所给予我们的力量不也正是那坚忍韧性的倔强？我们都相信，我们只要都为它忠贞地活着或死去，我们的大国家自会永远地向前迈进，由一个时代到又一个时代。

我们在这生是如此艰难，死是这样容易的时候，彼此仍会微笑点头的缘故也就在这里吧？现在生活既这样的彼此患难同味，这信心自是，我们此时最主要的联系，不信你问他为什么仍这样硬朗地活着，他的回答自然也是你的回答，如果他也问你。

信仰坐在我们中间多少时候了？那理智热情都不能代替的信心！

思索时许多事，在思流的过程中，总是那么晦涩，明了时自己都好笑所想到的是那么简单明显的事实！

此时我拭下额汗，差不多可以意识到自己口边的纹路，我尊重着那酸甜的笑，因为我明白起来，它是力量。

话不用再说了，现在一切都是这么彼此，这么共同，个别的情绪这么不相干。当前的艰苦不是个别的，而是普遍的，充满整一个民族，整一个时代！我们今天所叫做生活的，过后它便是历史。客观的无疑我们彼此所熟识的艰苦正在展开一个大时代。所以别忽略了我们现在彼此地点点头。且最好让我们共同酸甜的笑纹，有力地，坚韧地，横过历史。

原载《今日评论》1卷6期

1939年2月5日

精彩点拨

读完整篇文章让人心旷神怡，想来也必定在那个迷惘的年代给人民带来了很好的鼓舞，使更多的人了解信仰，树立信仰，坚定信仰并开始实现信仰。读完全篇便瞬间明白了“彼此”二字的深刻含义，我想便是“同志”。不光是共同的信仰，更有共同的遭遇，共同的情感，所以彼此微笑，彼此安慰，彼此坚信。本篇文章用意深刻，处处都非虚笔，毫无无用之词，我作为一介晚辈，又不是专业学者，对作者的用意很难保证全部理解，甚至可能包含误解，所以希望读者还是多体会作者感情，领略作者的文学水平、爱国情怀，深入体会那个年代信仰对于所有人的作用。

一片阳光

精彩导读

《一片阳光》回忆小时候的一些生活场景，一片橙黄的阳光，一张孤独的桌，一角寂寞的厅堂，一只灵巧的镜箱，或窗外断续的鸟语和水珠。那小孩美丽的病名，延伸到她对艺术的思考和人性的评论上，因此，阳光便成了林徽因走向艺术道路的一个向导。

放了假，春初的日子松弛下来。将午未午时候的阳光，橙黄的一片，由窗棂横浸到室内，晶莹地四处射。

我有点发怔，习惯地在沉寂中惊讶我的周围。我望着太阳那湛明的体质，像要辨别它那交织绚烂的色泽，追逐它那不着痕迹的流动。看它洁净地映到书桌上时，我感到桌面上平铺着一种恬静，一种精神上的豪兴，情趣上的闲逸；即或所谓“窗明几净”，那里默守着神秘的期待，漾开诗的气氛。那种静，在静里似可听到那一处琤琮的泉流，和着仿佛是断续的琴声，低诉着一个幽独者自娱的音调。看到这同一片阳光射到地上时，我感到地面上花影浮动，暗香吹拂左右，人随着晌午的光霭花气在变幻，那种动，柔谐婉转有如无声音乐，令人悠然轻快，不自觉地脱落伤愁。至多，在舒扬理智的客观里使我偶一回头，看看过去幼年记忆步履所留的残迹，有点儿惋惜时间；微微怪时间不能保存情绪，保存那一切情绪所曾流连的境界。

倚在软椅上不但奢侈，也许更是一种过失，有闲的过失。但东坡的辩护：“懒者常似静，静岂懒者徒。”不是没有道理。如果此刻不倚榻上而“静”，则方才情绪所兜的小小圈子便无条件地失落了去！人家就不可惜它，自己却实在不能不感到这种亲密的损失的可哀。

就说它是情绪上的小小旅行吧，不走并无不可，不过走走未始不是更好。归根说，我们活在这世上到底最珍惜一些什么？果真珍惜万物之灵的人的活动所产生的种种，所谓人类文化？这人类文化到底又靠一些什么？我们怀疑或许就是人身上那一撮精神同机体的感觉，生理心理所共起的情感，所激发出的一串行为，所聚敛的一点智慧——那么一点点人之所以为人的表现。

宇宙万物客观的本无所可珍惜，反映在人性上的山川草木禽兽才开始有了秀丽，有了气质，有了灵犀。反映在人性上的人自己更不用说。没有人的感觉，人的情感，即便有自然，也就没有自然的美，质或神方面更无所谓人的智慧，人的创造，人的一切生活艺术的表现！

这样说来，谁该鄙弃自己感觉上的小小旅行？为壮壮自己胆子，我们更该相信唯其人类有这类情绪的驰骋，实际的世间才赓续着产生我们精神所寄托的文物精粹。

反问手法

运用了反问手法，写出了每个人都不能鄙弃自己感觉上的小小旅行。

此刻我竟可以微微一咳嗽，乃至于用播音的圆润口调说：我们既然无疑地珍惜文化，即尊重盘古到今种种的艺术——无论是抽象的思想的艺术，或是具体的驾驭天然材料另创的非天然形象——则对于艺术所由来的渊源，那点点人的感觉，人的情感智慧（通称人的情绪），又当如何地珍惜才算合理？

知识延伸

盘古：盘古是中国神话传说中的创世神话。盘古并不是中国神话中最古老的神，他的产生长期以来不见于典籍记载，直到三国时期才被徐整所创作的《三五历记》记录成书下来，且是中国神话众多创世神中唯一因创世而致身死的。

但是情绪的驰骋，显然不是诗或画或任何其他艺术建造的完成。这驰骋此刻虽占了自己生活的若干时间，却并不在空间里占任何一个小小位置！这个情形自己需完全明了。

此刻它仅是一种无踪迹的流动，并无栖身的形体。它或含有各种或可捉摸的质素，但是好奇地探讨这个质素而具体要表现它的差事，无论其有无意义，除却本人外，别人是无能为力的。

我此刻为着一片清婉可喜的阳光，分明自己在对内心交流变化的各种联想发生一种兴趣的注意，换句话说，这好奇与兴趣的注意已是我此刻生活的活动。一种力量又迫着我来把握住这个活动，而设法表现它，这不易抑制的冲动，或即所谓艺术冲动也未可知！

只记得冷静的杜工部散散步，看看花，也不免会有“江上被花恼不彻，无处告诉只颠狂”的情绪上一片紊乱！玲珑煦暖的阳光照人面前，那美的感人力量就不减于花，不容我生硬地自己把情绪分划为有闲与实际的两种，而权其轻重，然后再决定取舍的。我也只有情绪上的一片紊乱。

情绪的旅行本偶然的事，今天一开头并为着这片春初晌午的阳光，现在也还是为着它。房间内有两种豪侈的光常叫我的心绪紧张如同花开，趁着感觉的微风，深浅零乱于冷智的枝叶中间。一种是烛光，高高的台座，长垂的烛泪，熊熊红焰当帘幕四下时各处光影掩映。那种闪烁明艳，雅有古意，明明是画中景象，却含有更多诗的成分。另一种便是这初春晌午的阳光，到时候有意无意的大片子洒落满室，那些窗棂栏板、几案笔砚浴在光蔼中，一时全成了静物图案；再有红蕊细枝点缀几处，室内更是轻香浮溢，叫人俯仰全触到一种灵性。

这种说法怕有点会发生误会，我并不说这片阳光射入室内，需要笔砚花香那些儒雅的托衬才能动人，我的意思倒是：室内顶寻常的一些供设，只要一片阳光这样又幽娴又洒脱地落在上面，一切都会带上另一种动人的气息。

这里要说到我最初认识的一片阳光。那年我六岁，记得是刚刚出了水珠以后——水珠即寻常水痘，不过我家乡的话叫它做水珠。当时我很喜欢那美丽的名字，忘却它是一种病，因而也觉到一种神秘的骄傲。只要人过我窗口问问出“水珠”么？我就感到一种荣耀。那个感觉至今还印在脑子里。也为这个缘故，我还记得病中奢侈的愉悦心境。

虽然同其他多次的害病一样，那次我仍然是孤独地被囚禁在一间房屋里休养的。那是我们老宅子里最后的一进房子，白粉墙围着小小院子，北面一排三间，当中夹着一个开敞的厅堂。我病在东头娘的卧室里。西头是婶婶的住房。娘同婶永远要在祖母的前院里行使她们女人们的职务的，于是我常是这三间房屋唯一留守的主人。

在那三间屋子里病着，那经验是难堪的。时间过得特别慢，尤其是在日中毫无睡意的时候。起初，我仅集注我的听觉在各种似脚步，又不似脚步的上面。猜想着，等候着，希望着人来。间或听听隔墙各种琐碎的声音，由墙基底下传达出来又消敛了去。过一会儿，我就不耐烦了——不记得是怎样的，我就趿着鞋，捱着木床走到房门边。房门向着厅堂斜斜地开着一扇，我便扶着门框好奇地向外探望。

那时大概刚是午后两点钟光景，一张刚开过饭的八仙桌，异常寂寞地立在当中。桌下一片由厅口处射进来的阳光，泄泄融融地倒在那里。一个绝对悄寂的周围伴着这一片无声的金色的晶莹，不知为什么，忽使我六岁孩子的心里起了一次极不平常的震荡。

那里并没有几案花香，美术的布置，只是一张极寻常的八仙桌。如果我的记忆没有错，那上面在不多时间以前，是刚陈列过咸鱼、酱菜一类极寻常俭朴的午餐的。小孩子的心却呆了。或许两只眼睛倒张大一点，四处地望，似乎在寻觅一个问题的答案。为什么那片阳光美得那样动人？

我记得我爬到房内窗前的桌子上坐着，有意无意地望望窗外，院里粉墙疏影同室内那片金色和煦绝然不同趣味。顺便我翻开手边娘梳妆用的旧式镜箱，又上下摇动那小排状抽屉，同那刻成花篮形小铜坠子，不时听雀跃过枝清脆的鸟语。心里却仍为那片阳光隐着一片模糊的疑问。

时间经过二十多年，直到今天，又是这样一泄阳光，一片不可捉摸，不可思议流动的而又恬静的瑰宝，我才明白我那问题是永远没有答案的。事实上仅是如此：一张孤独的桌，一角寂寞的厅堂，一只灵巧的镜箱，或窗外断续的鸟语，和水珠——那美丽小孩子的病名——便凑巧永远同初春静沉的阳光整整复斜斜地成了我回忆中极自然的联想。

原载《大公报·文艺副刊》

1946年11月24日

精彩点拨

作者由眼前阳光到回忆往事，感悟出生活中总有一些困境，有一些苦恼，但也会有一点感动，一些救赎。人生从来不是坦坦荡荡、花团锦簇。在苦恼和烦恼中也要学会寻找美好的事物，让你摆脱眼前的痛苦，让人生的思想境地得到升华。

夜莺与玫瑰

——奥司克魏尔德神话

精彩导读

这是一个浪漫而悲伤的故事：年轻学生因为爱上了教授的女儿，急需一朵代表爱情的红玫瑰来表达自己的心意；善良的夜莺听到他的心声后，便用鲜血和生命换取了鲜艳的红玫瑰来成全这个痴情人，可年轻学生在遭到心爱姑娘拒绝后，却把这朵用生命换来的玫瑰扔进了臭水沟。在这篇充满想象的童话故事中，作者王尔德借助夜莺的高尚品德赞扬了爱情的可贵，也狠狠讽刺了世间丑陋虚荣的拜金主义者。

“她说我若为她采得红玫瑰，便与我跳舞。”青年学生哭着说，“但我全园里何曾有一朵红玫瑰。”

夜莺在橡树上巢中听见，从叶丛里往外看，心中诧异。

青年哭道：“我园中并没有红玫瑰！”他秀眼里满含着泪珠。“呀！幸福倒靠着这些区区小东西！古圣贤书我已读完，哲学的玄秘，我已彻悟，然而因为求一朵红玫瑰不得，我的生活便这样难堪。”

夜莺叹道：“真情人竟在这里。以前我虽不曾认识，我却夜夜地歌唱他：我夜夜将他的一桩桩事告诉星辰，如今我见着他了。他的头发黑如风信子花，嘴唇红比他所切盼的玫瑰，但是挚情已使他脸色憔悴，烦恼已在他眉端引着痕迹。”

青年又低声自语：“王子今晚宴会跳舞，我的爱人也将与会。我若为她采得红玫瑰，她就和我跳舞直到天明，我若为她采得红玫瑰，我将把她抱在怀里，她的头，在我肩上枕着，她的手，在我掌中握着。但我园里没有红玫瑰，我只能寂寞地坐着，看她从我跟前走过，她不睬我，我的心将要粉碎了。”

知识延伸

风信子：是多年草本球根类植物，鳞茎卵形，有膜质外皮，皮膜颜色与花色成正相关，未开花时形如大蒜，原产地中海沿岸及小亚细亚一带，是研究发现的会开花的植物中最香的一个品种。喜阳光充足和比较湿润的生长环境，要求排水良好和肥沃的沙壤土等。

词苑撷英

憔悴：指黄瘦；瘦损；瘦弱无力脸色难看的样子。

“这真是个真情人。”夜莺又说着，“我所唱歌，是他尝受的苦楚：我是乐的，在他却是悲痛。‘爱’果然是件非常的东西。比翡翠还珍重，比玛瑙更宝贵。珍珠，榴石买不得他，黄金亦不能作他的代价，因为他不是在市上出卖，也不是商人贩卖的东西。”

青年说：“乐师们将在乐坛上弹弄丝竹，我那爱人也将按着弦琴的音节舞蹈。她舞得那么翩翩，莲步都不着地，华服的少年们就会艳羡地围着她。但她不同我跳舞，因我没有为她采到红玫瑰。”于是他卧倒在草里，两手掩着脸哭泣。

绿色的小壁虎说：“他为什么哭泣？”说完就竖起尾巴从他跟前跑过。

蝴蝶正追着太阳光飞舞，她亦问说：“唉，怎么？”金盏花亦向他的邻居低声探问道：“唉，怎么？”夜莺说：“他为着一朵红玫瑰哭泣。”

他们叫道：“为着一朵红玫瑰！真笑话！”那小壁虎本来就刻薄，于是大笑。

然而，夜莺了解那青年烦恼里的秘密，她静坐在橡树枝上细想“爱”的玄妙。

忽然，她张起棕色的双翼，冲天地飞去。她穿过那树林，如同影子一般，如同影子一般的，她飞出了花园。

草地当中站着一株绝美的玫瑰树，她看见那树，向前飞去，落在一枝枝头上。

她叫道：“给我一朵鲜红玫瑰，我为你唱我最婉转的歌。”

可是那树摇头。

“我的玫瑰是白的。”那树回答她，“白如海涛的泡沫，白过山巅上积雪。请你到古日晷旁找我兄弟，或者他能应你所求。”

于是，夜莺飞到日晷旁边那丛玫瑰上。

她又叫道：“给我一朵鲜红玫瑰，我为你唱最醉人的歌。”

可是那树摇头。

“我的玫瑰是黄的，”那树回答她，“黄如琥珀座上人鱼神的头发，黄过割草人未割以前的金水仙。请你到那青年窗下找我兄弟，或者他能应你所求。”

于是夜莺飞到青年窗下那丛玫瑰上。

她仍旧叫道：“给我一朵鲜红玫瑰，我为你唱最甜美的歌。”

可是那树摇头。

那树回答她说：“我的玫瑰是红的，红如白鸽的脚趾，红过海底岩下扇动的珊瑚。但是严冬已冻僵了我的血脉，寒霜已啮伤了我的萌芽，暴风已打断了我的枝干，今年我不能再开了。”

> **拟人手法**
> 运用了拟人手法，写出了寒冬到来，树枝的萌芽被损害。

夜莺央告说：“一朵红玫瑰就够了。只要一朵红玫瑰！请问有甚法子没有？”

那树答道：“有一个法子，只有一个，但是太可怕了，我不敢告诉你。”

“告诉我吧。”夜莺勇敢地说，“我不怕。”

那树说道：“你若要一朵红玫瑰，你须在月色里用音乐制成，然后用你自己的心血染他；你须将胸口顶着一根尖刺，为我歌唱；你须整夜的为我歌唱，那刺须刺入你的心头，你生命的血液得流到我的心房里变成我的。”

夜莺叹道：“拿死来买一朵红玫瑰，代价真不小，谁的生命不是宝贵的。坐在青郁的森林里，看太阳在黄金车里，月娘在白珠辇内驰骋，真是一桩乐事。山茶花的味儿真香，山谷里的吊钟花和山坡上野草真美。然而‘爱’比生命更可贵，一个鸟的心又怎能和人的心比？”

于是她张起棕色的双翼，冲天地飞去。她穿过那花园如同影子一般，如同影子一般，她荡出了那树林子。

那青年仍旧僵卧在草地上——方才她离去的地方，他那副秀眼里的泪珠还没有干。

夜莺喊道：“高兴吧，快乐吧；你将要采到你那朵红玫瑰了。我将用月下的歌音制成她，再用我自己的心血染红她。我向你所求的酬报，仅是要你做一个真挚的情人，因为哲理虽智，爱比她更慧；权力虽雄，爱比她更伟。焰光的色彩是爱的双翅，烈火的颜色是爱的躯干。她有如蜜的口唇，若兰的吐气。”

青年从草里抬头侧耳静听，但是他不懂夜莺对他所说的话，因他只晓得书上所讲的一切。

那橡树却是懂得，他觉得悲伤，因为他极爱怜那枝上结巢的小夜莺。

他轻声说道：“唱一首最后的歌给我听罢，你别去后，我要感到无限的寂寥了。”

于是夜莺为橡树唱起来。她恋别的音调就像在银瓶里涌溢的水浪一般的清悦。

她唱罢时，那青年站起身来从衣袋里抽出一本日记簿和一支笔。

他一面走出那树林，一面自语道：“那夜莺的确有些姿态。这是人所不能否认的；但是她有感情么？我怕没有。实在她就像许多美术家一般，尽是仪式，没有诚心。她必不肯为人牺牲。她所想的无非是音乐，可是谁不知道艺术是为己的。虽然，我们总须承认她有醉人的歌喉。可惜那种歌声也是毫无意义，毫无实用的。”于是他回到自己室中，躺在他的小草垫的床上想念他的爱人，过了片时他就睡去了。

待月娘升到天空，放出她的光艳时，那夜莺也就来到玫瑰枝边，将胸口插在刺上。她胸前插着尖刺，整夜地歌唱，那晶莹的月亮倚在云边静听。她昼夜地，啭着歌喉，那刺越插越深，她生命的血液渐渐溢去。

最先，她歌颂的是稚男幼女心胸里爱恋的诞生。于是那玫瑰的顶尖枝上结了一苞卓绝的玫瑰蕾，歌儿一首连着一首地唱，花瓣一片跟着一片地开。起先那瓣儿是黯淡得如同河上罩着的薄雾——黯淡得如同晨曦的脚迹，银灰得好似曙光的翅翼，那枝上玫瑰蕾就像映在银镜里的玫瑰影子或是照在池塘的玫瑰化身。

但是那树还催迫着夜莺紧插那枝刺：“靠紧那刺，小夜莺。”那树连声地叫唤，“不然，玫瑰还没开成，晓光就要闯来了。”

于是夜莺越紧插入那尖刺，越扬声地唱她的歌，因她这回所歌颂的是男子与女子性灵里烈情的诞生。

如今，那玫瑰瓣上生了一层娇嫩的红晕，如同初吻新娘时新郎的绛颊。但是那刺还未插到夜莺的心房，所以那花心尚留着白色，因为只有夜莺的心血可以染成玫瑰花心。

那树复催迫着夜莺紧插那枝刺："靠紧那刺，小夜莺。"那树连声地叫唤，"不然玫瑰还没开成，晓光就要闯来了。"

于是夜莺紧紧插入那枝刺，那刺居然插入了她的心，但是一种奇痛穿过她的全身，那种惨痛愈猛，愈烈，她的歌声越狂，越壮，因为她这回歌颂的是因死而完成的挚爱和冢中不朽的烈情。

那卓绝的玫瑰于是变作鲜红，如同东方的天色。花的外瓣红同烈火，花的内心赤如绛玉。

夜莺的声音越唱越模糊了，她的双翅拍动起来，她的眼上起了一层薄膜。她的歌声模糊了，她觉得喉间哽咽了。

于是她放出末次的歌声，白色的残月听见，忘记天晓，挂在空中停着。那红玫瑰听见，凝神战栗着，在清冷的晓风里瓣瓣地开放。回音将歌声领入山坡上的紫洞，将牧童从梦里惊醒。歌声流到河边苇丛中，苇丛将这信息传与大海。

那树叫道："看！这玫瑰已制成了。"然而夜莺并不回答，她已躺在乱草里死去，那刺还插在心头。

日午时青年开窗往外看。

他叫道："怪事，真是难遇的幸运，这儿有朵红玫瑰，这样好玫瑰，我生来从没看见过。他这样美红，定有很繁长的拉丁名字。"说着便俯身下去折了这花。

于是他戴上帽子，跑往教授家去，手里拈着红玫瑰。

教授的女儿正坐在门前卷一轴蓝色绸子，她的小狗伏在她脚前。

青年叫道："你说过我若为你采得红玫瑰，你便同我跳舞，这里有一朵全世界最珍贵的红玫瑰。你可以将它插在你的胸前，我们同舞的时候，这花便能告诉你，我怎样地爱你。"

那女郎只皱着眉头。

拟人手法

夜莺的最后一曲，作者将月亮拟人化，说月亮倾听夜莺的歌唱而沉溺其中忘了天明，依然挂在天空中，深刻地表现出了夜莺是在用真情在歌唱，用真心在创造红玫瑰，同时也渲染了永别的清凉之情。

她答说：“我怕这花不能配上我的衣裳；而且大臣的侄子送我许多珠宝首饰，人人都知道珠宝比花草贵重。”

青年怒道：“我敢说你是个无情义的人。”他便将玫瑰掷在街心，掉在车辙里，让一个车轮轧过。

女郎说：“无情义？我告诉你吧，你实在无礼，况且到底你是谁？不过一个学生文人。我看像大臣侄子鞋上的那银扣，你都没有。”说着站起身来走回房去。

青年走着自语道：“爱好傻呀，远不如伦理学那般有实用，它所告诉我们的，无非是空中楼阁，实际上不会发生的，和缥缈的虚无不可信的事件。在现在的世界里存在，首要有实用的东西，我还是回到我的哲学和玄学书上去吧。”

于是，他回到房中取出一本笨重的，满堆着尘土的大书埋头细读。

精彩点拨

这个忧伤的故事，是为了唤醒人们对美好事物的追求；这个残酷的故事，是为了向人们揭示当时社会人与人之间的冰冷无情；这个美丽的故事，是为了歌颂心中的信仰而甘愿付出一切（包括生命）的无私精神。这样一个童话，用两个极端拼出和谐的完美，给人震撼，引人深思。

阅读积累

橡树

其果实称橡子，木材泛称橡木。橡树是世上最大的开花植物。果实是坚果，一端毛茸茸的，另一端光溜溜的，是松鼠等动物的上等食品。研究发现，位于美国加州的一棵侏鲁帕橡树已经生存了至少1.3万年，可能是世界上最为古老的活生物。

致胡适

精彩导读

第一篇介绍了林徽因因为胡适到了美国十分激动，希望能够和胡适先生会晤。第二篇写了林徽因对胡适的拜访感到十分高兴。第三篇写出了新月总店目前的经济状况。第四篇写出了林徽因想完成徐志摩的遗愿，对没有见到胡适感到惆怅。第五篇写明林徽因想要给徐志摩整理遗作。第六篇写出了林徽因对人事的不擅长。第七篇写出林徽因的身体状况较差。第八篇写出了对错过和胡适先生会晤感到遗憾。

一、一九二七年二月六日

适之先生：

也许你很诧异这封唐突的来信，但是千万请你原谅。你到美的消息传到一个精神充军的耳朵里，这不过是个很自然的影响。

我这两年多的渴想北京和最近惨酷的遭遇给我许多烦恼和苦痛。我想你一定能够原谅我对于你到美的踊跃。我愿意见着你，我愿意听到我所狂念的北京的声音和消息，你不以为太过吧？

纽约离此很近，我有希望欢迎你到费城来么？哥伦比亚演讲一定很忙，不知周末可以走动不？

这二月底第三或第四周末有空否，因为那时彭校新创的教育会有个演讲托（我）找中国speaker。胡先生若可以来费，可否答应当那晚的speaker？本来这会想不要紧的，不该劳动大驾，只因因此我们可以聚会晤谈，所以函问。

若是月底太忙不能来费，请即示知，以便早早通知该会会长。过些时候我也许可以到纽约来拜访。很不该这样唐突打扰，但是——原谅。

徽音上

二月六日于费城

二、一九二七年三月十五日

适之先生：

我真不知道怎样谢谢你这次的visit才好！星期五那天我看你从早到晚不是说话便是演讲真是辛苦极了。第二天一清早我想着你又在赶路到华京去，着实替你感着疲劳。希望你在华京从容一点，稍稍休息过来。

那天听讲的人都高兴得了不得。那晚饭后我自己只觉得有万千的感触。倒没有向你道谢。要是道谢的话，“谢谢”两字真是太轻了。不能达到我的感激。一个小小的教育会把你辛苦了足三天，真是！

你的来费给我好几层的安慰，老实说当我写信去请你来时实在有些怕自己唐突，就是那天见了你之后也还有点不自在。但是你那老朋友的诚意温语立刻把我put at ease了，宽慰了。

你那天所谈的一切——宗教、人事、教育到政治——我全都忘不了的，尤其是“人事”。一切的事情我从前不明白，现在已经清楚了许多，就还有要说要问的，也就让他们去，不说不问了，“让过去的算过去的”，这是志摩的一句现成话。

大概在你回国以前我不能到纽约来了，如果我再留美国一年的话，大约还有一年半我们才能再见了。适之先生，我祝你一切如意快乐和健康。回去时看见朋友们替我问候，请你告诉志摩我这三年来寂寞受够了，失望也遇多了，现在倒能在寂寞和失望中得着自慰和满足。

告诉他我绝对地不怪他，只有盼他原谅我从前的种种的不了解。但是路远隔膜，误会是所不免的，他也该原谅我。我昨天把他的旧信——翻阅了，旧的志摩我现在真真透彻地明白了，但是过去，现在不必重提了，我只求永远纪念着。

如你所说的，经验是可宝贵的，但是有价值的经验全是苦痛换来的，我在这三年中真是得了不少的阅历，但就也够苦了。经过了好些的变化的环境和心理，我是如你所说的老

侧面描写

运用了侧面描写，写出了胡适平时的忙碌。

词苑撷英

感触：跟外界事物接触而引起的思想感情。

成了好些，换句话说，便是会悟了。从青年的idealistic phase走到了成年的realistic phase，做人便这样做吧。Idealistic的梦停止了，也就可以医好了许多vanity（虚荣）。这未始不是个好处。

照事实上看来我没有什么不满足的。现在一时国内要不能开始我的工作，我便留在国外继续用一年功夫再说。有便请你再告诉志摩，他怕美国把我宠坏了，事实上倒不尽然，我在北京那一年的spoilt（宠坏的，娇惯坏的）生活，用了三年的工夫才一点一点改过来。要说spoilt，世界上没有比中国更容易spoilt人了，他自己也就该留心点。

通伯和夫人为我道念，叔华女士若是有暇可否送我几张房子的相片，自房子修改以后我还没有看见过，我和那房子的感情实是深长。旅居的梦魂常常绕着琼塔雪池。她母亲的院子里就有我无数的记忆，现在虽然已不堪回首，但是房主人们都是旧友，我极愿意有几张影片留作纪念。

感情和理性可以说是反对的。现在夜深，我不由得不又让情感激动，便就无理的写了这么长一封信，费你时间，扰你精神。适之先生，我又得apologize（道歉）了。回国以后如有机会极闲暇的时候，给我个把字吧，我眼看着还要充军一年半，不由得不害怕呀。

胡太太为我问好，希望将来到北京时可以见着。就此祝你

旅安

徽音寄自费城

三月十五日

三、一九三一年十一月三日

适之先生：

新月总店经济状况甚为窘迫，今晚要开董事会，由此也许会有新的变动。代定《独立评论》的款项，已去信北平分店先筹付百元。

《新月》第三卷合订本二份和《四十自述》第六章原稿都已先后挂号寄上。

敬祝安好！

徽音敬上

十一月三日

四、一九三一年十一月

适之先生：

志摩走时嘱购绣货赠Bell夫妇，托先生带往燕京大学，现奉上。渠眷念K.M，之情直转到她姊姊身上，直可以表示多情厚道的东方色彩，一笑。

大驾刚北返，尚未得晤面，怅怅。迟日愚夫妇当同来领教。

徽音

五、一九三二年一月一日下午

适之先生：

志摩刚刚离开我们，遗集事尚觉毫无头绪，为他的文件就有了些纠纷，真是不幸到万分，令人想着难过至极。

我觉得甚对不起您为我受了许多麻烦，又累了许多朋友也受了些许牵扰，更是不应该。

事情已经如此，现在只得听之，不过我求您相信我不是个多疑的人，这一桩事的蹊跷曲折，全在叔华一开头便不痛快——便说瞎话——所致。

我这方面的事情很简单：

（一）大半年前志摩和我谈到我们英国一段事，说到他的《康桥日记》仍存在，回硖石时可找出给我看。如果我肯要，他要给我（因为他知道我留有他当时的旧信，他觉得可收藏在一起）。

注：整三年前，他北来时，他向我诉说他订婚结婚经过，讲到小曼看到他的“雪池时代日记”不高兴极了，把它烧了的话，当时也说过：不过我尚存下我的《康桥日记》。

（二）志摩死后，我对您说了这段话——还当着好几个人说的——在欧美同学会，奚若、思成从渭南回来那天。

（三）十一月廿八日星期六晨，由您处拿到一堆日记簿（有满的一本，有几行的数本，皆中文，有小曼的两本，一大一小，后交叔华由您负责取回的），有两本英文日记，即所谓Cambridge（康桥，今通译剑桥）。日记者一本，乃从July31，1921（1921年7月31日）。起。次本从Dec.2nd（12月2日，同年）起始。至回国止者，又有一小本英文为志摩一九二五年在意大利写的。此外几包晨副原稿，两包晨副零张杂纸，空本子小相片，两把扇面，零零星星纸片，住址本。

词苑撷英
零零星星：零碎的，少量的。

注：那天在您处仅留一小时，理诗刊稿子，无暇细看箱内零本，所以一起将箱带回细看，此箱内物是您放入的，我丝毫未动，我更知道此箱装的不是志摩平日原来的那些东西，而是在您将所有信件分人分类捡出后，单单将以上那些本子纸包子聚成这一箱的。

（四）由您处取出日记箱后约三四日或四五日听到奚若说：公超在叔华处看到志摩的《康桥日记》，叔华预备约公超共同为志摩作传的。

注：据公超后来告我，叔华是在十一月廿六日开会（讨论，悼志摩）的那一晚上约他去看日记的。

（五）追悼志摩的第二天（十二月七号）叔华来到我家向我要点志摩给我的信，由她编辑，成一种《志摩信札》之类的东西，我告诉她旧信全在天津，百分之九十为英文，怕一时拿不出来，拿出来也不能印，我告诉她我拿到有好几本日记，并请她看一遍大概是些什么，并告诉她，当时您有要交给大雨的意思，我有点儿不赞成。您竟然将全堆“日记类的东西”都交我，我又embarrassed（不好意思，尴尬的，难为情的）。却又不敢负您的那种trust（信任）。——您要我看一遍编个目录——所以我看东西绝对的impersonal（客观的，不带个人色彩的），带上历史考据眼光，Interesting only in（兴趣只在）事实的辗进变化，忘却谁是谁。

语言描写
运用了语言描写，写出了林徽因对徐志摩的怀念。

最后我向她要公超所看到的志摩日记——我自然作为她不会说“没有”的可能说法，公超既已看到。我说：听说你有志摩的《康桥日记》在你处，可否让我看看等等。她停了一停说可以。

我问她："你处有几本？两本么？"

她说"两——本"，声音拖慢，说后极不高兴。

我问："两本是一对么？"未待答，"是否与这两本（指我处《康桥日记》两本）相同的封皮？"

她含糊应了些话，似乎说"是！不是，说不清"等，"似乎一本是——"，现在我是绝对记不清这个答案（这句话待考）。因为当时问此话时，她的神色极不高兴，我大窘。

（六）我说要去她家取，她说她下午不在，我想同她回去，却未敢开口。

后约定星期三（十二月九号）遣人到她处去取。

（七）星三九号晨十一时半，我自己去取，叔华不在家，留一信备给我的，信差带复我的。

此函您已看过，她说（原文）："昨归遍找志摩日记不得，后捡自己当年日记，乃知志摩交我乃三本：两小，一大，小者即在君处箱内，阅完放入的。大的一本（满写的）未阅完，想来在字画箱内（因友人物多，加意保全），因三四年中四方奔走，家中书物皆堆叠成山，甚少机缘重为整理，日间得闲当细捡一下，必可找出来阅。此两日内，人事烦扰，大约须此星期底才有空翻寻也。"

注：这一篇信内有几处瞎说不必再论，"阅完放入""未阅完"两句亦有语病，既说志摩交她三本日记，何来"阅完放入"君处箱内。可见非志摩交出，乃从箱内取出阅，而"阅完放入"，而有一本（？）未阅完而未放入。

此箱偏偏又是当日志摩曾寄存她处的一个箱子，曾被她私开过的。（此句话志摩曾亲语我。他自叔华老太太处取回箱时，亦大喊"我锁的，如何开了，这是我最要紧的文件箱，如何无锁，怪事——"又"太奇怪，许多东西不见了，missing消失不见了，丢失了。"，旁有思成，Lilian Tailor及我三人。）

（八）我留字，请她务必找出借我一读。说那是个不幸事的留痕，我欲一读，想她可以原谅我。

（九）我觉得事情有些周折，气得通宵没有睡着，可是，我猜她推到"星期底"必是要抄留一份底子，故或需要时间（她许怕我以后不还她那日记）。我未想到她不给我。更想不到以后收到半册，而这半册日记正巧断在刚要遇到我的前一两日。

（十）十二月十四日（星期一）

Half a book with 128 pages received，dated from Nov. 17， 1920 ended with sentence “it was badly planned.”（收到半本共128页，始自1920年11月17日，结尾一句是“计划很糟”）。叔华送到我家来，我不在家，她留了一个note便条。说“怕我急，赶早送来”的话。

（十一）事后知道里边有故事，却也未胡猜，后奚若来说叔华跑到性仁家说她处有志摩日记（未说清几本）徽音要，她不想给（不愿意给）的话，又说小曼日记两本她拿去也不想还等等，大家都替我生气，觉得叔华这样，实在有些古怪。

（十二）我到底全盘说给公超听了（也说给您听了）。公超看了日记说，这本正是他那天（离十一月廿八日最近的那星期）看到了的，不过当时未注意底下是如何，是否只是半册未注意到，她告诉他是两本，而他看到的只是一本，但他告诉您（适之）“I refuse to be quoted”（我拒绝被引用），底下事不必再讲了。

二十一年元旦

六、一九三二年一月一日晚上

适之先生：

下午写了一信，今附上寄呈，想历史家必不以我这种信为怪，我为人直爽性急，最恨人家小气曲折说瞎话。此次因为叔华瞎说，简直气糊涂了。

我要不是因为知道公超看到志摩日记，就不知道叔华处会有的。谁料过了多日，向她要借看时，她倒说“遍找不得”，“在书画箱内多年未检”的话。真叫人不寒而栗！我从前不认得她，对她无感情，无理由的，没有看得起她过。后来因她嫁通伯，又有《送车》等作品，觉得也许我狗眼看低了人，始大大谦让真诚的招呼她，万料不到她是这样一个人！真令人寒心。

志摩常说：“叔华这人小气极了。”我总说：“是么？小心点吧，别得罪了她。”

女人小气虽常有事，像她这种有相当学问知名的人也该学点大方才好。现在无论日记是谁裁去的，当中一段缺了是事实，她没有坦白的说明以前，对那几句瞎话没有相当解释以前，她永有嫌疑的。（志摩自己不会撕的，小曼尚在可问。）

关于我想着那段日记，想也是女人小气处或好奇处，多事处，不过这心理太human（人之常情）了，我也不觉得惭愧。

实说，我也不会以诗人的美谀为荣，也不会以被人恋爱为辱。我永是“我”，被诗人恭维了也不会增美增能，有过一段不幸的曲折的旧历史也没有什么可羞惭。（我只是要读读那日记，给我是种满足，好奇心满足，回味这古怪的世事，纪念老朋友而已。）

我觉得这桩事人事方面看来真不幸，精神方面看来这桩事或为造成志摩为诗人的原因，而也给我不少人格上知识上磨炼修养的帮助，志摩in a way（在某种程度上，在某种意义上）不悔他有这一段苦痛历史，我觉得我的一生至少没有太堕入凡俗的满足，也不算一桩坏事。志摩警醒了我，他变成一种stimulant。在我生命中，或恨，或怒，或happy或sorry，或难过，或苦痛，我也不悔的，我也不proud我自己的倔强，我也不惭愧。

我的教育是旧的，我变不出什么新的人来，我只要“对得起”人——爹娘、丈夫（一个爱我的人，待我极好的人）、儿子、家族等等，后来更要对得起另一个爱我的人，我自己有时的心，我的性情便弄得十分为难。前几年不管对得起他不，倒容易现在结果，也许我谁都没有对得起，您看多冤！

我自己也到了相当年纪，也没有什么成就，眼看得机会愈少——我是个兴奋type accomplish things by sudden inspiration and master stroke，不是能用功慢慢修炼的人。现在身体也不好，家常的负担也繁重，真是怕从此平庸处世，做妻生仔的过一世！我禁不住伤心起来。想到志摩今夏的inspiring friendship and love，对于我，我难过极了。

这几天思念他得很，但是他如果活着，恐怕我待他仍不能改的。事实上太不可能。也许那就是我不够爱他的缘故，也就是我爱我现在的家在一切之上的确证。志摩也承认过这话。

徽音　二十年

此系林徽因笔误，应为民国二十一年，正月一日

词苑撷英

修炼：道教的修道炼气、炼丹等活动。

语言描写

运用了语言描写，写出了林徽因不甘平庸，却对于自己的现状无可奈何，她希望还有机会大展身手，实现自己的理想。

七、一九三二年春

适之先生：

多天未通音讯，本想过来找您谈谈，把一些零碎待接头的事情一了。始终办不到。日前，人觉得甚病，不大动得

了，后来赶了几日夜，两三处工程图案，愈弄得人困马乏。

上星期起到现在一连走了几天协和检查身体，消息大不可人，医生和思成又都皱开眉头！看来我的病倒进展了些，医生还在商量根本收拾我的办法。

身体情形如此，心绪更不见佳，事情应着手的也复不少，甚想在最近期间能够一晤谈，将志摩几本日记事总括筹个办法。

此次，您从硖硖石带来一部分日记尚未得见，能否早日让我一读，与其他部分作个整个的survey（调查，概观）？

据我意见看来，此几本日记英文原文并不算好，年轻得利害，将来与他"整传"大有补助处固甚多，单印出来在英文文学上价值并不太多（至少在我看到那两本中，文字比他后来的作品书札差得很远），并且关系人个个都活着，也极不便，一时只是收储保存问题。

志摩作品中诗已差不多全印出，散文和信札大概是目前最要紧问题，不知近来有人办理此事否？"传"不"传"的，我相信志摩的可爱的人格永远会在人们记忆里发亮的，暂时也没有赶紧必要。至多慢慢搜集材料为将来的方便而已。

日前，Mr.E.S.Bernett来访，说Mrs.Richard有信说康桥志摩的旧友们甚想要他的那两篇关于康桥的文章，译成英文寄给他们，以备寄给两个杂志刊登。希望就近托我翻译。我翻阅那两篇东西不禁出了许多惭愧的汗。你知道那两篇东西是他散文中极好的两篇。我又有什么好英文来翻译它们。一方面我又因为也是爱康河的一个人，对康桥英国晚春景子有特殊感情的一个人，又似乎很想"努力""尝试"（都是先生的好话），并且康桥那方面几个老朋友我也认识几个，他那文章里所引的事，我也好像全彻底明白……

但是，如果先生知道有人能够十分的do his work justice in rendering into really charming English（恰当对待他的作品，使其变成真正富有魅力的英文），最好仍请一个人快快地将那东西译出寄给Richards为妥。

身体一差伤感色彩便又深重。这几天心里万分的难过。怎办？

从文走了没有，还有没有机会再见到。

湘玫又北来，还未见着。南京似乎日日有危险的可能，真糟。思忠在八十八师已开在南京下关前线，国"难"更"难"得迫切，这日子又怎么过！

先生这两天想也忙，过两天可否见到，请给个电话。胡太太伤风想已好清。我如果不是因为闹协和这一场，本来还要来进"研究院"的。现在只待静候协和意旨，不进医院也得上山了。

此问

著安

徽音拜上

思成寄语问候，他更忙得不亦乐乎。

八、一九三二年六月十四日

适之先生：

上次我上山以前，你到我们家里来，不凑巧我正出去，错过了，没有晤着，真可惜。你大忙中跑来我们家，使我疑心到你是有什么特别事情的，可是猜了半天都猜不出，如果真的有事，那就请你给我个信吧。

那一天我答应了胡太太代找房子，似乎对于香山房子还有一点把握，这两天打听的结果，多半是失望，请转达。但是这不是说香山绝对没有可住的地方，租的是说没有了，可借的却似乎还有很多。双清别墅听说已让**夫妇暂借了，虽然是短期。

我的姑丈卓君庸的“自青榭”倒也不错，并且他是极欢迎人家借住的，如果愿意，很可以去接洽一下。去年刘子楷太太借住几星期，客人主人都高兴一场的。自青榭在玉泉山对门，虽是平地，却也别饶风趣，有池，有柳，有荷花鲜藕，有小山坡，有田陌；即使游卧佛寺、碧云寺、香山、骑驴洋车皆极方便。

谢谢送来独立周刊。听到这刊出世已久，却尚未得一见，前日那一期还是初次见面。读杨今甫那篇东西颇多感触，志摩已别半载，对他的文集文稿一类的整理尚未有任何头绪，对他文字严格批评的文章也没有人认真做过一篇。国难期中大家没有心绪，沪战烈时更谈不到文章自是大原因，现在过时这么久，集中问题不容易了，奈何！

我今年入山已月余，触景伤怀，对于死友的悲念，几乎成个固定的咽哽牢结在喉间，生活则仍然照旧辗进，这不自然的缄默像个无形的十字架，我奇怪我不曾一次颠仆在那重量底下。

有时也还想说几句话，但是那些说话似乎为了它们命定的原因，绝不会诞生在语言上，虽然它们的幻灭是为了忠诚，不是为了虚伪，但是一样的我感到伤心，不可忍的苦闷。整日在悲思悲感中挣扎，是太没意思的颓废。先生你有什么通达的哲理赐给我没有？

知识延伸

香山：香山公园，位于北京市海淀区买卖街40号，北京市区西北郊，占地188公顷，是一座具有山林特色的皇家园林。景区内主峰香炉峰俗称“鬼见愁”，海拔575米。早在元、明、清时，皇家就在香山营建离宫别院，每逢夏秋时节，皇帝都要到此狩猎纳凉。

环境描写

运用了环境描写，写出了自青榭的房子周围风景优美。

新月的新组织听说已经正式完成，月刊在哪里印，下期预备哪一天付印，可否示知一二。“独立”容否小文字？有篇书评只怕太长些。（关于萧翁与爱莲戴莱通讯和戈登克雷写的他母亲的小传做对照的评论，我认为那两本东西是剧界极重要的，不能做浪漫通讯看待。）

思成又跑路去，这次又是一个宋初木建——在宝坻县——比蓟州独乐寺或能更早。这种工作在国内甚少人注意关心，我们单等他的测绘详图和报告印出来时吓日本鬼子一下痛快：省得他们目中无人以为中国好欺侮。

天气好得很，有空千万上山玩一次，包管你欢喜不觉得白跑。

徽音

香山　六月十四日

精彩点拨

生命无常，时间有限，没有人知道明天和意外哪个先来，有些时候，总是很容易错过，所以在拥有的时候一定要十分珍惜。人事是十分复杂的，有时候没有缘由地就会让人感到莫名其妙。但是却也无可奈何。人事也是一门艺术，是一门功课，需要技巧。

致沈从文

精彩导读

我们一直都在寻找幸福。其实，幸福不在于寻找，而在于寻找什么样的幸福，什么样的幸福，才是最高级、最极端的幸福。幸福也有高低贵重之分？这种极端的幸福情感、幸福体验，是真的存在抑或是真的能给人这种感受吗？林徽因告诉沈从文，“我的确有过，我不忘却我的幸福”。这是一种什么样的幸福体验呢？

一、一九三三年十一月中旬

沈二哥：

初二回来便忙乱成一堆，莫明其所以然。文章写不好，发脾气时还要诓出韵文！十一月的日子我最消化不了，听听风，知道枫叶又凋零得不堪，只想哭。昨天哭出的几行勉强叫它做诗，日后呈正。

萧先生文指萧乾先生及其作品《蚕》。甚有味儿。我喜欢，能见到当感到畅快。你说的是否礼拜五？如果是，下午五时在家里候教，如嫌晚，星六早上也一样可以的。

关于云冈现状是我正在写的一短篇，那一天再赶个落花流水时当送上。思成尚在平汉线边沿吃尘沙，星六晚上可以到家。

此问

俪安

二嫂统此

徽音拜上

词苑撷英

落花流水：花残凋落，随流水漂去。

夸张手法

运用了夸张手法，写出了梁思成每日工作十分辛苦，风餐露宿。

二、一九三四年二月二十七日

二哥：

世间事有你想不到的那么古怪，你的信来的时候正遇到我双手托着头在自恨自伤的一片苦楚的情绪中熬着。在廿四个钟头中，我前前后后，理智的，客观的，把许多纠纷痛苦和挣扎，或希望或颓废的细目通通看过好几遍，一方面展开事实观察，一方面分析自己的性格、情绪、历史，别人的性格、情绪、历史，两人或两人以上互相的生活，情绪和历史，我只感到一种悲哀，失望，对自己、对生活全都失望无兴趣。我觉到像我这样的人应该死去，减少自己及别人的痛苦！这或是暂时的一种情绪，一会儿希望会好。

在这样的消极悲伤的情景下，接到你的信，理智上，我虽然同情你所告诉我你的苦痛（情绪的紧张），在情感上我却很羡慕你那么积极，那么热烈，那么丰富的情绪，至少此刻同我的比，我的显然萧条颓废，消极无用。你的是在情感的尖锐上奔进！

可是此刻我们有个共同的烦恼，那便是可惜时间和精力，因为情绪的盘旋而耗废去。

你希望抓住理性的自己，或许找个聪明的人帮忙你整理一下你的苦恼或是“横溢的情感”，设法把它安排妥帖一点，你竟找到我来，我懂得的，我也常常被同种的纠纷弄得左不是右不是，生活掀在波澜里，盲目地同危险周旋，累得我既为旁人焦灼，又为自己操心，又同情于自己又很不愿意宽恕放任自己。

不过我同你有大不同处：凡是在横溢奔放的情感中时，我便觉到抓住一种生活的意义，即使这横溢奔放的情感所发生的行为上纠纷是快乐与苦辣对渗的性质，我也不难过，不在乎。我认定了生活本身原质是矛盾的，我只要生活；体验到极端的愉快，灵质的，透明的，美丽的近于神话理想的快活，以下我情愿也随着赔偿这天赐的幸福，埋在悲痛，纠纷，失望，无望，寂寞中捱过若干时候，好像等自己的血来在创伤上结痂一样！一切我都在无声中忍受，默默地等天来布置我，没有一句话说！（我且说说来给你做个参考。）

我所谓极端的、浪漫的或实际的都无关系，反正我的主义是要生活，没有情感的生活简直是死！生活必须体验丰富的情感，把自己变成丰富，宽大，能优容，能了解，能同情种种“人性”，能懂得自己，不苛责自己，也不苛责旁人，不难自己以所不能，也不难别人所不能，更不怨运命或是上帝，看清了世界本是各种人性混合做成的纠纷，人性又就是那么一回事，脱不掉生理、心理、环境、习惯、先天特质的凑合！把道德放大了讲，别裁判或裁削自己。任性到损害旁人时如果你不忍，你就根本办不到任性的事。（如果你办得到，那你那种残忍，便是你自己性格里的一点特性，也用不着过分地去纠正。）想做的事太多，并且互相冲突时，拣最想做——想做到、顾不得旁的牺牲——的事做，未做时心中发生纠纷是免不了的，做后最用不着后悔，因为你既会去做，那桩事便一定是不可免的，别尽着罪过自己。

我方才所说到极端的愉快，灵质的，透明的，美丽的快乐，不知道你有否同一样感觉。我的确有过，我不忘却我的幸福。我认为最愉快的事都是——闪亮的，在一段较短的时间内迸出神奇的——如同两个人透彻的了解：一句话打到你心里，使得你理智和感情全觉到一万万分满足；如同相爱：在一个时候里，你同你自身以外另一个人互相以彼此存在为极端的幸福；如同恋爱：在那时那刻眼所见，耳所听，心所触无所不是美丽，情感如诗歌自然地流动，如花香那样不知其所以。这些种种便都是一生中不可多得的瑰宝。世界上没有多少人有那机会，且没有多少人有那种天赋的敏感和柔情来尝味那经验，所以就有那种机会也无用。如果有如诗剧神话般的实景，当时当事者本身却没有领会诗的情感又如何行？即使有了，只是浅俗的赏月折花的限量，那又有什么话说？！转过来说，对悲哀的敏感容量也是生活中可贵处。当时当事，你也许得流出血泪，过去后那些在你经验中也是不可鄙视的创痂。（此刻说说话，我倒暂时忘记了我昨天到今晚已整整哭了廿四小时，中间仅仅睡着三四个钟头，方才在过分的失望中颓废着觉到浪费去时间精力，很使自己感叹。）在夫妇中间为着相爱纠纷自然痛苦，不过那种痛苦也是夹着极端丰富的幸福在内的。冷漠不关心的夫妇结合才是真正的悲剧！

比喻手法

运用了比喻手法，将情感比作诗歌，写出了情感随着情绪可以自由变换。

词苑撷英

瑰宝：贵重而美丽的宝物；稀世之珍宝。

如果在“横溢情感”和“僵死麻木的无情感”中叫我来拣一个，我毫无问题要拣上面的一个，不管是为我自己或是为别人。人活着的意义基本的是在能体验情感。能体验情感还得有智慧、有思想来分别了解那情感——自己的或别人的！如果再能表现你自己所体、验所了解的种种在文字上，不管那算是宗教或哲学，诗，或是小说，或是社会学论文——（谁管那些）——使得别人也更得点人生意义，那或许就是所有的意义了。不管人文明到什么程度，天文、地理、科学的通到哪里去，这点人性还是一样的主要，一样的是人生的关键。

在一些微笑或皱眉印象上称较分量，在无边际人事上驰骋细想，正是一种生活。

算了吧！二哥，别太虐待自己，有空来我这里，咱们再费点时间讨论讨论它，你还可以告诉我一点实在情形。我在廿四小时中只在想自己如何消极到如此田地，苦到如此如此，而使我苦得想去死的那个人自己在去上海火车中也苦得要命，已经给我来了两封电报一封信，这不是“人性”的悲剧么？那个人便是说他最不喜管人性的梁二哥！

徽因

你一定得同老金（金岳霖）谈谈，他真是能了解同时又极客观极同情，极懂得人性，虽然他自己并不一定会提起他的历史。

三、一九三五年十一月下旬

二哥：

怎么了？《大公报》到底被收拾，真叫人生气！有办法否？

昨晚，我们这里忽收到两份怪报，名叫《亚洲民报》，篇幅大极，似乎内中还有文艺副刊，是大规模的组织，且有计划的，看情形似乎要《大公报》永远关门。气糊涂了我！社论看了叫人毛发能倒竖。我只希望是我神经过敏。

这日子如何“打发”？我们这国民连骨头都腐了！有消息请告一二。

徽因

四、一九三七年十月

二哥：

我欠你一封信，欠得太久了！现在第一件事要告诉你的就是我们又都在距离相近的一处了。大家当时分手得那么突兀惨淡，现在零零落落地似乎又聚集起来。一切转变得非常古怪，两月以来我种种的感到糊涂。事情越看得多点，心越焦，我并不奇怪自己没有青年人抗战中兴奋的情绪，因为我比许多人明白一点自己并没有抗战，生活离前线太远，一方面自己的理智方面也仍然没有失却它寻常的职能，观察得到一些叫人心里顶难过的事。心里有时像个药罐子。

自你走后，我们北平学社方面发生了许多叫我们操心的事，好容易挨过了俩仨星期（我都记不清有多久了）才算走脱，最后我是病的，却没有声张，临走去医院检查了一遍，结果是得着医生严重的警告——但警告白警告，我的寿命是由天的了。临行的前夜一直弄到半夜三点半，次早六时由家里出发，我只觉得是硬由北总布胡同扯出来上车拉倒。

东西全弃下倒无所谓，最难过的是许多朋友都像是放下忍心地走掉，端公太太、公超太太住在我家，临别真是说不出地感到似乎是故意那么狠心地把她们抛下，兆和也是一个使我顶不知怎样才好的，而偏偏我就根本赶不上去北城一趟看看她。我恨不得是把所有北平留下的太太孩子挤在一块走出到天津再说。可是我也知道天津地方更莫名其妙，生活又贵，平津那一节火车情形那时也是一天一个花样，谁都不保险会出什么样把戏的。

这是过去的话了，现在也无从说起，自从那时以后，我们真走了不少地方。由卢沟桥事变到现在，我们把中国所有的铁路都走了一段！最紧张的是由北平到天津，由济南到郑州。带着行李小孩奉着老母，由天津到长沙共计上下舟车十六次，进出旅店十二次，这样走法也就很够经验的，所为的是回到自己的后方。现在后方已回到了，我们对于战时的国家仅是个不可救药的累赘而已。同时我们又似乎感到许多我们可用的力量废放在这里，是因为各方面缺乏更好的组织来尽量地采用。我们初到时的兴奋，现实已变成习惯的悲感。更其糟的是这几天看到许多过路的队伍兵丁，由他们吃的穿的到其他一切一切。“惭愧”两字我嫌它们过于单纯，所以我没有字来告诉你，我心里所感触的味道。

前几天我着急过津浦线上情形，后来我急过“晋北”的情形——那时还是真正的“晋北”——由大营到繁峙代县，雁门朔县，宁武原平崞县忻县、一带路，我们是熟极的，阳明堡以北到大同的公路更是有过老朋友交情，那一带的防御在卢变以后一星期中我们所知道的等于是“鸡蛋”。我就不信后来赶得及怎样“了不起”的防御工作，老西儿的军队更是软懦到万分见不得风的，怎不叫我跳急到万分！好在现在情形已又不同了，谢老天爷，但是看战报的热情是罪过的。如果我们再按紧一点事实的想象：天这样冷……（就不说别的！！）战士们在怎样的一个情形下活着或死去！三个月以前，我们在那边已穿过棉！所以一天到晚，我真不知想什么好，后方的热情是罪过，不热情的话不更罪过？二哥，你想，我们该怎样的活着才有法子安顿这一副还未死透的良心？

我们太平时代（考古）的事业，现时谈不到别的了，在极省俭的法子下维护它不死，待战后再恢复算最为得体的办法。个人生活已甚苦，但尚不到苦到“不堪”。我是女人，当然立刻变成纯净的“糟糠”的典型，租到两间屋子烹调，课子，洗衣，铺床，每日如在走马灯中过去。中间来几次空袭警报，生活也就饱满到万分。注：一到就发生住的问题，同时患腹泻，所以在极马虎中租到一个人家楼上的两间屋。就在火车站旁，火车可以说是从我窗下过去！所以空袭时颇不妙，多暂避于临时大学（熟人尚多见面，金甫亦“高个子”如故）。文艺，理想，都像在北海五龙亭看虹那么样，是过去中一种偶然的遭遇，现实只有一堆矛盾的现实抓在手里。

话又说多了，且乱，正像我的老样子。二哥你现实在做什么，有空快给我一封信。（在汉口时，我知道你在隔江，就无法来找你一趟。）我在长沙回首雁门，正不知有多少伤心呢，不日或起早到昆明，长途车约七八日，天已寒冷，秋气肃杀，这路不太好走，或要去重庆再到成都，一切以营造学社工作为转移。（而其间问题尚多，今天不谈了）现在因时有空袭警报，所以一天不能离开老的或小的，精神上真是苦极苦极，一天的操作也于我的身体有相当威胁。

侧面描写
运用了侧面描写，写出了林徽因在家中要照顾一家老小，身心疲惫，身体也吃不消，身体状况越来越差。

徽因　在长沙

长沙韭菜园教厂坪134刘宅梁

五、一九三七年十一月九至十日

二哥：

在黑暗中，在车站铁篷子底分别，很有种清凉味道，尤其是走的人没有找着车位，车上又没有灯，送的打着雨伞，天上落着很凄楚的雨，地下一块亮一块黑的，反映着泥水洼，满车站的兵——开拔到前线的，受伤开回到后方的！那晚上很代表我们这一向所过的日子的最黯淡的底层，这些日子表面上固然还留一点未曾全褪败的颜色。

这十天里长沙的雨更象征着一切霉湿，凄怆，惶惑的生活。那种永不开缝的阴霾封锁着上面的天，留下一串串继续又继续着檐漏般不痛快的雨，屋里人冻成更渺小无能的小动物，缩着脖子只在呆想中让时间赶到头里，拖着自己半蛰伏的灵魂。接到你第一封信后我又重新发热伤风过一次，这次很规矩地躺在床上发冷，或发热，日子清苦得无法设想，偏还老那么悬着，叫人着一种无可奈何的急。如果有天，天又有意旨，我真想他明白点告诉我一点事，好比说我这种人需要不需要活着，不需要的话，这种悬着日子也不都是侈奢？好比说一个非常有精神喜欢挣扎着生存的人，为什么需要肺病，如果是需要，许多希望着健康的想念在她也就很侈奢，是不是最好没有？死在长沙雨里，死得虽未免太冷点，往昆明跑，跑后的结果如果是一样，那又怎样？昨天我们夫妇算算到昆明去，现在要不就走，再去怕更要落雪落雨发生问题，就走的话，除却旅费，到了那边时身上一共剩下三百来

词苑撷英
无可奈何：感到没有办法，只有这样了。

元，万一学社经费不成功，带着那一点点钱，一家子老老小小流落在那里颇不妥当，最好得等基金方面一点消息。

可是今天居然天晴，并且有大蓝天，大白云，顶美丽的太阳光！我坐在一张破藤椅上，破藤椅放在小破廊子上，旁边晒着棉被和雨鞋，人也就轻松一半，该想的事暂时不再想它，想想别的有趣的事：好比差不多二十年前，我独自坐在一间顶大的书房里看雨，那是英国的不断的雨。我爸爸到瑞士国联开会去，我能在楼上嗅到顶下层楼下厨房里炸牛腰子同洋咸肉，到晚上又是在顶大的饭厅里（点着一盏顶暗的灯）独自坐着，垂着两条不着地的腿同刚刚垂肩的发辫，一个人吃饭一面咬着手指头哭——闷到实在不能不哭！理想的我老希望着生活有点浪漫的发生，或是有个人叩下门走进来坐在我对面同我谈话，或是同我同坐在楼上炉边给我讲故事，最要紧的还是有个人要来爱我。我做着所有女孩做的梦。而实际上却只是天天落雨又落雨，我从不认识一个男朋友，从没有一个浪漫聪明的人走来同我玩——实际生活上所认识的人从没有一个像我所想象的浪漫人物，却还加上一大堆人事上的纷纠。

话说得太远了，方才说天又晴了，我却怎么又转到落雨上去？真糟！肚子有点饿，嗅不着炸牛腰子同洋咸肉，更是无法再想英国或廿年前的事，国联或其他！

方才念到你的第二信，说起爸爸的演讲，当时他说的顶热闹，根本没有想到注意近在自己身边的女儿的日常一点点小小苦痛比那种演讲更能表示他真的懂得那些问题的重要。现在我自己已做了嬷嬷，我不愿意在任何情形下把我的任何一角酸辛的经验来换他当时的一篇漂亮话，不管它有多少风趣！这也许是我比他诚实，也许是我比他缺一点幽默！

好久了，我没有写长信，写这么杂乱无系统的随笔信，今晚上写了这许多，谁知道我方才喝了些什么，此刻真是冷，屋子里谁都睡了，温度仅仅五十一度，也许这是原因！

明早再写关于沅陵及其他向昆明方面设想的信！

又接到另外一封信，关于沅陵我们可以想想，关于大举移民到昆明的事还是个大悬点挂在空里，看样子如果再没有计划就因无计划而在长沙留下来过冬，不过关于一切我仍然还须给你更具体的回信一封，此信今天暂时先拿去付邮而免你惦挂。

昨天张君劢老前辈来此，这人一切仍然极其“混沌”（我不叫它做天真）。天下事原来都是一些极没有意思的，我们理想着一些美妙的完美，结果只是处处悲观叹息着。我真佩服一些人仍然整天说着大话，自己支持着极不相干的自己，以至令别人想哭！

匆匆
徽因
十一月九至十日

六、一九三七年十二月九日

二哥：

决定了到昆明以便积极地做走的准备。本买二日票，后因思成等周寄梅先生，把票退了，再去买时已经连七号的都卖光了，只好买八号的。

今天中午到了沅陵。昨晚里住在官庄的。沿途景物又秀丽又雄壮时就使我们想到你，二哥，对这些苍翠的天，排布的深浅山头，碧绿的水和其间稍稍带点天真的人为的点缀，如何的亲切爱好，感到一种愉快。天气是好到不能更好，我说如果不是在这战期中时时心里负着一种悲伤哀愁的话，这旅行真是不知几世修来。

昨晚有人说或许这带有匪，倒弄得我们心有点慌慌的，住在小旅店里灯火荧荧如豆，外边微风撼树，不由得不有一种特别情绪，其实我们很平安地到达很安静的地带。

今天来到沅陵，风景愈来愈妙，有时颇疑心有翠翠这种的人物在！沅陵城也极好玩，我爱极了。你老兄的房子在小山上，非常别致有雅趣，原来你一家子都是敏感的有精致爱好的。我同思成带了两个孩子来找他，意外还见到你的三弟，新从前线回来，他伤已愈，可以拐杖走路。他们待我们太好（个个性情都有点像你）。我们真欢喜极了，都又感到太打扰得他们，有点不过意。虽然，有半天工夫在那楼上廊子上坐着谈天，可是我真感到有无限亲切。沅陵的风景，沅陵的城市，同沅陵的人物，在我们心里是一片很完整的记忆，我愿意再回到沅陵一次，无论什么时候，最好当然是打完仗！

说到打仗你别过于悲观，我们还许要吃苦，可是我们不能不争到一种翻身的地步。我们这种人太无用了。也许会死，会消灭，可是总有别的法子，我们中国国家进步了，弄得好一点，争出一种新的局面，不再是低着头地被压迫着，我们根据事实时有时很难乐观，但是往大处看，抓紧信心，我相信我们大家根本还是乐观的，你说对不对？

这次分别，大家都怀着深忧！不知以后事如何？相见在何日？只要有着信心，我们还要再见的呢。

无限亲切的感觉，因为我们在你的家乡。

徽因

昆明住址云南大学王赣愚先生转

七、一九三八年春

二哥：

事情多得不可开交，情感方面虽然有许多新的积蓄，一时也不能够去清理（这年头也不是清理情感的时候）。昆明的到达既在离开长沙三十九天之后，其间的故事也就很有可纪念的。我们的日子至今尚似走马灯的旋转，虽然昆明的白云悠闲疏散在蓝天里。现在生活的压迫似乎比从前更有分量了。我问我自己三十年底下都剩一些什么，假使机会好点我有什么样的一两句话说出来，或是什么样事好做，这种问题在这时候问，似乎更没有回答——我相信我已是一整个的失败，再用不着自己过分的操心——所以朋友方面也就无话可说——现在多半的人都最惦挂我的身体。一个机构多方面受过损伤的身体实在用不着惦挂，我看黔滇间公路上所用的车辆颇感到一点同情，在中国做人同在中国坐车子一样，都要承受那种的待遇，磨到焦头烂额，照样有人把你拉过来推过去爬着长长的山坡。你若是懂事多了，挣扎一下，也就不见得不会喘着气爬山过岭到了你最后的一个时候。

侧面描写

运用了侧面描写，写出了很多人都十分关心林徽因，林徽因的人缘很好。

不，我这比喻打得不好，它给你的印象好像是说我整日里在忙着服务，有许多艰难的工作做，其实，那又不然，虽然思成与我整天宣言我们愿意义务的，替政府或其他公共机关效力，到了如今人家还是不找我们做正经事，现在所忙的仅是一些零碎的私人所委托的杂务，这种私人相委的事如果他们肯给我们一点实际的酬报，我们生活可以稍稍安定，挪点时候做些其他有价值的事也好，偏又不然，所以我仍然得另想别的办法来付昆明的高价房租，结果是又接受了教书生涯，一星期来往爬四次山坡走老远的路，到云大去教六点钟的补习英文。上月净得四十余元法币，而一方面为一种我们最不可少的皮尺，昨天花了二十三元买来！

到如今我还不大明白我们来到昆明是做生意，是“走江湖”，还是做“社会性的骗子”——因为梁家老太爷的名分，人家常抬举这对愚夫妇，所以我们是常常有些阔绰的应酬需要我们笑脸地应付——这样说来好像是牢骚，其实也不尽然，事实上就是情感良心均不得均衡！

词苑撷英

应付：设法对待或处置；敷衍了事，不认真；将就，凑合。

前昨同航空毕业班的几个学生谈，我几乎要哭起来，这些青年叫我一百分的感激同情，一方面我们这租来的房子墙上还挂着那位主席将军的相片，看一眼，话就多了——现在不讲——天天早上那些热血的人在我们上空练习速度，驱逐和格斗，底下芸芸众生吃喝得仍然有些讲究。思成不能酒，我不能牌，两人都不能烟，在做人方面已经是十分惭愧！现在昆明人才济济，哪一方面人都有。云南的权贵，香港的服装，南京的风度，大中华民国的洋钱，把生活描画得十三分对不起那些在天上冒险的青年，其他更不用说了。现在我们所认识的穷愁朋友已来了许多，同感者自然甚多。

陇海全线的激战使我十分兴奋，那一带地方我比较熟悉，整个心都像在那上面滚，有许多人似乎看那些新闻印象里只有一堆内地县名，根本不发生感应，我就奇怪！我真想在山西随军，做什么自己可不大知道！

二哥，我今天心绪不好，写出信来怕全是不好听的话，你原谅我，我要搁笔了。

这封信暂做一个赔罪的先锋，我当时也知道朋友们一定会记挂，不知怎么我偏不写信，好像是罚自己似的——一股坏脾气发作！

徽因

精彩点拨

“我所谓极端的、浪漫的或实际的都无关系，反正我的主义是要生活。没有情感的生活简直是死！生活必须体验丰富的情感，把自己变成丰富，宽大，能优容，能了解，能同情种种‘人性’，能懂得自己，不苛责自己，也不苛责旁人，不难自己所不能，也不难别人所不能，更不怨运命或是上帝，看清了世界本是各种人性混合做成的纠纷，人性又就是那么一回事，脱不掉生理、心理、环境、习惯、先天特质的凑合！把道德放大了讲，别裁判或裁削自己。任性到损害旁人时如果你不忍，你就根本办不到任性的事（如果你办得到，那你那种残忍，便是你自己性格里的一点特性，也用不着过分地去纠正），想做的事太多，并且互相冲突时，拣最想做——想做到、顾不得旁的牺牲——的事做，未做时心中发生纠纷是免不了的，做后最用不着后悔，因为你既会去做，那桩事便一定是不可免的，别尽着罪过自己。”

致梁思庄

精彩导读

林徽因在信中写出最近工作的不顺利，感觉时间不够用，因此为了节省时间愿意在夜晚出发，坐怪车。写出了去古代遗址，本来以为可以有所收获，最后也是乘兴而往，败兴而归。也交代思庄要请客，不要客气。

思庄：

来后还没有给你信，旅中并没有多少时间。每写一封到北平，总以为大家可以传观，所以便不另写。连得三爷（三爷指林徽因的三弟林恒，时住梁家）、老金等信，给我们的印象总是一切如常，大家都好，用不着我操什么心，或是要赶急回去的。但是出来已两周，我总觉得该回去了，什么怪时候，赶什么怪车都愿意，只要能省时候。尤其是这几天在建筑方面非常失望，所谒大寺庙不是全是垃圾，便是已代以清末简陋的不相干房子，还刷着蓝白色的“天下为公”及其他，变成机关或学校。每去一处都是汗流浃背的跋涉，走路工作的时候又总是早八至晚六最热的时间里。这三天来可真真累得不亦乐乎。吃得也不好，天太热也吃不大下。因此种种，我们比上星期的精神差多了。

词苑撷英

汗流浃背：汗水流得湿透背衣。

语言描写

运用了语言描写，写出了每次林徽因工作的辛苦和兢兢业业的工作。

上星期劳苦功高之后，必到个好去处，不是山明水秀，就是古代遗址眩目惊神，令人忘其所以！青州外表甚雄，城跨山边、河绕城下、石桥横通、气象宽朗，且树木葱郁奇高。晚间到时山风吹过，好像满有希望，结果是一无所得。临淄更惨，古刹大佛有数处。我们冒热出火车，换汽车、洋车，好容易走到，仅在大中午我们已经心灰意懒时得见一个北魏石像，庙则统统毁光！

你现在是否已在北屋暂住下，Boo（梁思成的女儿吴荔明的乳名）住哪里？你请过客没有？如果要什么请你千万别客气，随便叫陈妈预备。思马一（梁思成的五妹思懿的绰号）外套取回来没有？天这样热，I can't quite imagine（我简直不能想象）人穿它！她的衣料拿去做了没有？都是挂念。

匆匆

二嫂

整天被跳蚤咬得慌，坐在三等火车中又不好意思伸手在身上各处乱抓，结果浑身是包！

精彩点拨

这篇书信通过交代林徽因的生活琐事和工作，写出了林徽因工作的繁忙和不辞辛苦。很多时候考查都跋山涉水，舟车劳顿。通过描写，可以看出林徽因虽然是一个女子，但是巾帼不让须眉，不怕辛苦，不怕吃苦、流汗，十分敬业。

致梁思成

精彩导读

第一篇林徽因向梁思成介绍了自己的身体状况有所好转，工作中有些十分繁忙，经常开会。同时也告诉梁思成不要记挂家人，大家都很好。第二篇林徽因先写了生活的艰难，家里的灯已经不工作了，屋子里十分漆黑。随后写出了林徽因对斯大林及捷克总统的去世的感受。接着告诉梁思成自己的身体状况有所改善，只是还需要继续治疗。最后表达了对梁思成身体状况的担忧，希望梁思成能够照顾好自己。

一、一九五三年三月十二日

思成：

我现在正在由以养病为任务的一桩事上考验自己，要求胜利完成这个任务。在胃口方面和睡眠方面都已得到非常好的成绩，胃口可以得到九十分，睡眠八十分，现在最难的是气管，气管影响痰和呼吸又影响心跳甚为复杂，气管能进步一切进步最有把握，气管一坏，就全功尽废了。

我的工作现实限制在碑建会设计小组的问题，有时是把几个有限的人力拉在一起组织一下分配一下工作，技术方面讨论如云纹，如碑的顶部；有时是讨论应如何集体向上级反映一些具体意见做一两种重要建议，今天就是刚开了一次会，有阮邱莫吴梁连我六人，前天已开过一次，拟了一信稿呈郑副主任和薛秘书长的，今天阮将所拟稿带来又修正了一次，今晚抄出大家签名明天可发出（主要要求立即通知施工组停扎钢筋，美工合组事难定了，尚未开始，所以也趁此时再要求增加技术人员，加强设计实力，反映我们对去掉大台认为对设计有利，可能将塑型改善，而减掉复杂性质的陈列

简要说明

考验：通过具体事件、行动或困难环境来检验（是否坚定、忠诚或正确等）。

举例手法

运用了举例子手法，写出了林徽因工作的繁忙和对工作的负责。

室和厕所设备等等，使碑的思想性明确单纯许多）。再冰、小弟都曾回来，娘也好，一切勿念。信到时可能已过三月廿一日了。

天安门追悼会（指斯大林的追悼会）的情形已见报，我不详写了。

昨李宗津由广西回来还不知道你到莫斯科呢。

徽因三月十二日写完

二、一九五三年三月十七日

思成：

今天是十六日，此刻黄昏六时，电灯没有来，房很黑又不能看书做事，勉强写这封信已快看不见了。十二日发一信后仍然忙于碑的事。今天小吴、老莫都到城中开会去，我只能等听他们的传达报告了。讨论内容为何，几方面情绪如何，决议了什么具体办法，现在也无法知道。

昨天是星期天，老金不到十点钟就来了，刚进门再冰也回来，接着小弟来了，此外无他人，谈得正好，却又从无线电中传到捷克总统逝世消息。这种消息来在那沉痛的斯大林同志的殡仪之后，令人发愣发呆，不能相信不幸的事可以这样的连着发生。大家心境又黯然了……

中饭后老金、小弟都走了。再冰留到下午六时，她又不在三月结婚了，想改到国庆，理由是于中干说他希望在广州举行。那边他们两人的熟人多，条件好，再冰可以玩一趟。这次他来，时间不够也没有充分心理准备，六月又太热。我是什么都赞成。反正孩子高兴就好。

我的身体方面、吃得那么好，睡得也不错，而不见胖，还是爱气促和闹清痰、打呼噜、出泡声，血脉不好好循环、冷热不正常等等，所以疗养还要彻底，病状比从前深点，新陈代谢作用太坏，恢复的现象极不显著，也实在慢，今天我本应该打电话问校医室血沉率和痰化验结果的，今晚便可以报告，但因害怕结果不完满因而不爱去问！

语言描写
运用了语言描写，写出了林徽因的害怕，对自己的身体状况十分担忧。

学习方面可以报告的除了报上主要政治文章和理论文章外，我连着看了四本书都是小说式传记。都是英雄的真人真事……

还要和你谈什么呢？又已经到了晚饭时候，只好停下来。该吃饭了，（下午一人甚闷时，关肇邺来坐一会儿，很好。太闷着看书觉到晕昏。）

（十六日晚写）

十七日续：

我最不放心的是你的健康问题，我想你的工作一定很重，你又容易疲倦，一边又吃Rimifon（一种防治结核病的药）。不知是否更易累和困，我的心里总惦着，我希望你停Rimifon吧，已经满两个半月了。苏联冷，千万注意呼吸器官的病。

昨晚老莫回来报告，大约把大台改低是人人同意，至于具体草图什么时候可以画出并决定，是真真伤脑筋的事，尤其是碑顶仍然意见分歧。

词苑撷英
分歧：（思想、意见、记载等）不一致，有差别。

徽因匆匆写完三月十七日午

一九四二年约春夏

精彩点拨

工作的艰辛和生活的艰难一直摧残着林徽因的身体，让她的身体难以完全痊愈。和梁思成分别两地，家里的重担着实不轻。然而林徽因对此都能够坚持。作为家中的年轻人，林徽因一直承担着家里的责任。有事业心的她也有工作要做。作为妻子，她对自己的丈夫也关怀备至。

阅读积累

结核病

结核病是一种由结核杆菌感染引起的慢性传染病。目前主要通过抗结核药物治疗。结核病可感染全身任何部位，引起相应病变，尤其以肺部最常见且危害大，严重时难以治愈，并可危及生命。

致傅斯年

精彩导读

在这封信中，林徽因写出了因为战争，受了孟真先生的帮助，为此感到十分感激，同时也表达出自己的艰难。人活几十载，没有实现自己的理想，一直有东西在牵绊自己，家庭和孩子，以至于自己的工作被耽误，没有时间去大展宏图。

孟真先生：

接到要件一束，大吃一惊，开函拜读，则感与惭并，半天作奇异感！空言不能陈万一，雅不欲循俗进谢，但得书不报，意又未安。踌躇了许久仍是临书木讷，话不知从何说起！

今日里巷之士穷愁疾病，屯蹶颠沛者甚多。固为抗战生活之一部，独思成兄弟年来蒙你老兄种种帮忙，营救护理无所不至，一切医药未曾欠缺，终在你方面固然是存天下之义，而无有所私，但在我们方面虽感到lucky终增愧悚，深觉抗战中未有贡献，自身先成朋友及社会上的累赘的可耻。

> **词苑撷英**
> 颠沛：是指困顿、受挫折的意思。

现在你又以成永兄弟危苦之情上闻介公，丛细之事累及泳霓先生，为拟长文说明工作之优异，侈誉过实，必使动听，深知老兄苦心，但读后惭汗满背矣！

尤其是关于我的地方，一言之誉可使我疚心疾首，夙夜愁痛。日念平白吃了三十多年饭，始终是一张空头支票难得兑现。好容易盼到孩子稍大，可以全力工作几年，偏偏碰上大战，转入井臼柴米的阵地，五年大好光阴又失之交臂。近来更胶着于疾病处残之阶段，体衰智困，学问工作恐已无分，将来终负今日教勉之意，太难为情了。

> **语言描写**
> 运用了语言描写，写出林徽因的事业心先被孩子牵绊，后被战争影响，自己的事业得不到发挥，十分苦闷。

素来厚惠可以言图报，唯受同情，则感奋之余反而缄默，此情想老兄伉俪皆能体谅，匆匆这几行，自然书不尽意。

思永已知此事否？思成平日谦谦怕见人，得电必苦不知所措。希望泳霓先生会将经过略告知之，俾引见访谢时不至于茫然。此问

双安

精彩点拨

帮是情分，不帮是本分，面对他人的帮助我们要心存感激。没有十全十美的人生，有一得必有一失。自古以来，作为女子都有太多的束缚，封建社会对女子的束缚更多，所以女子要完成自己的事情也非常艰难。家庭和孩子都让女子的事业受到阻碍。

致张兆和

精彩导读

林徽因在信中写出了新生活的样子，和周围人每天的生活大框。几个人在一起的时光十分惬意。随后写出自己的身体状况不太好，而且金岳霖变老，家里的人变少。告诉朋友不要挂念，同时希望朋友多保重身体。

卅七年末北平围城时从清华园寄城中。徽。交三姐

三小姐：

收到你的信，并且得知我们这次请二哥出来，的确也是你所赞同的，至为欣慰。这里的气氛与城里完全两样，生活极为安定愉快。一群老朋友仍然照样的打发日子，老邓、应铨等就天天看字画，而且人人都是乐观的，怀着希望的照样工作。二哥到此，至少可以减少大部分精神上的压迫。

他住在老金家里。早起八时半就同老金一起过我家吃早饭；饭后聊天半小时，他们又回去；老金仍照常伏案。

中午又来，饭后照例又聊半小时，各回去睡午觉。下午四时则到熟朋友家闲坐；吃吃茶或是（乃至）有点点心。六时又到我家，饭后聊到九时左右才散。这是我们这里三年来的时程，二哥来此加入，极为顺利。晚上，我们为他预备了安眠药。由老金临睡时发给一粒。此外，在睡前还强迫吃一杯牛奶，所以二哥的睡眠也渐渐的上了轨道了。

徽因续写：

二哥第一天来时精神的确紧张，当晚显然疲倦，但心绪却愈来愈开朗，第二天人更显愉快。但据说仍睡得不多，所

词苑撷英

伏案：趴在桌子上（读书，写字，写作）。一般为伏案工作、伏案写作。是趴在桌上的简洁的表达方式。

比喻手法

运用了比喻手法，将二哥睡眠变好比喻成火车上了轨道，写出了二哥的睡眠越来越好。

以我又换了一种安眠药交老金三粒（每晚代发一粒给二哥），且主张临睡喝热牛奶一杯。昨晚大家散得特别早。今早他来时精神极好，据说昨晚早睡，半夜“只醒一会儿”。说是昨夜的药比前夜的好，大约他是说实话，不是哄我。看三天来的进步，请你放心他的一切。今晚或不再给药了，我们熟友中的谈话多半都是可以解除他那些幻想的过虑的，尤以熙公的为最有力，所以在这方面他也同初来时不同了。近来因为我病，老金又老，在我们这边吃饭，所以我这里没有什么客人，他那边更少人去，清静至极。今午二哥大约到念生家午饭。噜噜嗦嗦写了这大篇，无非是要把确实情形告诉你放心，“语无伦次”一点，别笑话。

这里这几天天晴日美，郊外适于郊游闲走，我们还要设法要二哥走路——那是最可使他休息脑子，而晚上容易睡着的办法，只不知他肯不肯。

即问。

思成、徽因同上

您自己可也要多多休息才好，如果家中能托人，一家都来这边，就把金家给你们住，老金住我们书房也极方便。

精彩点拨

在战争时期，能够偷得浮生半日闲是十分不容易的，但是在战争面前，和谐的生活也是非常短暂的。人进入中年，就会有身体不舒服的时候，有时候睡一晚觉都是奢侈。爱惜身体是非常重要的。

悼志摩

精彩导读

林徽因怀着悲痛写下《悼志摩》，字里行间充满了哀伤。她与徐志摩1921年相识于英国伦敦经济学院，认识已整整十年。这十年，她们把对方写进彼此生命里，虽没能成为恋人，却成为惺惺相惜的好朋友，彼此见证着对方青春的美好芳华。林徽因眼中，徐志摩最动人的特点是："他那不可信的纯净的天真，对他理想的愚诚，对艺术欣赏的认真，体会情感的切实，全是难得可贵到极点。"这篇散文是林徽因听闻好友徐志摩飞机失事后写下的。

十一月十九日我们的好朋友，许多人都爱戴的新诗人，徐志摩突兀地，不可信地，惨酷地，在飞机上遇险而死去。这消息在二十日的早上像一根针刺猛触到许多朋友的心上，顿使那一早的天墨一般地昏黑，哀恸的咽哽锁住每一个人的嗓子。

志摩……死……谁曾将这两个句子联在一处想过！他是那样活泼的一个人，那样刚刚站在壮年的顶峰上的一个人。朋友们常常惊讶他的活动，他那像小孩般的精神和认真，谁又会想到他死？

突然地，他闯出我们这共同的世界，沉入永远的静寂，不给我们一点预告，一点准备，或是一个最后希望的余地。这种几乎近于忍心的决绝，那一天不知震麻了多少朋友的心？现在那不能否认的事实，仍然无情地挡住我们前面。任凭我们多苦楚地哀悼他的惨死，多迫切地希冀能够仍然接触到他原来的音容，事实是不会为体贴我们这悲念而有些许更改；而他也再不会为不忍我们这伤悼而有些许活动的可能！这难堪的永远静寂和消沉便是死的最残酷处。

我们不迷信的，没有宗教地望着这死的帷幕，更是丝毫

比喻手法

运用了比喻手法，将徐志摩逝世比作一根针刺到朋友的心上，写出了大家对于徐志摩逝世的心痛。

词苑撷英

决绝：坚定地，断然地。

没有把握。张开口我们不会呼吁，闭上眼不会入梦，徘徊在理智和情感的边沿，我们不能预期后会，对这死，我们只是永远发怔，吞咽枯涩的泪，待时间来剥削这哀恸的尖锐，痂结我们每次悲悼的创伤。那一天下午，初得到消息的许多朋友不是全跑到胡适之先生家里么?但是除却拭泪相对，默然围坐外，谁也没有主意，谁也不知有什么话说，对这死！

谁也没有主意，谁也没有话说！事实不容我们安插任何的希望，情感不容我们不伤悼这突兀的不幸，理智又不容我们有超自然的幻想！默然相对，默然围坐……而志摩则仍是死去没有回头，没有音讯，永远地不会回头，永远地不会再有音讯。

我们中间没有绝对信命运之说的，但是对着这不测的人生，谁不感到惊异，对着那许多事实的痕迹，又如何不感到人力的脆弱，智慧的有限。世事尽有定数?世事尽是偶然?对这永远的疑问，我们什么时候能有完全的把握?

在我们前边展开的只是一堆坚质的事实：

“是的，他十九晨有电报来给我……”

“十九早晨，是的！说下午三点准到南苑，派车接……”

“电报是九时从南京飞机场发出的……”

“刚是他开始飞行以后所发……”

“派车接去了，等到四点半……说飞机没有到……”

“没有到……航空公司说济南有雾……很大……”只是一个钟头的差别；下午三时到南苑，济南有雾！谁相信就是这一个钟头中便可以有这么不同事实的发生，志摩，我的朋友！

他离平的前一晚，我仍见到，那时候他还不知道他次晨南旅的，飞机改期过三次，他曾说如果再改下去，他便不走了的。我和他同由一个茶会出来，在总布胡同口分手。在这茶会里，我们请的是为太平洋会议来的一个柏雷博士，因为他是志摩生平最爱慕的女作家曼殊斐儿的姊丈，志摩十分地殷勤；希望可以再从柏雷口中得些关于曼殊斐儿早年的影子，只因限于时间，我们茶后匆匆地便散了。晚上，我有约会出去了，回来时很晚，听差说他又来过，适遇我们夫妇刚走，他自己坐了一会儿，喝了一壶茶，在桌上写了些字便走了。我到桌上一看——“定明早六时飞行，此去存亡不卜……”我怔住了，心中一阵不痛快，却忙给他一个电话。

“你放心。”他说，“很稳当的，我还要留着生命看更伟大的事迹呢，哪能便死?……”

话虽是这样说，他却是已经死了整两周了！凡是志摩的朋友，我相信全懂得，死去他这样一个朋友是怎么一回事！

现在，这事实一天比一天更结实，更固定，更不容否认。志摩是死了，这个简单惨酷的实际早又添上时间的色彩，一周，两周，一直的增长下去……

我不该在这里语无伦次地尽管呻吟我们做朋友的悲哀情绪。归根说，读者抱着我们文字看，也就是像志摩的请柏雷一样，要从我们口里再听到关于志摩的一些事。

这个我明白，只怕我不能使你们满意，因为关于他的事，动听的，使青年人知道这里有个不可多得的人格存在的，实在太多，决不是几千字可以表达得完。谁也得承认，像他这样的一个人，世间便不轻易有几个的，无论在中国或是外国。

我认得他，今年整十年，那时候他在伦敦经济学院，尚未去康桥。我初次遇到他，也就是他初次认识到影响他迁学的逖更生先生。不用说他和我父亲最谈得来，虽然他们年岁上差别不算少，一见面之后便互相引为知己。他到康桥之后由逖更生介绍进了皇家学院，当时和他同学的有我姊丈温君源宁。一直到最近两月中源宁还常在说他当时的许多笑话，虽然说是笑话，那也是他对志摩最早的一个惊异的印象。志摩认真的诗情，绝不含有丝毫矫伪，他那种痴，那种孩子似的天真，实能令人惊讶。源宁说，有一天他在校舍里读书，外边下了倾盆大雨——唯是英伦那样的岛国才有的狂雨——忽然他听到有人猛敲他的房门，外边跳进一个被雨水淋得全湿的客人。不用说他便是志摩，一进门一把扯着源宁向外跑说，快来，我们到桥上去等着。这一来把源宁怔住了，他问志摩等什么在这大雨里。志摩睁大了眼睛，孩子似的高兴地说"看雨后的虹去"。源宁不止说他不去，并且劝志摩趁早将湿透的衣服换下，再穿上雨衣出去，英国的湿气岂是儿戏，志摩不等他说完，一溜烟地自己跑了！

以后我好奇地曾问过志摩这故事的真确，他笑着点头承认这全段故事的真实。我问：那么下文呢，你立桥上等了多久，并且看到虹了没有?他说记不清，但是他居然看到了虹。我诧异地打断他对那虹的描写，问他：怎么他便知道，准会有虹的。他得意地笑答我说："完全诗意的信仰！"

"完全诗意的信仰"，我可要在这里哭了！也就是为这"诗意的信仰"他硬要借航空的方便达到他"想飞"的宿愿！"飞机是很稳当的，"他说，"如果要出事那是我的运命！"他真对运命这样完全诗意的信仰！

志摩我的朋友，死本来也不过是一个新的旅程，我们没有到过的，不免过分地怀疑，死不定就比这生苦，"我们不能轻易断定那一边没有阳光与人情的温慰"，但是我前边说过最难堪的是这永远的静寂。我们生在这没有宗教的时代，对这死实在太没有把握了。这以后许多思念你的日子，怕要全是昏暗的苦楚，不会有一点点光明，除非我也有你那美丽的诗意的信仰！

我个人的悲绪不竟又来扰乱我对他生前许多清晰的回忆，朋友们原谅。

诗人的志摩用不着我来多说，他那许多诗文便是估价他的天平。我们新诗的历史才是这样的短，恐怕他的判断人尚在我们儿孙辈的中间。我要谈的是诗人之外的志摩。人家说，志摩的为人只是不经意的浪漫，志摩的诗全是抒情诗，这断语从不认识他的人听来可以说很公平，从他朋友们看来实在是对不起他。志摩是个很古怪的人，浪漫固然，但他人格里最精华的却是他对人的同情，和蔼，和优容；没有一个人他对他不和蔼，没有一种人，他不能优容，没有一种的情感，他绝对地不能表同情。我不说了解，因为不是许多人爱说志摩最不解人情么?我说他的特点也就在这上头。

我们寻常人就爱说了解；能了解的我们便同情，不了解的我们便很落漠乃至于酷刻。表同情于我们能了解的，我们以为很适当；不表同情于我们不能了解的，我们也认为很公平。志摩则不然，了解与不了解，他并没有过分地夸张，他只知道温存，和平，体贴，只要他知道有情感的存在，无论出自何人，在何等情况之下，他理智上认为适当与否，他全能表几分同情，他真能体会原谅他人与他自己不相同处。从不会刻薄地单支出严格的迫仄的道德的天平指谪凡是与他不同的人。他这样的温和，这样的优容，真能使许多人惭愧，我可以忠实地说，至少他要比我们多数的人伟大许多；他觉得人类各种的情感动作全有它不同的，价值放大了的人类的眼光，同情是不该只限于我们划定的范围内。他是对的，朋友们，归根说，我们能够懂得几个人，了解几桩事，几种情感?哪一桩事，哪一个人没有多面的看法！为此说来，志摩朋友之多，不是个可怪的事；凡是认得他的人，不论深浅，对他全有特殊的感情，也是极自然的结果。而反过来看他自己在他一生的过程中却是很少得着同情的。不止如是，他还曾为他的一点理想的愚诚几次几乎不见容于社会。但是他却未曾为这个而鄙吝他给他人的同情心，他的性情，不曾为受了刺激而转变刻薄暴戾过，谁能不承认他几有超人的宽量。

> **词苑撷英**
> 迫仄：很窘迫，很尴尬的一种状态。

> **反问手法**
> 运用了反问手法，写出了在作者看来，懂得一个人，了解一件事情、一种情感是很不容易的。

志摩的最动人的特点，是他那不可信的纯净的天真，对他的理想的愚诚，对艺术欣赏的认真，体会情感的切实，全是难能可贵到极点。他站在雨中等虹，他甘冒社会的大不韪争他的恋爱自由；他坐曲折的火车到乡间去拜哈岱，他抛弃博士一类的引诱卷了书包到英国，只为要拜罗素做老师，他为了一种特异的境遇，一时特异的感动，从此在生命途中冒险，从此抛弃所有的旧业，只是尝试写几行新诗——这几年新诗尝试的运命并不太令人踊跃，冷嘲热骂只是家常便饭——他常能走几里路去采几茎花，费许多周折去看一个朋友说两句话；这些，还有许多，都不是我们寻常能够轻易了解的神秘。我说神秘，其实竟许是傻，是痴！事实上他只是比我们认真，虔诚到傻气，到痴！他愉快起来，他的快乐的翅膀可以碰得到天，他忧伤起来，他的悲戚是深得没有底。寻常评价的衡量在他手里失了效用，利害轻重他自有他的看法，纯是艺术的情感的脱离寻常的原则，所以往常，人常听到朋友们说到他总爱带着嗟叹的口吻说："那是志摩，你又有什么法子！"他真的是个怪人么?朋友们，不，一点都不是，他只是比我们近情，近理，比我们热诚，比我们天真，比我们对万物都更有信仰，对神，对人，对心灵，对自然，对艺术！

朋友们，我们失掉的不止是一个朋友，一个诗人，我们丢掉的是个极难得可爱的人格。

至于他的作品全是抒情的么?他的兴趣只限于情感么?更是不对。志摩的兴趣是极广泛的。就有几件，说起来，不认得他的人便要奇怪。他早年很爱数学，他始终极喜欢天文，他对天上星宿的名字和部位就认得很多，最喜暑夜观星，好几次他坐火车都是带着关于宇宙的科学的书。他曾经译过爱因斯坦的相对论，并且在一九二二年便写过一篇关于相对论的东西登在《民铎》杂志上。他常向思成说笑："任公先生的相对论的知识还是从我徐君志摩大作上得来的呢，因为他说他看过许多关于爱因斯坦的哲学都未曾看懂，看到志摩的那篇才懂了。"今夏我在香山养病，他常来闲谈，有一天谈到他幼年上学的经过和美国克莱克大学两年学经济学的景况，我们不竟对笑了半天，后来他在他的《猛虎集》的"序"里也说了那么一段。可是奇怪的！他不像许多天才，幼年里上学，不是不及格，便是被斥退，他是常得优等的，听说有一次，康乃尔暑校里一个极严的经济教授还写了信去克莱克大学教授那里恭维他的学生，关于一门很难的功课。我不是为志摩在这里夸张，因为事实上只有为了这桩事，今夏志摩自己便笑得不亦乐乎！

此外，他的兴趣对于戏剧绘画都极深浓，戏剧不用说，与诗文是那么接近，他领略绘画的天才也颇可观，后期印象派的几个画家，他都有极精密的爱恶，对于文艺复兴时代那几位，他也很熟悉，他最爱鲍提且利和达文骞。自然，他也常承认文人喜画常是间接地受了别人论文的影响，他的，就受了法兰(Roger Fry)和斐德(Walter Pater)的不少。对于建筑审美，他常常对思成和我道歉说："太对不起，我的建筑常识全是Ruskins那一套。"他知道我们是最讨厌Ruskins的。但是为看一个古建的残址，一块石刻，他比任何人都热心，都更能静心领略。

他喜欢色彩，虽然他自己不会作画，暑假里他曾从杭州给我几封信，他自己叫它们做"描写的水彩画"，他用英文极细致地写出西(边?)桑田的颜色，每一分嫩绿，每一色鹅黄，他都仔细地观察到。又有一次，他望着我园里一带断墙半晌不语，过后他告诉我说，他正在默默体会，想要描写那墙上向晚的艳阳和刚刚入秋的藤萝。

对于音乐，中西的他都爱好，不止爱好，他那种热心便唤醒过北平一次——也许唯一的一次——对音乐的注意。谁也忘不了那一年，克拉斯拉到北平在"真光"拉一个多钟头的提琴。“克拉斯拉”指美籍小提琴家FritzKreisler；“真光”指真光电影院，现为儿童剧院。对旧剧他也得算“在行”，他最后在北平那几天，我们曾接连地同去听好几出戏，回家时我们讨论得热闹，比任何剧评都诚恳都起劲。

谁相信这样的一个人，这样忠实于“生”的一个人，会这样早地永远地离开我们另投一个世界，永远地静寂下去，不再透些许声息！

我不敢再往下写，志摩若是有灵，听到比他年轻许多的一个小朋友拿着老声老气的语调谈到他的为人，不觉得不快么?这里我又来个极难堪的回忆，那一年，他在这同一个的报纸上写了那篇伤我父亲惨故的文章（指徐志摩1926年2月所作《伤双栝老人》一文），这梦幻似的人生转了几个弯，曾几何时，却轮到我在这风紧夜深里握吊他的惨变。这是什么人生?什么风涛?什么道路?志摩，你这最后的解脱未始不是幸福，不是聪明，我该当羡慕你才是。

本文刊于《北平晨报》第九版“北晨学园哀悼志摩专号”

1931年12月7日

精彩点拨

这篇悲戚的悼文可以看到林徽因对徐志摩才情的欣赏，对他人格的钦佩，她爱的是他的才情，一直拿他当文学上的老师般敬仰。就像泰戈尔临别时为他俩赋诗一句：天空的蔚蓝，爱上了大地的碧绿，他们之间的微风叹了声“哎！”我们在生活中是不是也会像徐志摩一样呢，纯净、天真让我们在生活中总能发现一些小美好，以真诚之心、纯净之心对待生活，生活或许也会报之以歌。我们每天都在抱怨生活的苦闷与不快，其实在这些苦闷的背后也是有彩虹的，需要你跨过去才会看到。

小说

九十九度中

精彩导读

小说截取了华氏九十九度高温的一天中北平城内各阶层生活的一个横断面，表现特定的新旧交替的社会中的人生百态。在这里，有钱有势的人为庆祝寿辰而兴师动众、挥金如土；穷挑夫和车夫们为了最基本的生活所需奔波在滚烫的马路上；官老爷们思量着如何打发生活，如何喂饱肚肠里的馋虫和保养看美女的眼睛；官太太们在衣着上费尽心思，互相攀比、妒忌或者嘲笑；洋大夫、阔老板喝酒打牌，大谈疾病预防；穷人们求医无门，眼看着邻居走向死亡；大家闺秀和公子哥在娇揉做作的打情骂俏，门外穷人家的丫鬟在期待着祝寿筵席的尽早结束，好“享受”小姐大爷们的残羹冷炙：平常人家的女子追求自由恋爱而不得，无奈地嫁入富人家当填房，寒暑表中的水银一直过到九十九度的黑线上，人世的喜怒哀乐一同上场，热闹繁乱已经达到了极点，而世态的炎凉不公也达到极点。人世的美好愿望与真诚在烦乱中冷却。

三个人肩上各挑着黄色、有“美丰楼”字号的大圆篓，用着六个满是泥泞凝结的布鞋，走完一条被太阳晒得滚烫的马路之后，转弯进了一个胡同里去。

“劳驾，借光——三十四号甲在哪一头？”在酸梅汤的摊子前面，让过一辆正在飞奔的家车——钢丝轮子亮得晃眼的——又向蹲在墙角影子底下的老头儿，问清了张宅方向后，这三个流汗的挑夫便又努力地往前走。那六只泥泞布履的脚，无条件地，继续着他们机械式的辗动。

> **夸张手法**
> 强烈表现出车子的干净。

在那轻快的一瞥中，坐在洋车上的卢二爷看到黄篓上饭庄的字号，完全明白里面装的是丰盛的筵席，自然地，他估计到他自己午饭的问题。家里饭乏味，菜蔬缺乏个性，太太的脸难看，你简直就不能对她提到那厨子问题。这几天天太热，太热，并且今天已经二十二，什么事她都能够牵扯到薪水问题上，孩子们再一吵，谁能够在家里吃中饭！

“美丰楼饭庄”黄篓上黑字写得很笨大，方才第三个挑夫挑得特别吃劲，摇摇摆摆地使那黄篓左右地晃……

美丰楼的菜不能算坏，义永居的汤面实在也不错……于是义永居的汤面？还是市场万花斋的点心？东城或西城？找谁同去聊天？逸九新从南边来的住在哪里？或许老孟知道，何不到和记理发馆借个电话？卢二爷估计着，犹豫着，随着洋车的起落。他又好像已经决定了在和记借电话，听到伙计们的招呼：“……二爷您好早？……用电话，这边您哪！……”

伸出手臂，他睨一眼金表上所指示的时间，细小的两针分停在两个钟点上，但是分明地都在挣扎着到达十二点上边。在这时间中，车夫感觉到主人在车上翻动不安，便更抓稳了车把，弯下一点背，勇猛地狂跑。二爷心里仍然疑问着面或点心，东城或西城；车已赶过前面的几辆。一个女人骑着自行车，由他左侧冲过去，快镜似的一瞥鲜艳的颜色，脚与腿，腰与背，侧脸、眼和头发，全映进老卢的眼里，那又是谁说过的……老卢就是爱看女人！女人谁又不爱？难道你在街上真闭上眼不瞧那过路的漂亮的！

“到市场，快点。”老卢吩咐他车夫奔驰的终点，于是主人和车夫戴着两顶价格极不相同的草帽，便同在一个太阳底下，向东安市场奔去。

很多好看的碟子和鲜果点心，全都在大厨房院里，从黄色层篓中检点出来。立着监视的有饭庄的“二掌柜”和张宅的“大师傅”；两人都因为胖的缘故，手里都有把大蒲扇。大师傅举着扇扑一下进来凑热闹的大黄狗。

“这东西最讨嫌不过！”这句话大师傅一半拿来骂狗，一半也是来权作和掌柜的寒暄。

“可不是？他×的，这东西最可恶。”二掌柜好脾气地用粗话也骂起狗。

狗无聊地转过头到垃圾堆边闻嗅隔夜的肉骨。

奶妈抱着孙少爷进来，七少奶每月用六元现洋雇她，抱孙少爷到厨房、门房、大门口、街上一些地方喂奶连游玩的。今天的厨房又是这样的不同；饭庄的“头把刀”带着几个伙计在灶边手忙脚乱地炒菜切肉丝，奶妈觉得孙少爷是更不能不来看：果然看到了生人，看到狗，看到厨房桌上全是好看的干果、鲜果、糕饼、点心，孙少爷格外高兴，在奶妈怀里跳，手指着要吃。奶妈随手赶开了几只苍蝇，拣一块山楂糕放到孩子口里，一面和伙计们打招呼。

忽然看到陈升走到院子里找赵奶奶，奶妈对他挤了挤眼，含笑地问：“什么事值得这么忙？”同时她打开衣襟露出前胸喂孩子奶吃。

“外边挑担子的要酒钱。”陈升没有平时的温和，或许是太忙了的缘故。老太太这次做寿，比上个月四少奶小孙少爷的满月酒的确忙多了。

此刻那三个粗蠢的挑夫蹲在外院槐树荫下，用黝黑的毛巾擦他们的脑袋，等候着他们这满身淋汗的代价。一个探首到里院偷偷看院内华丽的景象。

里院和厨房所呈的纷乱固然完全不同，但是它们纷乱的主要原因则是同样的，为着六十九年前的今天。六十九年前的今天，江南一个富家里又添了一个绸缎金银裹托着的小生命。经过六十九个像今年这样流汗天气的夏天，又产生过另十一个同样需要绸缎金银的生命以后，那个生命乃被称为长寿而又有福气的妇人。这个妇人，今早由两个老妈扶着，坐在床前，拢一下斑白稀疏的鬓发，对着半碗火腿稀饭摇头："赵妈，我哪里吃得下这许多？你把锅里的拿去给七少奶的云乖乖吃罢！"

七十年的穿插，已经卷在历史的章页里，在今天的院里能呈露出多少，谁也不敢说，事实是今天，将有很多打扮得极体面的男女来庆祝，庆祝能够维持这样长久寿命的女人，并且为这一庆祝，饭庄里已将许多生物的寿命裁削了，拿它们的肌肉来补充这庆祝者的肠胃。

前两天，这院子就为了这事改变了模样，簇新的喜棚支出瓦檐丈余尺高。两旁红喜字玻璃方窗，由胡同的东头，和顺车厂的院里是可以看得很清楚的。前晚上六点左右，小三和环子，两个洋车夫的儿子，倒土筐的时候看到了，就告诉他们嬷："张家喜棚都搭好了，是哪一个孙少爷娶新娘子？"他们嬷为这事，还拿了鞋样到陈大嫂家说个话儿。正看到她在包饺子，笑嘻嘻地得意得很，说老太太做整寿，多好福气——她当家的跟了张老太爷多少年。昨天张家三少奶还叫她进去，说到日子要她去帮个忙儿。

喜棚底下圆桌面就有七八张，方凳更是成叠地堆在一边；几个夫役持着鸡毛帚，忙了半早上才排好五桌。小孩子又多，什么孙少爷、侄孙少爷，姑太太们带来的那几位都够淘气的。李贵这边排好几张，那边小爷们又扯走了排火车玩。天热得厉害，苍蝇是免不了多，点心干果都不敢先往桌子上摆。冰化得也快，篓子底下冰水化了满地！汽水瓶子挤满了厢房的廊上，五少奶看见了只嚷不行，全要冰起来。

全要冰起来！真是的，今天的食品全摆起来够像个菜市，四个冰箱也腾不出一点空隙。这新买来的冰又放在哪里好？李贵手里捧着两个绿瓦盆，私下里咕噜着为这筵席所发生的难题。

赵妈走到外院传话，听到陈升很不高兴地在问三个挑夫要多少酒钱。

"瞅着给罢。"一个说。

"怪热天多赏点吧。"又一个抿了抿干燥的口唇，想到方才胡同口的酸梅汤摊子，嘴里觉着渴。

就是这嘴里渴得难受，杨三把卢二爷拉到东安市场西门口，心想方才在那个"喜什么堂"门首，明明看到王康坐在洋车脚蹬上睡午觉。王康上月底欠了杨三十四吊钱，到现在仍不肯还，只顾着躲他。今天债主遇到除债的赌鬼，心头起了各种的计算——杨三到饿的时候，脾气常常要比平时坏一点。天本来就太热，太阳简直是冒火，谁又受得了！方才二爷坐在车上，尽管用劲踩铃，金鱼胡同走道的学生们又多，你撞我闯的，挤得真可以

知识延伸

铜鼓：铜鼓在古代常用于战争中指挥军队进退，也常用于宴会、乐舞中，是一种流行于广西、广东、云南、贵州、四川、湖南等少数民族地区的打击乐器。铜鼓是中国古代悠久而灿烂文化的结晶，是中国少数民族先民智慧的象征，它具有东方艺术的特色，是世界文化艺术宝库之珍藏。

的。杨三擦了汗，一手抓住车把，拉了空车转回头去找王康要账。

“要不着八吊要六吊，再要不着，要他×的几个混蛋嘴巴！”杨三脖干儿上太阳烫得像火烧。“四吊多钱我买点羊肉，吃一顿好的。葱花烙饼也不坏——谁又说大热天不能喝酒？喝点又怕什么——睡得更香。卢二爷到市场吃饭，进去少不了好几个钟头……”

喜燕堂门口挂着彩，几个乐队里人穿着红色制服，坐在门口喝茶——他们把大铜鼓撂在一旁，铜喇叭夹在两膝中间。杨三知道这又是哪一家办喜事。反正一礼拜短不了有两天好日子，就在这喜燕堂，哪一个礼拜没有一辆花马车，里面搀出花溜溜的新娘？今天的花车还停在一旁……

“王康，可不是他！”杨三看到王康在小挑子的担里买香瓜吃。

“有钱的娶媳妇，和咱们没有钱的娶媳妇，还不是一样？花多少钱娶了她，她也短不了要这个那个的——这年头！好媳妇，好！你瞧怎么着？更惹不起！管你要钱，气你喝酒！再有了孩子，又得顾他们吃，顾他们穿。”

王康说话就是要“逗个乐儿”，人家不敢说的话他敢说，一群车夫听到他的话，各个高兴地凑点尾声。李荣手里捧着大饼，用着他最现成的粗话引着那几个年轻的笑。李荣从前是拉过家车的——可惜东家回南，把事情就搁下来了——他认得字，会看报，他会用新名词来发议论：“文明结婚可不同了，这年头是最讲‘自由’‘平等’的了。”底下再引用了小报上捡来离婚的新闻打哈哈。

杨三没有娶过媳妇，他想娶，可是“老家儿”早过去了没有给他定下亲，外面瞎姘的他没敢要。前两天，棚铺的掌柜娘要同他做媒，提起一个姑娘说是什么都不错，这几天不知道怎么又没有讯儿了。今天洋车夫们说笑的话，杨三听了感着不痛快。看看王康的脸在太阳里笑得皱成一团，更使他气起来。

王康仍然笑着说话，没有看到杨三，手里咬剩的半个香瓜里面，黄黄的一把瓜子像不整齐的牙齿向着上面。

比喻手法

运用了比喻手法，将瓜子比作牙齿，写出了瓜子的凌乱。

“老康！这些日子都到哪里去了？我这儿还等着钱吃饭呢！”杨三乘着一股劲发作。

听到声，王康怔了向后看，“呵，这打哪儿说得呢？”他开始赖账了，“你要吃饭，你打你×的自己腰包里掏！要不然，你出个份子，进去那里边，”他手指着喜燕堂，“吃个现成的席去。”王康的嘴说得滑了，禁不住这样嘲笑着杨三。

周围的人也都跟着笑起来。

本来准备着对付赖账的巴掌，立刻打在王康的老脸上了。必须得扭打，由蓝布幕的小摊边开始，一直扩张到停洋车的地方。来往汽车的喇叭，像被打的狗，呜呜叫号。好几辆正在街心奔驰的洋车都停住了，流汗车夫连喊着“靠里！”“瞧车！”脾气暴的人顺口就是：“他×的，这大热天，单挑这么个地方！！”

巡警离开了岗位；小孩子们围上来；喝茶的军乐队人员全站起来看；女人们吓得只喊，“了不得，前面出事了吧！”

杨三提高嗓子只嚷着问王康：“十四吊钱，是你——是你拿走了不是了——”

呼喊的声浪由扭打的两人出发，膨胀，膨胀到周围各种人的口里：“你听我说……”

“把他们拉开……”

“这样挡着路……瞧腿要紧”。

嘈杂声中还有人叉着手远远地喊：“打得好呀，好拳头！”

喜燕堂正厅里挂着金喜字红幛，几对喜联，新娘正在服从号令，连连地深深地鞠躬。外边的喧吵使周围客人的头同时向外面转，似乎打听外面喧吵的缘故。新娘本来就是一阵阵地心跳，此刻更加失掉了均衡：一下子撞上，一下子沉下，手里抱着的鲜花随着只是打颤。雷响深入她耳朵里，心房里。

“新郎新妇——三鞠躬”——“鞠躬”。阿淑在迷惘里弯腰伸直，伸直弯腰。昨晚上她哭，她妈也哭，将一串经验上得来的教训，拿出来赠给她——什么对老人要忍耐点，对小的要和气，什么事都要让着点——好像生活就是靠容忍和让步支持着！

她焦心的不是在公婆妯娌间的委曲求全。这几年对婚姻问题谁都讨论得热闹，她就不懂那些讨论的道理遇到实际时怎么就不发生关系。她这结婚的实际，并没有因为她多留心报纸上，新文学上，所讨论的婚姻问题，家庭问题，恋爱问题，而减少了问题。

“二十五岁了……”有人问到阿淑的岁数时，她妈总是发愁似的轻轻地回答那问她的人，底下说不清是叹息是啰嗦。

在这旧式家庭里，阿淑算是已经超出应该结婚的年龄很多了。她知道。父母那急着要她出嫁的神情使她太难堪！他们天天在替她选择合适的人家——其实哪里是选择！反对，她尽管反对，那只是消极的无奈何的抵抗，她自己明知道是绝对没有机会选择，乃至于接触比较合适、理想的人物！她挣扎了三年，三年的时间不算短，在她父亲看去那更是不可信的长久……

“余家又托人来提了，你和阿淑商量商量吧，我这身体眼见得更糟，这潮湿天……”父亲的话常常说得很响，故意要她听得见，有时在饭桌上脾气或许更坏一点。“这六十块钱，养活这一大家子！养儿养女都不够，还要捐什么钱？干脆饿死！”有时更直接更难堪：“这又是谁的新褂子？阿淑，你别学时髦穿了到处走，那是找不着婆婆家的——外面瞎认识什么朋友我可不答应，我们不是那种人家！”懦弱的母亲低着头装作缝衣：“妈劝你将就点……爹身体近来不好，……女儿不能在娘家一辈子的……这家子不算坏，差事不错，前妻没有孩子不能算填房……”

理论和实际似乎永不发生关系，理论说婚姻得怎样又怎样，今天阿淑都记不得那许多了。实际呢，只要她点一次头，让一个陌生的，异姓的，异性的人坐在她家里，乃至于她旁边，吃一顿饭的手续，父亲和母亲这两三年——竟许已是五六年——来的难题便突然地在他们是觉得极文明地解决了。

对于阿淑这订婚的疑惧，常使她父亲像小孩子似的自己安慰自己；阿淑这门亲事真是运气呀，说时总希望阿淑听见这话。不知怎样，阿淑听到这话总很可怜父亲，想装出高兴样子来安慰他。母亲更可怜，自从阿淑定婚以来总似乎对她抱歉，常常哑着嗓子说：“看我做母亲的这份心上面。”

看做母亲的那份心上面！那天她初次见到那陌生的，异姓的异性的人，那个庸俗的典型触碎她那一点脆弱的爱美的希望，她怔住了，能去寻死，为婚姻失望而自杀么？可以大胆告诉父亲，这婚约是不可能的么？能逃脱这家庭的苛刑（在爱的招牌下的）去冒险，去漂落么？

她没有勇气说什么，她哭了一会，妈也流了眼泪，后来妈说：“阿淑你这几天瘦了，别哭了，做娘的也只是一份心。”现在一鞠躬，一鞠躬地和幸福作别，事情已经太晚得没有办法了。

吵闹的声浪愈加明显了一阵，伴娘为新娘戴上戒指，又由赞礼地喊了一些命令。

迷离中阿淑开始幻想那外面吵闹的原因：洋车夫打电车吧，汽车轧伤了人吧，学生又请愿，当局派军警弹压吧……但是阿淑想，怎么我还如是焦急，现在我该像死人一样了，生活的波澜该沾不上我了，像已经临刑的人。但临刑也好，被迫结婚也好，在电影里，到了这种无可奈何的时候总有一个意料不到快慰人心的解脱，不合法，特赦，恋人骑着马星夜奔波地赶到……但谁是她的恋人？除却九哥！学政治法律，讲究新思想的九哥，得着他表妹阿淑结婚的消息不知怎样？他恨由父母把持的婚姻……但谁知道他关心么？他们多少年不来往了，虽然在山东住的时候，他们曾经邻居，两小无猜地整天在一起玩。幻想是不中用的，九哥先就不在北平，两年前他回来过一次，她记得自己遇到九哥扶着一位漂亮的女同学在书店前边，她躲过了九哥的视线，惭愧自己一身不入时的装束，她不愿和九哥的女友做个太难堪的比较。

感到手酸，心酸，浑身打颤。阿淑由一堆人拥簇着退到里面房间休息。女客们在新娘前后彼此寒暄招呼，彼此注意大家的装扮。有几个很不客气在批评新娘子，显然认为不满意。

“新娘太单薄点。”一个摺着十几层下颏的胖女人，摇着扇和旁边的六姨说话。阿淑觉到她自己真可以立刻碰得粉碎；这位胖太太像一座石臼，六姨则像一根铁杵横在前面，阿淑两手发抖拉紧了一块丝巾，听老妈在她头上不住地搬弄那几朵绒花。

比喻手法
运用了比喻手法，将胖太太比作石臼，六姨比作铁杵。写出了两个人的生硬。

随着花露水香味进屋子来的，是锡娇和丽丽，六姨的两个女儿，她们的装扮已经招了许多羡慕的眼光。有电影明星细眉的锡娇抓把瓜子嗑着，猩红的嘴唇里露出雪白的牙齿。她暗中扯了她妹妹的衣襟，嘴向一个客人的侧面努了一下。丽丽立刻笑红了脸，拿出一条丝绸手绢蒙住嘴挤出人堆到廊上走，望着已经在席上的男客们。有几个已经提起筷子高高兴兴地在选择肥美的鸡肉，一面讲着笑话，顿时都为着丽丽的笑声，转过脸来，镇住眼看她。丽丽扭一下腰，又摆了一下，软的长衫轻轻展开，露出裹着肉色丝袜的长腿走过另一边去。

年轻的茶房穿着蓝布大褂，肩搭一块桌布，由厨房里出来，两只手拿四碟冷荤，几乎撞住丽丽。闻到花露香味，茶房忘却顾忌地斜过眼看。昨晚他上菜的时候，那唱戏的云娟坐在首席曾对着他笑，两只水钻耳坠，打秋千似的左右晃。他最忘不了云娟旁座的张四爷，抓住她如玉的手臂劝干杯的情形。笑眯眯的带醉的眼，云娟明明是向着正端着大碗三鲜汤的他笑。他记得放平了大碗，心还怦怦地跳。直到晚上他睡不着，躺在院里板凳上乘凉，随口唱几声“孤王……酒醉……”才算松动了些。今天又是这么一个笑嘻嘻的小姐，穿着这一身软，茶房垂下头去拿酒壶，心底似乎恨谁似的一股气。

词苑撷英
怦怦：形容心跳的声音。

“逸九你喝一杯什么？”老卢做东这样问。

“我来一杯香桃冰淇凌吧。”

“你去拣几块好点心，老孟。”主人又招呼那一个客。

午饭问题算是如此解决了。为着天热，又为着起得太晚，老卢看到点心铺前面挂的“卫生冰淇凌，咖啡，牛乳，各样点心”这种动人的招牌，便决意里面去消磨时光。约到逸九和老孟来聊天，老卢显然很满意了。

三个人之中，逸九最年少，最摩登。在中学时代就是一口英文，屋子里挂着不是“梨娜”就是“琴妮”的相片，从电影杂志里细心剪下来的，圆一张，方一张，满壁动人的娇憨。——他到上海去了两年，跳舞更是出色了，老卢端详着自己的脚，打算找逸九带他到舞场拜老师去。

“哪个电影好，今天下午？”老孟抓一张报纸看。

邻座上两个情人模样男女，对面坐着呆看。男人有很温和的脸，抽着烟没有说话；女人的侧相则颇有动人的轮廓，睫毛长长地活动着，脸上时时浮微笑。她的青纱长衫罩着丰润的肩臂，带着神秘性的淡雅。两人无声地吃着冰淇凌，似乎对于一切完全的满足。

老卢、老孟谈着时局，老卢既是机关人员，时常免不了说“我又有个特别的消息，这样看来里面还有原因”，于是一层一层地做更详细原因地检讨，深深地浸入政治波澜里面。

逸九看着女人的睫毛，和浮起的笑涡，想到好几年前同在假山后捉迷藏的琼两条发辫，一个垂前，一个垂后地跳跃。琼已经死了这六七年，谁也没有再提起过她。今天这青长衫的女人，单单叫他心底涌起琼的影子。不可思议的，淡淡的，记忆描着活泼的琼。在极旧式的家庭里淘气，二舅舅提根旱烟管，厉声地出来停止她各种的嬉戏。但是琼只是敛住声音低低地笑。雨下大了，院中满是水，又是琼胆子大，把裤腿卷过膝盖，赤着脚，到水里装摸鱼。不小心她滑倒了，还是逸九去把她抱回来。和琼差不多大小的还有阿淑，住在对门，他们时常在一起玩，逸九忽然记起瘦小，不爱说话的阿淑来。

“听说阿淑快要结婚了，嬷嘱咐到表姨家问候，不知道阿淑要嫁给谁！”他似乎怕到表姨家。这几年的生疏叫他为难，前年他们遇见一次，装束不入时的阿淑倒有种特有的美，一种灵性……奇怪今天这青长衫女人为什么叫他想起这许多……

“逸九，你有相当的聪明、手腕，你又能巴结女人，你也应该来试试，我介绍你见老王。”

倦了的逸九忽然感到苦闷。

老卢手弹着桌边表示不高兴：“老孟你少说话，逸九这位大少爷说不定他倒愿意去演电影呢！”种种都有一点落伍的老卢嘲笑着翩翩年少的朋友出气。

青纱长衫的女人和她朋友吃完了，站了起来。男的手托着女人的臂腕，无声地绕过他们三人的茶桌前面，走出门去。老卢、逸九注意到女人有秀美的腿，稳健的步履，两人的融洽，在不言不语中流露出来。

“他们是甜心！”

“愿有情人都成眷属。”

“这女人算好看不？”

三个人同时说出口来，各个有所感触。

午后的热，由窗口外嘘进来，三个朋友吃下许多清凉的东西，更不知做什么好。

“电影院去，咱们去研究一回什么‘人生问题’‘社会问题’吧？”逸九望着桌上的空杯，催促着卢、孟两个走。心里仍然浮着琼的影子。活泼、美丽、健硕，全幻灭在死的幕后，时间一样地向前，计量着死的实在。像今天这样，偶尔地回忆就算是证实琼有过活泼生命的唯一的证据。

东安市场门口洋车像放大的蚂蚁一串，头尾衔接着放在街沿。杨三已不在他寻常停车的地方。

“区里去，好，区里去！咱们到区里说个理去！”就是这样，王康和杨三到底结束了殴打，被两个巡警弹压下来。

刘太太打着油纸伞，端正地坐在洋车上，想金裁缝太不小心了，今天这件绸衫下摆仍然不合适，领也太小，紧得透不了气，想不到今天这样热，早知道还不如穿纱的去。裁缝赶做的活总要出点毛病。实甫现在脾气更坏一点，老嫌女人们麻烦。每次有个应酬你总要听他说一顿的。今天张老太太做整寿，又不比得寻常的场面可以随便……

对面来了浅蓝色衣服的年轻小姐，极时髦的装束使刘太太睁大了眼注意了。

“刘太太哪里去？”蓝衣小姐笑了笑，远远招呼她一声过去了。

“人家的衣服怎么如此合适！”刘太太不耐烦地举着花纸伞。

“呜呜——呜呜……”汽车的喇叭响得震耳。

“打住。”洋车夫紧抓车把，缩住车身前冲的趋势。汽车过去后，由刘太太车旁走出一个巡警，带着两个粗人：一根白绳由一个的臂膀系到另一个的臂上。巡警执着绳端，板着脸走着。一个粗人显然是车夫：手里仍然拉着空车，嘴里咕噜着。很讲究的车身，各件白铜都擦得放亮，后面铜牌上还镌着“卢”字。这又是谁家的车夫，闹出事让巡警拉走。刘太太恨恨地一想车夫们爱肇事的可恶，反正他们到区里去少不了东家设法把他们保出来的……

“靠里！靠里！”威风的刘家车夫是不耐烦挤在别人车后的——老爷是局长，太太此刻出去阔绰地应酬，洋车又是新打的，两盏灯发出银光……哗啦一下，靠手板在另一个车边擦一下，车已猛冲到前头走了。刘太太的花油纸伞在日光中摇摇荡荡地迎着风，顺着街心溜向北去。

胡同口酸梅汤摊边刚走开了个挑夫。酸凉的一杯水，短时间地给他们愉快，六只泥泞的脚仍然踏着滚烫的马路行去。卖酸梅汤的老头儿手里正数着几十枚铜元，一把小鸡毛帚夹在腋下。他翻上两颗黯淡的眼珠，看看过去的花纸伞，知道这是到张家去的客人。他想今天为着张家做寿，客人多，他们的车夫少不得来摊上喝点凉的解渴。

“两吊……三吊……”他动着他的手指，把一叠铜元收入摊边美人牌香烟的纸盒中。不知道今天这冰够不够使用的，他翻开几重荷叶，和一块灰黑色的破布，仍然用着他黯淡的眼珠向瓷缸里的冰块端详了一回。“天不热，喝的人少，天热了，冰又化得太快！”事情哪一件不有为难的地方，他叹口气再翻眼看看过去的汽车。汽车轧起一阵尘土，笼罩着老人和他的摊子。

寒暑表中的水银从早起上升，一直过了九十五度的黑线上。喜棚底下比较荫凉的一片地面上曾聚过各种各色的人物。丁大夫也是其间一个。

丁大夫是张老太太内侄孙，德国学医刚回来不久，麻利，漂亮，现在社会上已经有了声望，和他同席的都借着他是医生的缘故，拿北平市卫生问题做谈料，什么虎疫、伤寒、预防针、微菌，全在吞咽八宝冬瓜、瓦块鱼、锅贴鸡、炒虾仁中间讨论过。

“贵医院有预防针，是好极了。我们过几天要来麻烦请教了。”说话的以为如果微菌听到他有打预防针的决心也皆气馁了。

“欢迎，欢迎。”

厨房送上一碗凉菜。丁大夫踌躇之后决意放弃吃这碗菜的权利。

小孩们都抢了盘子边上放的小冰块，含到嘴里嚼着玩，其他客喜欢这凉菜的也就不少。天实在热！

张家几位少奶奶装扮得非常得体，头上都戴朵红花，表示对旧礼教习尚仍然相当遵守的。在院子中盘旋着做主人，各人心里都明白自己今天的体面。好几个星期前就顾虑到的今天，她们所理想到的今天各种成功，已然顺序地，在眼前实现。虽然为着这重要的今天，各人都轮流着觉得受过委屈，生过气，用过心思和手腕，将就过许多不如意的细节。

> **词苑撷英**
> 遵守：依照规定做，不违背。

老太太颤巍巍地喘息着，继续维持着她的寿命。杂乱模糊的回忆在脑子里浮沉。兰兰七岁的那年……送阿旭到上海医病的那年真热……生四宝的时候在湖南，于是生育，病痛，兵乱，行旅，婚娶，没秩序，没规则地纷纷在她记忆下掀动。

> **举例手法**
> 运用了举例子的手法，写出了老太太因为疾病缠身，头脑并不是十分清楚。

“我给老太太拜寿，您给回一声吧。”

这又是谁的声音？这样大！老太太睁开打瞌睡的眼，看一个浓妆的妇人对她鞠躬问好。刘太太——谁又是刘太太，真是的！今天客人太多了，好吃劲。老太太扶着赵妈站起来还礼。

“别客气了，外边坐吧。”二少奶伴着客人出去。

谁又是这刘太太……谁？……老太太模模糊糊地又做了一些猜想，望着门槛又堕入各种的回忆里去。

坐在门槛上的小丫头寿儿，看着院里石榴花出神。她巴不得酒席可以快点开完，底下人们可以吃中饭，她肚子里实在饿得慌。一早眼睛所接触的，大部分几乎全是可口的食品，但是她仍然是饿着肚子，坐在老太太门槛上等候呼唤。她极想再到前院去看看热闹，但为想到上次被打的情形，只得竭力忍耐。在饥饿中，有一桩事她仍然没有忘掉她的高兴。因为老太太的整寿大少奶给她一副银镯。虽然为着捶背而酸乏的手臂懒得转动，她仍不时得意地举起手来，晃摇着她的新镯子。

午后的太阳斜到东廊上，后院子暂时沉睡在静寂中。幼兰在书房里和羽哭着闹脾气：“你们都欺侮我，上次赛球我就没有去看。为什么要去？反正人家也不欢迎我，慧石不肯说，可是我知道你和阿玲在一起玩得上劲。”抽噎的声音微微地由廊上传来。

“等会客人进来了不好看……别哭……你听我说……绝对没有这么回事的。咱们是亲表谁不知道我们亲热，你是我的兰，永远，永远的是我的最爱最爱的……你信我……”

“你在哄骗我，我……我永远不会再信你的了……”

“你又来伤我，你心狠……”

声音微下去，也和缓了许多，又过了一些时候，才有轻轻地笑语声。小丫头仍然饿得慌，仍然坐在门槛上没有敢动，她听着小外孙小姐和羽孙少爷老是吵嘴，哭哭啼啼的，她不懂。一会儿他们又笑着一块儿由书房里出来。

“我到婆婆的里间洗个脸去。寿儿你给我打盆洗脸水去。”

寿儿得着打水的命令，高兴地站起来。什么事也比坐着等老太太睡醒都好一点。

“别忘了晚饭等我一桌吃。”羽说完大步地跑出去。

后院顿时又堕入闷热的静寂里，柳条的影子画上粉墙，太阳的红比得胭脂。墙外天蓝蓝的没有一片云，像戏台上的布景。隐隐地送来小贩子叫卖的声音——卖西瓜的、卖凉席的，一阵一阵。

挑夫提起力气喊他孩子找他媳妇。天快要黑下来，媳妇还坐在门口纳鞋底子，赶着那一点天亮再做完一只。一个月她当家的要穿两双鞋子，有时还不够的，方才当家的回家来说不舒服，睡倒在炕上，这半天也没有醒。她放下鞋底又走到旁边一家小铺里买点生姜，说几句话儿。

断续着呻吟，挑夫开始感到苦痛，不该喝那冰凉东西，早知道这大暑天，还不如喝口热茶！迷惘中他看到茶碗、茶缸，施茶的人家，碗、碟、果子杂乱地绕着大圆篓，他又像看到张家的厨房。不到一刻他肚子里像揪麻绳一般痛，发狂地呕吐使他沉入严重的症候里和死搏斗。

挑夫媳妇失了主意，喊孩子出去到药铺求点药。那边时常夏天是施暑药的……

邻居积渐知道挑夫家里出了事，看过报纸的说许是霍乱，要扎针的。张秃子认得大街东头的西医丁家，他披上小褂子，一边扣纽子，一边跑。丁大夫的门牌挂高高的，新漆大门两扇紧闭着。张秃子找着电铃死命地按，又在门缝里张望了好一会，才有人出来开门。什么事？什么事？门房望着张秃子生气，张秃子看着丁宅的门房说："劳驾——劳驾您大爷，我们'街坊'李挑子中了暑，托我来行点药。"

"丁大夫和管药房先生'出份子去了'，没有在家，这里也没有旁人，这事谁又懂得？！"门房吞吞吐吐地说，"还是到对门益年堂打听吧。"大门已经差不多关上。

张秃子又跑了，跑到益年堂，听说一个孩子拿了暑药已经走了。张秃子是信教的，他相信外国医院的药，他又跑到那边医院里打听，等了半天，说那里不是施医院，并且也不收传染病的，医生晚上也都回家了，助手没有得上边话不能随便走开的。

"最好快报告区里，找卫生局里人。"管事的告诉他，但是卫生局又在哪里……

到张秃子失望地走回自己院子里的时候，天已经黑了下来，他听见李大嫂的哭声知道事情不行了。院里瓷罐子里还放出浓馥的药味。他顿一下脚，"咱们这命苦的……"他已在想如何去捐募点钱，收殓他朋友的尸体。叫孝子挨家去磕头吧！

天黑了下来，张宅跨院里更热闹，水月灯底下围着许多孩子，看变戏法的由袍子里捧出一大缸金鱼，一盘子"王母蟠桃"献到老太太面前。孩子们都凑上去验看金鱼的真假。老太太高兴地笑。

大爷熟识捧场过的名伶自动地要送戏，正院前边搭着戏台，当差的忙着拦阻外面杂人往里挤，大爷由上海回来，两年中还是第一次——这次碍着母亲整寿的面，不回来太难为情。这几天行市不稳定，工人们听说很活动，本来就不放心走开，并且厂里的老赵靠不住，大爷最记挂……

看到院里戏台上正开场，又看廊上的灯，听听厢房各处传来的牌声，风扇声，开汽水声，大爷知道一切都圆满地进行，明天事完了，他就可以走了。

"伯伯上哪儿去？"游廊对面走出一个清秀的女孩。他怔住了看，慧石——是他兄弟的女儿，已经长得这么大了？大爷伤感着，看他早死兄弟的遗腹女儿，她长得实在像她爸爸……实在像她爸爸……

"慧石，是你。长得这样俊，伯伯快认不得了。"

慧石只是笑，笑。大伯伯还会说笑话，她觉得太料想不到的事，同时她像被电击一样，触到伯伯眼里蕴住的怜爱，一股心酸抓紧了她的嗓子。

她仍只是笑。

“哪一年毕业？”大伯伯问她。

“明年。”

“毕业了到伯伯那里住。”

“好极了。”

“喜欢上海不？”

她摇摇头：“没有北平好。可是可以找事做，倒不错。”

伯伯走了，容易伤感的慧石急忙回到卧室里，想哭一哭，但眼睛湿了几回，也就不哭了，又在镜子前抹点粉，笑了笑；她喜欢伯伯对她那和蔼态度。嬷常常不满伯伯和伯母的，常说些不高兴他们的话，但她自己却总觉得喜欢这伯伯的。

动作描写

运用了动作描写，写出了慧石对于伯伯的离开十分伤心。

也许是骨肉关系，有种不可思议的亲热，也许是因为感激知己的心，慧石知道她更喜欢她这伯伯了。

厢房里电话铃响。

“丁宅呀，找丁大夫说话？等一等。”

丁大夫的手气不坏，刚和了一牌三翻，他得意地站起来接电话：“知道了，知道了，回头就去叫他派车到张宅来接。什么？要暑药的？发痧中暑？叫他到平济医院去吧。”

“天实在热，今天，中暑的一定不少。”五少奶坐在牌桌上抽烟，等丁大夫打电话回来。“下午两点的时候刚刚九十九度啦！”她睁大了眼表示严重。

“往年没有这么热，九十九度的天气在北平真可以的了。”一个客人摇了摇檀香扇，急着想做庄。

咯突一声，丁大夫将电话挂上。

报馆到这时候积渐热闹，排字工人流着汗在机器房里忙着。编辑坐到公事桌上面批阅新闻。本市新闻由各区里送到；编辑略略将张宅名伶送戏一节细细看了看，想到方才同太太在市场吃冰淇凌后，遇到街上的打架，又看看那段厮打的新闻，于是很自然地写着“西四牌楼三条胡同卢宅车夫杨H……”新闻里将杨三王康的争斗形容得非常动听，一直到了“扭区成讼”。

词苑撷英

名伶：著名的戏曲演员。

再看一些零碎，他不禁注意到挑夫霍乱数小时毙命一节，感到白天去吃冰淇凌是件不聪明的事。

杨三在热臭的拘留所里发愁，想着主人应该得到他出事的消息了，怎么还没有设法来保他出去。王康则在又一间房子里喂臭虫，苟且地睡觉。

“……哪儿呀，我卢宅呀，请王先生说话……”老卢为着洋车被扣已经打了好几个电话了，在晚饭桌他听着太太的埋怨……那杨三真是太没有样子，准是又喝醉了，三天两回闹事。

“……对啦，找王先生有要紧事，出去饭局了么，回头请他给卢宅来个电话！别忘了！”

这大热晚上，难道闷在家里听太太埋怨？杨三又没有回来，还得出去雇车，老卢不耐烦地躺在床上看报，一手抓起一把蒲扇赶开蚊子。

原载《学文》1卷1期

1934年5月

精彩点拨

作者借鉴意了识流的写作方法，意识流文学脱离传统现实主义文学反映现实生活、描写真切可信的典型人物形象的规范，完全面向自我，重在表现人的下意识、潜意识，乃至无意识的内心世界，林徽因在其中将更多关注点放在人物的主观精神世界当中，从而更好地表现现实世界，揭示客观世界带给人们的主观方面的意义。

窘

精彩导读

主人公维杉是一个独居北京、过着“四不像”落魄生活的大学教授。他喜欢北京，可在北京的暑假里又感到沉闷和无聊。他已经34岁，却孑然一身。当他与年轻的孩子们玩耍，特别是面对老朋友少朗家的文静、漂亮的小女儿芝时，他在潜意识里产生了一种情感的冲动。

暑假中真是无聊到极点，维杉几乎急着学校开课，他自然不是特别好教书的——平日他还很讨厌教授的生活——不过暑假里无聊到没有办法，他不得不想到做事是可以解闷的。

拿做事当作消遣也许是堕落。中年人特有的堕落。但是，维杉狠命地划一下火柴，中年了又怎样？他又点上他的烟卷连抽了几口。

朋友到暑假里，好不容易找，都跑了，回南的不少，几个年轻的，不用说，更是忙得可以。当然脱不了为女性着忙，有的远赶到北戴河去。只剩下少朗和老晋几个永远不动的金刚，那又是因为他们有很好的房子，有太太有孩子，真正过老牌子的中年生活，谁都不像他维杉的四不像的落魄！

维杉已经坐在少朗的书房里有一点多钟了，说着闲话，虽然他吃烟的时候比说话的多。难得少朗还是一味的活泼，他们中间隔着十年倒是一件不很显著的事，虽则少朗早就做过他的四十岁整寿，他的大孩子去年已进了大学。这也是旧式家庭的好处，维杉呆呆地靠在矮榻上想，眼睛望着竹帘外大院子。一缸莲花和几盆很大的石榴树、夹竹桃，叫他对着北京这特有的味道赏玩。他喜欢北京，尤其是北京的房子、院子。有人说北京房子傻透了，尽是一律的四合头，这说话的够多没有意思，他哪里懂得那均衡即对称的庄严？北京派的摆花也是别有味道，连下人对盆花也是特别地珍惜，你看哪一个大宅子的马号院里，或是门房前边，没有几盆花在砖头叠的座子上整齐地放着？想到马号，维杉有些不自在了，他可以想象到他的洋车在日影底下停着，车夫坐在脚板上歪着脑袋睡觉，无条件地在等候他的主人，而他的主人……

无聊真是到了极点。他想立起身来走，却又看着毒火般的太阳胆怯。他听到少朗在书桌前面说："昨天我亲戚家送来几个好西瓜，今天该冰得可以了。你吃点吧？"

他想回答说："不，我还有点事，就要走了。"却不知不觉地立起身来说："少朗，这夏天我真感觉沉闷，无聊！委实说这暑假好不容易过。"

词苑撷英

沉闷：沉重，烦闷，心情不舒畅。沉默不说话。

少朗递过来一盒烟，自己把烟斗衔到嘴里，一手在桌上抓摸洋火。他对维杉看了一眼，似笑非笑地皱了一皱眉头——少朗的眉头是永远有文章的。维杉不觉又有一点不自在，他的事情，虽然是好几年前的事情，少朗知道得最清楚——也许太清楚了。

"你不吃西瓜么？"维杉想拿话岔开。

少朗不响，吃了两口烟，一边站起来按电铃，一边轻轻地说："难道你还没有忘掉？"

"笑话！"维杉急了，"谁的记性抵得住时间？"

少朗的眉头又皱了一皱，他信不信维杉的话很难说。他嘱咐进来的陈升到东院和太太要西瓜，他又说："索性请少爷们和小姐出来一块儿吃。"少朗对于家庭是绝对的旧派，和朋友们一处时很少请太太出来的。

"孩子们放暑假，出去旅行后，都回来了，你还没有看见吧？"

从玻璃窗，维杉望到外边，从石榴和夹竹桃中间跳着走来两个身材很高，活泼泼的青年和一个穿着白色短裙的女孩子。

"少朗，那是你的孩子长得这么大了？"

"不，那个高的是孙家的孩子，比我的大两岁，他们是好朋友，这暑假他就住在我们家里。你还记得孙石年不？这就是他的孩子，好聪明的！"

"少朗，你们要都让你们的孩子这样地长大，我，我觉得简直老了！"

竹帘子一响，旋风般地，三个活龙似的孩子已经站在维杉跟前。维杉和小孩子们周旋，还是维杉有些不自在，他很别扭地拿着长辈的样子问了几句话。起先孩子们还很规矩，过后他们只是乱笑，那又有什么办法？天真烂漫的青年知道

夸张手法

运用了夸张手法，写出了几个孩子跑的速度很快。

什么？

少朗的女儿，维杉三年前看见过一次，那时候她只是十三四岁光景，张着一双大眼睛，转着黑眼珠，玩他的照相机。这次她比较腼腆地站在一边，拿起一把刀替他们切西瓜。维杉注意到她那只放在西瓜上边的手，她在喊“小篁哥”。她说：“你要切，我可以给你这一半。”小嘴抿着微笑，她又说：“可要看谁切得别致，要式样好！”她更笑得厉害一点。

维杉看她比从前虽然高了许多，脸样却还是差不多那么圆满，除却一个小尖的下颏。笑的时候她的确比不笑的时候大人气一点，这也许是她那排小牙很有点少女的丰神的缘故。她的眼睛还是完全的孩子气，闪亮、闪亮的，说不出还是灵敏，还是秀媚。维杉呆呆地想，一个女孩子在成人的边沿真像一个绯红的刚成熟的桃子。

孙家的孩子毫不客气地过来催她说：“你哪里懂得切西瓜，让我来吧！”

“对了，芝妹，让他吧，你切不好的！”她哥哥也催着她。

“爹爹，他们又打伙着来麻烦我。”她柔和地唤她爹。

“真丢脸，现时的女孩子还要爹爹保护么？”他们父子俩对看着笑了一笑，他拉着他的女儿过来坐下问维杉说：“你看她还是进国内的大学好，还是送出洋进外国的大学好？”

“什么？这么小就预备进大学？”

“还有两年，”芝先答应出来，“其实只是一年半，因为我年假里便可以完，要是爹让我出洋，我春天就走都可以的，爹爹说是不是？”她望着她的爹。

“小鸟长大了翅膀，就想飞！”

“不，爹，那是大鸟把他们推出巢去学飞！”他们父子俩又交换了一个微笑。这次她爹轻轻地抚着她的手背，她把脸凑在她爹的肩边。

两个孩子在小桌子上切了一会儿西瓜，小孙顶着盘子走到芝前边屈下一膝，顽皮地笑着说：“这西夏进贡的瓜，请公主娘娘尝一块！”

她笑了起来拈了一块又向她爹说：“爹看他们够多皮？”

“万岁爷，您的御口也尝一块！”

“沅，不先请客人，岂有此理！”少朗拿出父亲样子来。

“这位外邦的贵客，失敬了！”沅递了一块过来给维杉，又张罗着碟子。

维杉又觉着不自在——不自然！说老了他不算老，也实在不老。可是年轻？他也不能算是年轻，尤其是遇着这群小伙子。真是没有办法！他不知为什么觉得窘极了。

此后他们说些什么他不记得，他自己只是和少朗谈了一些小孩子在国外进大学的问题。他好像比较赞成国外大学，虽然他也提出了一大堆缺点和弊病，他嫌国内学生的生活太枯干，不健康，太窄，太老……

“自然，”他说，“成人以后看外国比较有尺寸，不过我们并不是送好些小学生出去，替国家做检查员的。我们只要我们的孩子得着我们自己给不了他们的东西。既然承认我们有给不了他们的一些东西，还不如早些送他们出去自由地享用他们年轻人应得的权利——活泼的生活。奇怪，真的连这一点子我们常常都给不了他们，不要讲别的了。”

“我们”和“他们”！维杉好像在他们中间划出一条界线，分明地分成两组，把他自己分在前辈的一边。他羡慕有许多人只是一味地老成，或是年轻，他虽然分了界线，却仍觉得四不像，——窘，对了，真窘！芝看着他，好像在吸收他的议论，他又不自在到万分，拿起帽子，告诉少朗，他一定得走了。“有一点事情要赶着做。”他又听到少朗说什么“真可惜，不然倒可以一同吃晚饭的。”他觉着自己好笑，嘴里却说：“不行，少朗，我真的有事，非走不可了。”一边慢慢地踱出院子来。两个孩子推着，挽着芝跟了出来送客。到维杉迈上了洋车后，他回头看大门口那三个活龙般年轻的孩子站在门槛上笑，尤其是她，略歪着头笑，露着那一排小牙。

又过了两天的下午，维杉又到少朗那里闲聊，那时已经差不多七点多钟，太阳已经下去了好一会，只留下满天的斑斑的红霞。他刚到门口，已经听到院子里的笑声。他跨进西院的月门，只看到小孙和芝在争着拉天棚。

“你没有劲，”小孙说，“我帮你的忙。”他将他的手罩在芝的上边，两人一同狠命地拉。听到维杉的声音，小孙放开手，芝也停住了绳子不拉，只是笑。

维杉一时感着一阵高兴，他往前走了几步对芝说：“来，让我也拉一下。”他刚到芝的旁边，忽然吱呀一声，雨一般的水点从他们头上喷洒下来，冰凉的水点骤浇到背上，吓了他们一跳，芝撒开手，天棚绳子从她手心溜了出去！原来小沅站在水缸边玩抽水机筒，第一下便射到他们的头上。这下子大家都笑，笑得厉害。芝站着不住地摇她发上的水。维杉踌躇了一下，从袋里掏出他的大手绢，轻轻地替她揩发上的水。她两颊绯红了却没有躲走，低着头尽看她擦破的掌心。维杉看到她肩上湿了一小片，晕红的肉色从湿的软白纱里透露出来，他停住手不敢也拿手绢擦，只问她的手怎样了，破了没有。她背过手去说：“没有什么！”就溜地跑了。

少朗看他进了书房，放下他的烟斗站起来，他说维杉来得正好，他约了几个人吃晚饭。叔谦已经在屋内，还有老晋，维杉知道他们免不了要打牌的，他笑说：“拿我来凑脚，我不来。”

“那倒用不着你，一会儿梦清和小刘都要来的，我们还多了人呢。”少朗得意地吃一口烟，叠起他的稿子。

“他只该和小孩子们耍去。”叔谦微微一笑，他刚才在窗口或者看到了他们拉天棚的情景。维杉不好意思了。可是又自觉得不好意思得毫无道理，他不是拿出老叔的牌子么？可是不相干，他还是不自在。

“少朗的大少爷皮着呢，浇了老叔一头的水！”他笑着告诉老晋。

“可不许你把人家的孩子带坏了。”老晋也带点取笑他的意思。

维杉恼了，恼什么他不知道，说不出所以然。他不高兴起来，他想走，他懊悔他来的，可是他又不能就走。他闷闷地坐下，那种说不出的窘又侵上心来。他接连抽了好几根烟，也不知都说了一些什么话。

晚饭时候，孩子们和太太并没有加入，少朗的老派头。老晋和少朗的太太很熟，饭后同了维杉来到东院看她。她们已吃过饭，大家围住圆桌坐着玩。少朗太太虽然已经是中年的妇人，却是样子非常的年轻，又很清雅。她坐在孩子旁边倒像是姊弟。小孙在用肥皂刻一副象棋——他爹是学过雕刻的。芝低着头用尺画棋盘的方格，一只手按住尺，支着细长的手指，右手整齐地用钢笔描。在低垂着的细发底下，维杉看到她抿紧的小嘴，和那微尖的下颏。

“杉叔别走，等我们做完了盘棋和棋子，同杉叔下一盘棋，好不好？”沅问他。“平下，谁也不让谁。”他更高兴着说。

“那倒好，我们辛苦做好了棋盘棋子，你请客！”芝一边说她的哥哥，一边又看一看小孙。

“所以他要学政治。”小孙笑着说。好厉害的小嘴！维杉不觉看他一眼，小孙一头微鬈的黑发让手抓得蓬蓬的，两个伶俐的眼珠老带些顽皮的笑，瘦削的脸却很健硕白皙。他的两只手真有性格，并且是意外的灵动，维杉就喜欢观察人家的手。他看小孙的手抓紧了一把小刀，敏捷地在刻他的棋子，旁边放着两碟颜色，每刻完了一个棋子，他在字上从容地描入绿色或是红色。维杉觉得他很可爱，便放一只手在他肩上说：“真是一个小美术家！”

刚说完，维杉看见芝在对面很高兴地微微一笑。

少朗太太问老晋家里的孩子怎样了，又殷勤地搬出果子来大家吃。她说她本来早要去看晋嫂的，只是暑假中孩子们在家，她走不开。

知识延伸

运用了语言描写，写出了少朗的大少爷十分淘气、调皮。

词苑撷英

雕刻：在金属、木材、石头等上面刻出图形、装饰。

“你看，”她指着小孩子们说：“这一大桌子，我整天地忙着替他们当差。"

“好，我们帮忙的倒不算了，”芝抬起头来笑，又露着那排小牙。“晋叔，今天你们吃的饺子还是孙家篁哥帮着包的呢！”

“是么？”老晋看一看她，又看了小孙，“怪不得，我说那味道怪顽皮的！”

“那红烧鸡里的酱油还是‘公主娘’御手亲自下的呢。”小孙嚷着说。

“是么？”老晋看一看维杉，“怪不得你杉叔跪接着那块鸡，差点没有磕头！”

维杉又有点不痛快，也不是真恼，也不是急，只是觉得窘极了。“你这晋叔的学位，”他说，“就是这张嘴换来的。听说他和晋婶婶结婚的那一天演说了五个钟头，等到新娘子和傧相站在台上委实站不直了，他才对客人一鞠躬说：‘今天只有这几句极简单的话来谢谢大家来宾的好意！’”

小孩们和少朗太太全听笑了，少朗太太说：“够了，够了，这些孩子还不够皮的，你们两位还要教他们？”

芝笑得仰不起头来，小孙瞟她一眼，哼一声说：“这才叫做女孩子。”她脸胀红了瞪着小孙看。

棋盘、棋子全画好了。老晋要回去打牌，孩子们拉着维杉不放，他只得留下，老晋笑了出去。维杉只装没有看见。小孙和芝站起来到门边脸盆里争着洗手，维杉听到芝说：.“好痛，刚才绳子擦破了手心。”

小孙说：“你别用胰子就好了。来，我看看。”他拿着她的手仔细看了半天，他们两人拉着一块手巾一同擦手，又吃吃咕咕地说笑。

维杉觉得无心下棋，却不得不下。他们三个人战他一个。起先他懒洋洋地没有注意，过一刻他真有些应接不暇了。不知为什么他却觉着他不该输的，他不愿意输！说起真好笑，可是他的确感着要占胜，孩子不孩子他不管！芝的眼睛镇住看他的棋，好像和弱者表同情似的，他真急了。他野蛮起来了，他居然进攻对方的弱点了，他调用他很有点神气的马了，他走卒了，棋势紧张起来，两边将帅都不能安居在当中了。孩子们的车守住他大帅的脑门顶上，吃力的当然是维杉的棋！没有办法。三个活龙似的孩子，六个玲珑的眼睛，维杉又有什么法子！

他输了输了，不过大帅还真死得英雄，对方的危势也只差一两子便要命的！但是事实上他仍然是输了。下完了以后，他觉得热，出了些汗，他又拿出手绢来刚要揩他的脑门，忽然他呆呆地看着芝的细松的头发。

“还不快给杉叔倒茶。”少朗太太喊她的女儿。

芝转身到茶桌上倒了一杯，两只手捧着，端过来。维杉不知为什么又觉得窘极了。

孩子们约他清早里逛北海，目的当然是摇船。他去了，虽然好几次他想设法推辞不去的。他穿他的白嘀裤子葛布上衣，拿了他的草帽微觉得可笑，他近来永远地觉得自己好笑，这种横生的幽默，他自己也不了解的。他一径走到北海的门口还想着要回头的。站岗的巡警向他看了一眼，奇怪，有时你走路时忽然望到巡警的冷静的眼光，真会使你怔一下，你要自问你都做了些什么事，准知道没有一件是违法的么？他买到票走进去，猛抬头看到那桥前的牌楼。牌楼，白石桥，垂柳，都在注视他——他不痛快极了，挺起腰来健步走到旁边小路上，表示不耐烦。不耐烦的脸本来与他最相宜的，他一失掉了“不耐烦”的神情，他便好像丢掉了好朋友，心里便不自在。懂得吧？他绕到后边，隔岸看一看白塔，它是自在得很，永远带些不耐烦的脸站着——还是坐着？——它不懂得什么年轻、老，这一些无聊的日月，它只是站着不动，脚底下自有湖水、亭榭、松柏、杨柳、人——老的、小的——忙着他们更换的纠纷！

他奇怪他自己为什么到北海来，不，他也不是懊悔，清早里松荫底下发着凉香，谁懊悔到这里来？他感着像青草般在接受露水的滋润，他居然感着舒快。奢侈的金黄色的太阳横着射过他的辉焰，湖水像锦，莲花、莲叶并着肩挨挤成一片，像在争着朝觐这早上的云天！这富足，这绮丽的天然，谁敢不耐烦？维杉到五龙亭边坐下掏出他的烟卷，低着头想要仔细地，细想一些事，去年的，或许前年的，好多年的事，——今早他又像回到许多年前去——可是他总想不出一个所以然来。“本来是，又何必想？要活着就别想！这又是？谁说过的话……”

神态撷英
运用了神态描写，写出了芝的活泼。

忽然他看到芝一个人向他这边走来。她穿着葱绿的衣裳，裙子很短，随着她跳跃的脚步飘动，手里玩着一把未开的小纸伞。头发在阳光里，微带些红铜色，那倒是很特别的。她看到维杉笑了一笑，轻轻地跑了几步凑上来，喘着说："他们租船去了。可是一个不够，我们还要雇一只。"维杉丢下烟，不知不觉地拉着她的手说："好，我们去雇一只，找他们去。"

她笑着让他拉着她的手。他们一起走了一些路，才找着租船的人。维杉看她赤着两只健秀的腿，只穿一双统子极短的袜子，和一双白布的运动鞋；微红的肉色和葱绿的衣裳叫他想起他心爱的一张新派作家的画。他想，他可惜不会画，不然，他一定知道怎样地画她——微红的头发，小尖下颏，绿的衣服，红色的腿，两只手，他知道，一定知道怎样地配置。他想象到这张画挂在展览会里，他想象到这张画登在月报上，他笑了。

知识延伸
龙：龙是中国古代传说中的神异动物，为鳞虫之长，司掌行云布雨，是风和雨的主宰，常用来象征祥瑞。龙是汉族最具代表性的传统文化之一，龙的传说等龙文化非常丰富。

她走路好像是有弹性地奔腾。龙，小龙！她走得极快，他几乎要追着她。他们雇好船跳下去，船人一竹篙把船撑离了岸，他脱下衣裳卷起衫袖，他好高兴！她说她要先摇，他不肯，他点上烟，含在嘴里，叫她坐在对面。她忽然又腼腆起来，低着头，装着看莲花，半晌没有说话，他的心像被蜂蛰了一下，又觉得一阵窘，懊悔他出来。他想说话，却找不出一句话说，他尽摇着船，也不知过了多少时候，她才抬起头来问他说："杉叔，美国到底好不好？"

"那得看你自己。"他觉得他自己的声音粗暴，他后悔他这样尖刻地回答她诚恳的问话。他更窘了。

她并没有不高兴，她说："我总想出去了再说。反正不喜欢我就走。"

这一句话本来很平淡，维杉却觉得这孩子爽快得可爱，他夸她说："好孩子，这样有决断才好。对了，别错认学位做学问就好了，你预备学什么呢？"

她脸红了半天，说："我还没有决定呢……爹要我先进普通文科再说……我本来是要想学……"她不敢说下去。

"你要学什么坏本领，值得这么胆怯！"

她的脸更红了，同时也大笑起来，在水面上听到女孩子的笑声，真有说不出的滋味，维杉对着她看，心里又好像高兴起来。

“不能宣布么？”他又逗着追问。

“我想，我想学美术——画……我知道学画不该到美国去的，并且……你还得有天才，不过……”

“你用不着学美术的，更不必学画。”维杉禁不住这样说笑。

“为什么？”她眼睛睁得很大。

“因为，”维杉这回觉得有点不好意思了，他低声说，“因为你的本身便是美术，你此刻便是一张画。”他不好意思极了，为什么人不能够对着太年轻的女孩子说这种恭维的话？你一说出口，便要感着你自己的蠢，你一定要后悔的。她此刻的眼睛看着维杉，叫他又感着窘到极点了。她的嘴角微微地斜上去，不是笑，好像是鄙薄他这种的恭维她。没法子，话已经说出来了，你还能收回去？！窘，谁叫他自己找事！

两个孩子已经将船拢来，到他们一处，高兴地嚷着要赛船。小孙立在船上，高高的细长身子穿着白色的衣裳，在荷叶丛前边格外明显。他两只手叉在脑后，眼睛看着天，嘴里吹唱一些调子。他又伸只手到叶丛里摘下一朵荷花。

“接，快接！”他轻轻掷到芝的面前：“怎么了，大清早里睡着了？”

她只是看着小孙笑。

“怎样，你要在哪一边，快拣定了，我们便要赛船了。”维杉很老实地问芝，她没有回答。她哥哥替她决定了，说：“别换了，就这样吧。”

赛船开始了，荷叶太密，有时两个船几乎碰上，在这种时候芝便笑得高兴极了，维杉摇船是老手，可是北海的水有地方很浅有时不容易发展，可是他不愿意再在孩子们面前丢丑，他决定要胜过他们，所以他很加小心和力量。芝看到后面船渐渐要赶上时，她便催他赶快，他也愈努力了。

太阳积渐热起来，维杉们的船已经比沅的远了很多，他们承认输了预备回去，芝说杉叔一定乏了，该让她摇回去，他答应了她。

他将船板取开躺在船底，仰着看天。芝将她的伞借他遮着太阳。自己把荷叶包在头上摇船。维杉躺着看云，看荷花梗，看水，看岸上的亭子，把一只手丢在水里让柔润的水浪洗着。他让芝慢慢地摇他回去，有时候他张开眼看她，有时候他简直闭上眼睛，他不知道，他是快活还是苦痛。

少朗的孩子是老实人，浑厚得很，却不笨，听说在学校里功课是极好的。走出北海时，他跟维杉一排走路和他说了好些话。他说他愿意在大学里毕业了才出去进研究院的。他说，可是他爹想后年送妹妹出去进大学；那样子他要是同走，大学里还差一年，很可惜，如果不走，妹妹又不肯白白地等他一年。当然他说小孙比他先一年完，正好可以和妹妹同走。不过他们三个老是在一起惯了，如果他们两人走了，他一个人留在国内一定要感着闷极了，他说，“炒鸡子”这事简直是“糟糕一麻丝”。

他又讲小孙怎样的聪明，运动也好，撑杆跳的式样“简直是太好”，还有游水他也好，“不用说，他简直什么都干！”他又说，小孙本来在足球队里的，可是这次和天津比赛时，他不肯练。“你猜为什么？”他问维杉，“都是因为学校盖个喷水池，他整天守着石工看他们刻鱼！”

“他预备也学雕刻么？他爹我认得，从前也学过雕刻的。”维杉问他。

“那我不知道，小孙的文学好，他写了许多很好的诗——爹爹也说很好的，”沅加上这一句，证明小孙的诗的好是可靠的。“不过，他乱得很，稿子不是撕了便是丢了的。”他又说他怎样有时替他捡起抄了寄给《校刊》。总而言之，沅是小孙的“英雄崇拜者”。

沅说到他的妹妹，他说他妹妹很聪明，她不像寻常的女孩那么“讨厌”，这里他脸红了，他说：“别扭得讨厌，杉叔知道吧？”他又说，他班上有两个女学生，对于这个他表示非常的不高兴。

维杉听到这一大篇谈话，知道简单点讲，他维杉自己，和他们中间至少有一道沟——并不是什么了不得的间隔——只是一个年龄的深沟，桥是搭得过去的，不过深沟仍然是深沟，你搭多少条桥，沟是仍然不会消灭的。他问沅几岁，沅说：“整整的快十九了，”他妹妹虽然是十七，“其实只满十六年。”维杉不知为什么又感着一阵不舒服，他回头看小孙和芝并肩走着，高兴地说笑：“十六，十七。”维杉嘴里哼哼着。究竟说三十四不算什么老，可是那就已经是十七的一倍了。谁又愿意比人家岁数大出一倍，老实说！

维杉到家时并不想吃饭，只是连抽了几根烟。

过了一星期，维杉到少朗家里来。门房里陈升走出来说：“老爷到对过张家借打电话去，过会子才能回来。家里电话坏了两天，电话局还不派人来修理。”陈升是个打电话专家，有多少曲折的传话，经过他的嘴，就能一字不漏地溜进电话筒。那也是一种艺术。他的方法听着很简单，运用起来的玄妙你就想不到。哪一次维杉走到少朗家里不听到陈升在过厅里向着电话：“喂，喂，喂，我说，我说呀！”维杉向陈升一笑，他真不能替陈升想象到没有电话时的烦闷。

“好，陈升，我自己到书房里等他，不用你了。”维杉一个人踱过那静悄悄的西院，金鱼缸，莲花，石榴，他爱这院子，还有隔墙的枣树，海棠。他掀开竹帘走进书房。迎着他眼的是一排丰满的书架。壁上挂的朱拓的黄批，和屋子当中的一大盆白玉兰，幽香充满了整间屋子。维杉很羡慕少朗的生活。夏天里，你走进一个搭着天棚的一个清凉大院子，静雅的三间又大又宽的北屋，屋里满是琳琅的书籍，几件难得的古董，再加上两三盆珍罕的好花，你就不能不艳羡那主人的清福！

维杉走到套间小书斋里，想写两封信，他忽然看到芝一个人伏在书桌上。他奇怪极了，轻轻地走上前去。

“怎么了？不舒服么，还是睡着了？”

“吓我一跳！我以为是哥哥回来了……”芝不好意思极了。维杉看到她哭红了的眼睛。

维杉起先不敢问，心里感得不过意，后来他伸一只手轻抚着她的头说：“好孩子，怎么了？”

她的眼泪更扑簌簌地掉到裙子上，她拈了一块——真是不到四寸见方——淡黄的手绢拼命地擦眼睛。维杉想，她叫你想到方成熟的桃或是杏，绯红的，饱饱的一颗天真，让人想摘下来赏玩，却不敢真真地拿来吃，维杉不觉得没了主意。他逗她说：“准是嬷打了！”

她拿手绢蒙着脸偷偷地笑了。

“怎么又笑了？准是你打了嬷了！”

这回她伏在桌上索性吃吃地笑起来。维杉糊涂了。他想把她的小肩膀搂住，吻她的粉嫩的脖颈，但他又不敢。他站着发了一会呆。他看到椅子上放着她的小纸伞，他走过去坐下开着小伞说玩。

她仰起身来，又擦了半天眼睛，才红着脸过来拿她的伞，他不给。

“刚从哪里回来，芝？”他问她。

“车站。”

“谁走了？”

“一个同学，她是我最好的朋友，可是她……她明年不回来了！”她好像仍是很伤心。他看着她，没有说话。

“杉叔，您可以不可以给她写两封介绍信，她就快到美国去了。”

“到美国哪一个城？”

“反正要先到纽约的。”

“她也同你这么大么？”

“还大两岁多……杉叔您一定得替我写，她真是好，她是我最好的朋友了……杉叔，您不是有许多朋友吗，你一定得写。”

“好，我一定写。”

神态撷英

运用了神态描写，写出了芝的伤心和难过。

词苑撷英

天真：指不受礼俗拘束的品性，引申为单纯，朴实，幼稚，头脑简单。

“爹说杉叔有许多……许多女朋友。”

“你爹这样说了么？”维杉不知为什么很生气。他问了芝她朋友的名字，他说他明天替她写那介绍信。他拿出烟来很不高兴地抽。这回芝拿到她的伞却又不走。她坐下在他脚边一张小凳上。

“杉叔，我要走了的时候您也替我介绍几个人。”

他看着芝倒翻上来的眼睛，他笑了，但是他又接着叹了一口气。

他说：“还早着呢，等你真要走的时候，你再提醒我一声。”

“可是，杉叔，我不是说女朋友，我的意思是：也许杉叔认得几个真正的美术家或是文学家。”她又拿着手绢玩了一会低着头说：“篁哥，孙家的篁哥，他亦要去的，真的，杉叔，他很有点天才。可是他想不定学什么。他爹爹说他岁数太小，不让他到巴黎学雕刻，要他先到哈佛学文学，所以我们也许可以一同走……我亦劝哥哥同去，他可舍不得这里的大学。”这里她话愈说得快了，她差不多喘不过气来，“我们自然不单到美国，我们以后一定转到欧洲、法国、意大利，对了，篁哥连做梦都是做到意大利去，还有英国……”

维杉心里说：“对了，出去，出去，将来，将来，年轻！荒唐的年轻！他们只想出去飞！飞！叫你怎不觉得自己落伍，老，无聊，无聊！”他说不出的难过，说老，他还没有老，但是年轻？！他看着烟卷没有话说。芝看着他不说话，也不敢再开口。

“好，明年去时再提醒我一声，不，还是后年吧？那时我也许已经不在这里了。”

“杉叔，到哪里去？”

“没有一定的方向，也许过几年到法国来看你……那时也许你已经嫁了……”

芝急了，她说：“没有的话，早着呢！”

维杉忽然做了一件很古怪的事，他俯下身去吻了芝的头发。他又伸过手拉着芝的小手。

少朗推帘子进来，他们两人站起来，赶快走到外间来。芝手里还拿着那把纸伞。少朗起先没有说话，过一会，他皱了一皱他那有文章的眉头问说：“你什么时候来的？”

“刚来。”维杉这样从容地回答他，心里却觉着非常之窘。

“别忘了介绍信，杉叔。”芝叮咛了一句又走了。

“什么介绍信？”少朗问。

“她要我替她同学写几封介绍信。”

“你还在和碧谛通信么？还有雷茵娜？”少朗仍是皱着眉头。

“很少……”维杉又觉得窘到极点了。

星期三那天下午到天津的晚车里，旭窗遇到维杉在头等房间里靠着抽烟，问他到哪里去，维杉说回南，旭窗叫脚行将自己的皮包也放在这间房子里说：“大暑天，怎么倒不在北京？”

“我在北京，”维杉说，“感得，感得窘极了。”他看一看他拿出来拭汗的手绢，“窘极了！”

“窘极了？”旭窗此时看到卖报的过来，他问他要《大公报》看，便也没有再问下去维杉为什么在北京感着“窘极了”。

香山，六月

原载《新月》杂志3卷9期

1931年9月

精彩点拨

林徽因在小说中尝试从男性的角度表达自由恋爱在当时社会所受的无形压力，作品通过对主人公维杉心理的细腻描绘，字里行间透露着维杉在情感问题上的悲剧。作为大学教授、留洋学者，维杉虽然受到了“五四”个性解放思潮的鼓舞和西方追求个人自由思想的启蒙，但在中国，数千年来严酷的伦理规范起主导作用的是“群体意识”，而不是“个体意识”。所以维杉顾虑重重，最终情感的欲求只能在内心回荡而难以付诸实践。其悲剧人格的形成，正在于当时的社会大气候和他自身主体性的不健全。

模影零篇——钟绿

精彩导读

作者读大学期间，经常听到关于已离校的钟绿的种种传说，不禁对这个美人产生了好奇。某天机缘巧合，钟绿回校借住在作者宿舍，畅谈一晚，甚是投缘，与之相约回中国坐钟绿最喜欢的帆船。不料之后几年，作者相继收到了钟绿未婚夫和钟绿去世的消息，不禁感慨红颜薄命。林徽因的“钟绿”不是一个存在于现实的生命个体，而是处于作者内心深处被理想化的美之神灵。 它是林徽因用其美学思想精雕细琢出来的一件美轮美奂、没有任何瑕疵的艺术品，是林徽因理想中的完美、纯美、真正的美。这种美在作品中是怎样表现的呢？

比喻手法

运用了比喻手法，将对钟绿的记忆比作收藏的名画，写出了作者对钟绿记忆的重视、珍惜。

词苑撷英

红颜薄命：旧指美貌女子不是早死，就是遇不到好人，或生活多磨难。

钟绿是我记忆中第一个美人，因为一个人一生见不到几个真正负得起“美人”这称呼的人物。所以我对于钟绿的记忆，珍惜得如同他人私藏一张名画，轻易不拿出来给人看，我也就轻易地不和人家讲她。除非是一时什么高兴，使我大胆地、兴奋地告诉一个朋友，我如何如何的曾经一次看到真正的美人。

很小的时候，我常听到一些红颜薄命的故事，老早就印下这种迷信，好像美人一生总是不幸的居多。尤其是，最初叫我知道世界上有所谓美人的，就是一个身世极凄凉的年轻女子。她是我家亲戚，家中传统地认为一个最美的人。虽然她已死了多少年，说起她来，大家总还带着那种感慨，也只有一个美人死后能使人起的那样感慨。说起她，大家总都有一些美感的回忆。我婶娘常记起的是祖母出殡那天，这人穿着白衫来送殡。因为她是个已出嫁过的女子——其实她那时已孀居一年多——照我们乡例，头上缠着白头帕。试想一个静好如花的脸，一个长长窈窕的身材；一身的缟素，借着人家伤痛的丧礼来哭她自己可怜的身世，怎不是一幅绝妙的图画！婶娘说起她时，却还不忘掉提到她的走路如何的有种特有神韵，哭时又如何的辛酸，凄惋动人。我那时因为过小，记不起送殡那天看到这素服美人，事后为此不知惆怅了多少回。每当大家晚上闲坐谈到这个人儿时，总害了我竭尽想象力，冥想到了夜深。

也许就是因为关于她，我实在记得不太清楚，仅凭一家人时时的传说，所以这个亲戚美人之为美人，也从未曾在我心里疑问过。过了一些岁月，积渐地，我没有小时候那般理想，事事都有一把怀疑，沙似的挟在里面。我总爱说：绝代佳人，世界上不时总应该有一两个，但是我自己亲眼却没有看见过就是了。这句话直到我遇见了钟绿之后才算是取消了，换了一句：我觉得侥幸，一生中没有疑问地，真正地，见到一个美人。

我到美国××城进入××大学时，钟绿已是离开那学校的旧学生，不过在校里不到一个月的工夫，我就常听到“钟绿”这名字，老学生中间，每一提到校里旧事，总要联想到她。无疑地，她是他们中间最受崇拜的人物。

关于钟绿的体面和她的为人及家世也有不少的神话。一个同学告诉我，钟绿家里本来如何的富有，又一个告诉我，她的父亲是个如何漂亮的军官，哪一年死去的，又一个告诉我，钟绿多么好看，脾气又如何和人家不同。因为着恋爱，又有人告诉我，她和母亲决绝了，自己独立出来艰苦的半工半读，多处流落，却总是那么傲慢、潇洒，穿着得那么漂亮动人。有人还说钟绿母亲是希腊人，是个音乐家，也长得非常好看，她常住在法国及意大利，所以钟绿能通好几国文字。常常地，更有人和我讲了为着恋爱钟绿，几乎到发狂的许多青年的故事。总而言之，关于钟绿的事我实在听得多了，不过当时我听着也只觉到平常，并不十分起劲。

故事中仅有两桩，我却记得非常清楚，深入印象，此后不自觉地便对于钟绿动了好奇心。

一桩是同系中最标致的女同学讲的。她说那一年学校开个盛大艺术的古装表演，中间要用八个女子穿中世纪的尼姑服装。她是监制部的总管，每件衣裳由图案部发出，全由她找人比着裁剪，做好后再找人试服。有一晚，她出去晚饭回来稍迟，到了制衣室门口遇见一个制衣部里人告诉她说，许多衣裳做好正找人试着时，可巧电灯坏了，大家正在到处找来洋蜡点上。

“你猜，”她接着说：“我推开门时看到了什么？……”

她喘口气望着大家笑（听故事的人那时已不止我一个），“你想，你想一间屋子里，高高低低地点了好几根蜡烛；各处射着影子；当中一张桌子上面，默默地，立着那么一个钟绿——美到令人不敢相信的中世纪小尼姑，眼微微地垂下，手中高高擎起一枝点亮的长烛。简单静穆，直像一张宗教画！拉着门环，我半天肃然，说不出一句话来！……等到人家笑声震醒我时，我已经记下这个一辈子忘不了的印象。”

自从听了这桩故事之后，钟绿在我心里便也开始有了根据，每次再听到钟绿的名字时，我脑子里便浮起一张图画。隐隐约约地，看到那个古代年轻的尼姑，微微地垂下眼，擎着一枝蜡走过。

第二次，我又得到一个对钟绿依稀想象的背影，是由于一个男同学讲的故事里来的。这个脸色清癯的同学平常不爱说话，是个忧郁深思的少年——听说那个为着恋爱钟绿，到南非洲去旅行不再回来的同学，就是他的同房好朋友。有一天雨下得很大，我与他同在画室里工作，天已经积渐地黑下来，虽然还不到点灯的时候，我收拾好东西坐在窗下看雨，忽然听他说：

“真奇怪，一到下大雨，我总想起钟绿！”

“为什么呢？”我倒有点好奇了。

“因为前年有一次大雨，”他也走到窗边，坐下来望着窗外，“比今天这雨大多了，”他自言自语地眯上眼睛。“天黑得可怕，许多人全在楼上画图，只有我和勃森站在楼下前门口檐底下抽烟。街上一个人没有，树让雨打得像囚犯一样，低头摇曳。一种说不出来的黯淡和寂寞笼罩着整条没生意的街道，和街道旁边不做声的一切。忽然间，我听到背后门环响，门开了，一个人由我身边溜过，一直下了台阶冲入大雨中走去！……那是钟绿……”

“我认得是钟绿的背影，那样修长灵活，虽然她用了一块折成三角形的绸巾蒙在她头上，一只手在项下抓紧了那绸巾的前面两角，像个俄国村姑的打扮。勃森说钟绿疯了，我也忍不住要喊她回来。‘钟绿你回来听我说！’我好像求她那样恳切，听到声，她居然在雨里回过头来望一望，看见是我，她仰着脸微微一笑，露出一排贝壳似的牙齿。”朋友说时，回过头对我笑了一笑，“你真想不到世上真有她那样美的人！不管谁说什么，我总忘不了在那狂风暴雨中，她那样扭头一笑，村姑似的包着三角的头巾。”

这张图画有力地穿过我的意识，我望望雨，又望望黑影笼罩的画室。朋友叉着手，正经地又说：“我就喜欢钟绿的一种纯朴，城市中的味道在她身上总那样的不沾着她本身的天真！那一天，我那个热情的同房朋友在楼窗上也发现了钟绿在雨里，像顽皮的村姑，没有笼头的野马，便用劲地喊。钟绿听到，俯下身子一闪，立刻就跑了。上边劈空的雷电，四围纷披的狂雨，一会儿工夫她就消失在那水雾迷漫之中了……”

“奇怪，”他叹口气，“我总老记着这桩事，钟绿在大风雨里似乎是个很自然的回忆。”

听完这段插话之后，我的想象中就又加了另一个隐约的钟绿。

半年过去了，这半年中这个清癯的朋友和我比较地熟起，时常轻声地来告诉我关于钟绿的消息。她是辗转地由一个城到另一个城，经验不断地跟在她脚边，命运好似总不和她合作，许多事情都不畅意。

秋天的时候，有一天，我这朋友拿来两封钟绿的来信给我看，笔迹秀劲流丽，如见其人，我留下信细读，觉到它很有意思。那时，我正初次在夏假中觅工，几次在市城熙熙攘攘中长了见识，更是非常地同情于这流浪的钟绿。

“所谓工业艺术你可曾领教过？”她信里发出嘲笑，“你从前常常苦心教我调颜色，一根一根地描出理想的线条，做什么，你知道么？……我想你决不能猜到两三星期以来，我和十几个本来都很活泼的女孩子，低下头都画一些什么，……你闭上眼睛，喘口气，让我告诉你！墙上的花纸，好朋友！你能相信么？一束一束的粉红玫瑰花由我们手中散下来，整朵的，半朵的——因为有人开了工厂专为制造这种的美丽！……”

“不，不，为什么我要脸红？现在我们都是工业战争的斗士——多美丽的战争！——并且你知道，各人有各人不同的报酬；花纸厂的主人今年新买了两个别墅，我们前夜把晚饭减掉一点居然去听音乐了，多谢那一束一束的玫瑰花！……”

幽默地，幽默地她写下去那样顽皮的牢骚。又一封：

“……好了，这已经是秋天，谢谢上帝，人工的玫瑰也会凋零的。这回任何一束什么花，我也决意不再制造了，那种逼迫人家眼睛堕落的差事，需要我所没有的勇敢，我失败了，不知道在心里哪一部分也受点伤……”

“我到乡村里来了，这回是散布知识给村里朴实的人！××书局派我来揽买卖，儿童的书，常识大全，我简直带着‘知识’的样本到处走。那可爱的老太太却问我要最新烹调的书，工作到很瘦的妇人要城市生活的小说看——你知道那种穿着晚服去恋爱的城市浪漫！”

“我夜里总找回一些矛盾的微笑回到屋里。乡间的老太太都是理想的母亲，我生平没有吃过更多的牛奶，睡过更软的鸭绒被，原来手里提着锄头的农人，都是这样母亲的温柔给培养出来的力量。我爱他们那简单的情绪和生活，好像日和夜，太阳和影子，农作和食睡，夫和妇，儿子和母亲，幸

用词准确

“如见其人”一词将钟绿的字比作她的人，钟绿的字十分秀丽、漂亮的风格让读者一目了然。

词苑撷英

熙熙攘攘：人来人往，非常热闹。

福和辛苦都那样均匀地放在天秤的两头。……”

“这农村的妩媚，溪流、树荫全合了我的意，你更想不到我屋后有个什么宝贝？一口井，老老实实旧式的一口井，早晚我都出去替老太太打水。真的，这样才是日子，虽然山边没有橄榄树，晚上也缺个织布的机杼，不然什么都回到我理想的已往里去……”

“到井边去汲水，你懂得那滋味么？天呀，我的衣裙让风吹得松散，红叶在我头上飞旋，这是秋天，不瞎说，我到井边去汲水去。回来时你看着我把水罐子扛在肩上回来！”

看完信，我心里又来了一个古典的钟绿。

约略是三月的时候，我的朋友手里拿本书，到我桌边来，问我看过没有这本新出版的书，我由抽屉中也扯出一本叫他看。他笑了，说，你知道这个作者就是钟绿的情人。

我高兴地谢了他，我说：“现在我可明白了。”我又翻出书中几行给他看，他看了一遍，放下书默诵了一回，说：“他是对的，他是对的，这个人实在很可爱，他们完全是了解的。”

此后又过了半个月光景。天气渐渐地暖起来，我晚上在屋子里读书老是开着窗子，窗前一片草地隔着对面远处城市的灯光车马。有个晚上，很夜深了，我觉到冷，刚刚把窗子关上，却听到窗外有人叫我，接着有人拿沙子抛到玻璃上，我赶忙起来一看，原来草地上立着那个清癯的朋友，旁边有个女人立在我的门前。朋友说：“你能不能下来，我们有桩事托你。”我蹑着脚下楼，开了门，在黑影模糊中听我朋友说：“钟绿，钟绿她来到这里，太晚没有地方住，我想，或许你可以设法，明天一早她就要走的。”他又低声向我说：“我知道你一定愿意认识她。”

这事真是来得非常突兀，听到了那么熟识，却又是那么神话的钟绿，竟然意外地立在我的前边，长长的身影穿着外衣，低低的半顶帽遮着半个脸，我什么也看不清楚。我伸手和她握手，告诉她在校里常听到她。她笑声地答应我说，希望她能使我失望，远不如朋友所讲的她那么坏！

在黑夜里，她的声音像银铃样，轻轻地摇着，末后宽柔温好，带点回响。她又转身谢谢那个朋友，率真地揽住他的肩膀说：“百罗，你永远是那么可爱的一个人。”

她随了我上楼梯，我只觉到奇怪，钟绿在我心里始终成个古典人物，她的实际的存在在此时反觉得荒诞不可信。

我那时是个穷学生，和一个同学住一间不甚大的屋子，恰巧同房的那几天回家去了。我还记得那晚上我在她的书桌上，开了她那盏非常得意的浅黄色灯，还用了我们两人共用的大红浴衣铺在旁边大椅上，预备看书时盖在腿上当毯子享用。屋子的布置本来极简单，我们曾用尽苦心把它收拾得还有几分趣味：衣橱的前面我们用一大幅黑色带金线的旧锦挂上，上面悬着一副我朋友自己刻的金色美人面具，旁边靠墙放两架睡榻，罩着深黄的床幔和一些靠垫，两榻中间隔着一个薄纱的东方式屏风。窗前一边一张书桌，各人有个书架，几件心爱的小古董。

整个房子的神气还很舒适，颜色也带点古黯神秘。钟绿进房来，我就请她坐在我们唯一的大椅上，她把帽子外衣脱下，顺手把大红浴衣披在身上说："你真能让我独占这房里唯一的宝座么？"不知为什么，听到这话，我怔了一下，望着灯下披着红衣的她。看她里面本来穿的是一件古铜色衣裳，腰里一根很宽的铜质软带，一边臂上似乎套着两三副细窄的铜镯子，在那红色浴衣掩映之中，黑色古锦之前，我只觉到她由脸至踵有种神韵，一种名贵的气息和光彩，超出寻常所谓美貌或是漂亮。她的脸稍带椭圆，眉目清扬，有点儿南欧曼达娜的味道；眼睛深棕色，虽然甚大，却微微有点羞涩。她的头、脸、耳、鼻、口唇、前颈和两只手，则都像雕刻过的型体！每一面和她一面交接得那样清晰，又那样柔和，让光和影在上面活动着。

我的小铜壶里本来烧着茶，我便倒出一杯递给她。这回她却怔了说："真想不到这个时候有人给我茶喝，我这回真的走到中国了。"我笑了说："百罗告诉我你喜欢到井里汲水，好，我就喜欢泡茶。各人有她传统的嗜好，不容易改掉。"就在那时候，她的两唇微微地一抿，像朵花，由含苞到开放，毫无痕迹地轻轻地张开，露出那一排贝壳般的牙齿，我默默地在心里说，我这一生总可以说真正地见过一个称得起美人的人物了。

"你知道，"我说，"学校里谁都喜欢说起你，你在我心里简直是个神话人物，不，简直是古典人物；今天你的来，到现在我还信不过这事的实在性！"

她说："一生里事大半都好像做梦。这两年来我漂泊惯了，今天和明天的事多半是不相连续的多；本来现实本身就是一串不一定能连续而连续起来的荒诞。什么事我现在都能相信得过，尤其是此刻，夜这么晚，我把一个从来未曾遇见过的人的清静打断了，坐在她屋里，喝她几千里以外寄来的茶！"

那天晚上，她在我屋子里不止喝了我的茶，并且在我的书架上搬弄了我的书，我的许多相片，问了我一大堆话，告诉我她有个朋友喜欢中国的诗——我知道那就是那青年作家，她的情人，可是我没有问她。她就在我屋子中间小小灯光下愉悦地活动着，一会儿立在洛阳造像的墨拓前默了一会，停一刻又走过，用手指柔和地，顺着那金色面具的轮廓上抹下来，她搬弄我桌上的唐陶俑和图章，又问我壁上铜剑的铭文。纯净的型和线似乎都在引逗起她的兴趣。

一会儿她倦了，无意中伸个懒腰，慢慢地将身上束的腰带解下，自然地，活泼地，一件一件将自己的衣服脱下，裸露出她雕刻般惊人的美丽。我看着她耐性地，细致地，解除臂上的铜镯，又用刷子刷她细柔的头发，来回地走到浴室里洗面又走出来。她的美当然不用讲，我惊讶的是她所有举动，全个体态，都是那样的有个性，奏着韵律。我心里想，自然舞蹈班中几个美体的同学，和我们人体画班中最得意的两个模特，明蒂和苏茜，她们的美实不过是些浅显的柔和及妍丽而已，同钟绿真无法比较得来。我忍不住兴趣地直爽地笑对钟绿说：“钟绿你长得实在太美了，你自己知道么？”

她忽然转过来看了我一眼，好脾气地笑起来，坐到我床上。

“你知道你是个很古怪的小孩子么？”她伸手抚着我的头后（那时我的头是低着的，似乎倒有点难为情起来）。“老实告诉你，当百罗告诉我，要我住在一个中国姑娘的房里时，我倒有些害怕，我想着不知道我们要谈多少孔夫子的道德、东方的政治；我怕我的行为或许会触犯你们谨严的佛教！”

这次她说完，却是我打个哈欠，倒在床上好笑。

她说：“你在这里原来住得还真自由。”

我问她是否指此刻我们不拘束的行动讲。我说那是因为时候到底是半夜了，房东太太在梦里也无从干涉，其实她才是个极宗教的信徒，我平日极平常的画稿，拿回家来还曾经惊着她的腼腆。男朋友从来只到过我楼梯底下的，就是在楼梯边上坐着，到了十点半，她也一定咳嗽的。

词苑撷英

拘束：过分约束，束缚，不自在，拘谨而显得不自然。

钟绿笑了说：“你的意思是从孔子庙到自由神中间并无多大距离！”

那时我睡在床上和她谈天，屋子里仅点一盏小灯。她披上睡衣，替我开了窗，才回到床上抱着膝盖抽烟，在一小闪光底下，她努着嘴喷出一个一个的烟圈，我又疑心我在做梦。

情景描写

“抱着”“努着”生动准确地表现出钟绿顽皮可爱，“小闪光”从正面烘托了这种形象，“我做梦”从侧面烘托了这种形象，给读者的感觉很强烈。

“我顶希望有一天到中国来，”她说，手里搬弄床前我的夹旗袍，“我还没有看见东方的莲花是什么样子。我顶爱坐帆船了。”

我说：“我和你约好了，过几年你来，挑个山茶花开遍了的时节，我给你披上一件长袍，我一定请你坐我家乡里最浪漫的帆船。”

“如果是个月夜，我还可以替你弹一曲希腊的弦琴。”

“也许那时候你更愿意死在你的爱人怀里！如果你的他也来。”我逗着她。

她忽然很正经地却用最柔和的声音说：“我希望有这

福气。”

就这样说笑着，我朦胧地睡去。

到天亮时，我觉得有人推我，睁开了眼，看她已经穿好了衣裳，收拾好皮包，俯身下来和我作别。

“再见了，好朋友，”她又淘气地抚着我的头，“就算你做个梦吧。现在你信不信昨夜答应过人，要请她坐帆船？”

可不就像一个梦，我眯着两只眼，问她为何起得这样早。她告诉我要赶六点十分的车到乡下去，约略一个月后，或许回来，那时一定再来看我。她不让我起来送她，无论如何要我答应她，等她一走就闭上眼睛再睡。

于是在天色微明中，我只再看到她歪着一顶帽子，倚在屏风旁边妩媚地一笑，便转身走出去了。一个月以后，她没有回来，其实等到一年半后，我离开××时，她也没有再来过这城的。我同她的友谊就仅仅限于那么一个短短的半夜，所以那天晚上是我第一次，也就是最末次，会见了钟绿。但是即使以后我没有再得到关于她的种种悲惨的消息，我也知道，我是永远不能忘记她的。

那个晚上以后，我又得到她的消息时，约在半年以后，百罗告诉我说：“钟绿快要出嫁了。她这种的恋爱真能使人相信人生还有点意义，世界上还有一点美存在。这一对情人上礼拜堂去，的确要算上帝的荣耀。”

我好笑忧郁的百罗说这种话，却是私下里也的确相信钟绿披上长纱会是一个奇美的新娘。那时候我也很知道一点新郎的样子和脾气，并且由作品里我更知道他留给钟绿的情绪，私下里很觉到钟绿幸福。至于他们的结婚，我倒觉得很平凡；我不时叹息，想象到钟绿无条件地跟着自然规律走，慢慢地变成一个妻子，一个母亲，渐渐离开她现在的样子，变老，变丑，到了我们从她脸上、身上再也看不出她现在的雕刻般的奇迹来。

谁知道事情偏不这样的经过，钟绿的爱人竟在结婚的前一星期骤然死去，听说钟绿那时正在试着嫁衣，得着电话没有把衣服换下，便到医院里晕死过去，在她未婚新郎的胸口上。当我得到这个消息时，钟绿已经到法国去了两个月，她的情人也已葬在他们本来要结婚的礼拜堂后面。

因为这消息，我却时常想起钟绿试装中世纪尼姑的故事，有点儿迷信预兆。美人自古薄命的话，更好像有了凭据。但是最使我感恸的消息，还在此后两年多。

当我回国以后，正在家乡游历的时候，我接到百罗一封长信，我真是没有想到钟绿竟死在一条帆船上。关于这一点，我始终疑心这个场面，多少有点钟绿自己的安排，并不见得完全出自偶然。那天晚上对着一江清流，茫茫暮霭，我独立在岸边山坡上，看无数小帆船顺风飘过，忍不住泪下如雨，坐下哭了。

我耳朵里似乎还听见钟绿银铃似的温柔的声音说：“就算你做个梦，现在你信不信昨夜答应过请人坐帆船？”

精彩点拨

《钟绿》更多体现的是林徽因文学创作的现代性实验，她采取照片定格式的呈现手法和重点刻画瞬间的蒙太奇手法，又在叙述中时常穿插自己的内心独白，对钟绿的形象塑造是在一种间接的心理描写中实现的，有着古代希腊神话般的宿命感和悲剧美。在现代性之外，林徽因文字极富传统美学的韵味，小说环境的塑造，景物的搭建，气氛的晕染，旗袍、屏风、卧榻、小把件儿都充满古韵。现代性的创作手法和古典美学的无缝衔接正是林徽因在创作中的另一个独特之处。《模影零篇》字里行间都氤氲着一种淡淡的伤感。林徽因以一种悲剧性的情感基调塑造人物形象，每位主人公的结局都是不美满的。这种强调个人梦想的实现是有现代价值观念的。她将个人的悲剧与当时国家的处境联系在一起，强调了环境对人发展的决定作用。林徽因对生活有着更为深刻、辩证的哲思。

模影零篇二——吉公

精彩导读

《吉公》讲述了不喜诗书，却喜欢研究机器科学的舅公的故事。吉公从小是个“读书不上进的落魄者”，加之是个抱养的孩子，不受长辈们喜欢。但他是个有“科学的兴趣”的人，喜欢把各种钟表、相机等拆开看看里面的构造，梦想去上海看一次火轮船。“那种大机器转动起来该多有趣？”，吉公去上海了吗？他的“科学的兴趣”最终“开花结果”了吗？

二三十年前，每一个老派头旧家族的宅第里面，竟可以是一个缩小的社会；内中居住着种种色色的人物，他们错综的性格、兴趣和琐碎的活动，或属于固定的，或属于偶然的，常可以在同一个时间里，展演如一部戏剧。

我的老家，如同当时其他许多家庭一样，在现在看来，尽可以称它做一个旧家族。那个并不甚大的宅子里面，也自成一种社会缩影。我同许多小孩子既在那中间长大，也就习惯于里面各种错综的安排和纠纷；像一条小鱼在海滩边生长，习惯于种种螺壳、蛤蜊、大鱼、小鱼，司空见惯，毫不以那种戏剧性的集聚为稀奇。但是事隔多年，有时反复回味起来，当时的情景反倒十分迫近。眼里颜色浓淡鲜晦，不但记忆浮沉驰骋，情感竟亦在不知不觉中重新伸缩，仿佛有所活动。

> **比喻手法**
> 运用了比喻手法，将我比作小鱼，写出了当初身边人的复杂。

不过那大部的戏剧此刻却并不在我念中，此刻吸引我回想的仅是那大部中一小部，那错综的人物中一个人物。

> **词苑撷英**
> 错综：纵横交叉，交错配合。

他是我们的舅公，这事实是经“大人们”指点给我们一群小孩子知道的。于是我们都叫他做“吉公”，并不疑问到这事实的确实性。但是大人们却又在其他的时候里，间接地或直接地，告诉我们，他并不是我们的舅公的许多话！凡属于故事的话，当然都更能深入孩子的记忆里，这舅公的来历，就永远的在我们心里留下痕迹。

“吉公”是外曾祖母抱来的儿子；这故事一来就有些曲折，给孩子们许多想象的机会。外曾祖母本来自己是有个孩子的，据大人们所讲，他是如何的聪明，如何的长得俊！可惜在他九岁的那年一个很热的夏天里，竟然“出了事”。故事是如此的：他和一个小朋友，玩着抬起一个旧式的大茶壶桶，嘴里唱着土白的山歌，由供着神位的后厅抬到前面正厅里去……（我们心里在这里立刻浮出一张鲜明的图画：两个小孩子，赤着膊；穿着挑花大红肚兜，抬着一个朱漆木桶；里面装着一个白锡镶铜的大茶壶；多少两的粗茶叶，泡得滚热的；……）

但是悲剧也就发生在这幅图画后面，外曾祖父手里拿着一根旱烟管，由门后出来，无意中碰倒了一个孩子，事儿就坏了！那无可偿补的悲剧，就此永远嵌进那温文儒雅读书人的生命里去。

这个吉公用不着说是抱来替代那惨死去的聪明孩子的。但这是又过了十年，外曾祖母已经老了，祖母已将出阁时候的事。讲故事的谁也没有提到吉公小时是如何长得聪明美丽的话。如果讲到吉公小时的情形，且必用一点叹息的口气说起这吉公如何的顽皮，如何地不爱念书，尤其是关于学问是如何地没有兴趣，长大起来，他也始终不能去参加他们认为光荣的考试。

就一种理论讲，我们自己既在那里读书学做对子，听到吉公不会这门事，在心理上对吉公发生了一点点轻视并不怎样不合理。但是事实上我们不止对他的感情总是那么柔和，时常且对他发生不少的惊讶和钦佩。

吉公住在一个跨院的旧楼上边。不止在现时回想起来，那地方是个浪漫的去处，就是在当时，我们也未尝不觉到那一曲小小的旧廊，上边斜着吱吱哑哑的那么一道危梯，是非常有趣味的。

我们的境界既被限制在一所四面有围墙的宅子里，那活泼的孩子心有时总不肯在单调的生活中磋磨过去，故必定竭力地，在那限制的范围以内寻觅新鲜。在一片小小的地面上，我们认为最多变化，最有意思的，到底是人：凡是有人住的，无论哪一个小角落里，似乎都藏着无数的奇异，我们对它便都感着极大兴味。所以挑水老李住的两间平房，远在茶园子的后门边，和退休的老陈妈所看守的厨房以外一排空房，在我们寻觅新鲜的活动中，或可以说长成的过程中，都是绝对必需的。吉公住的那小跨院的旧楼，则更不必说了。

在那楼上，我们所受的教育，所汲取的知识，许多确非负责我们教育的大人们所能想象得到的。随便说吧，最主要的就有自鸣钟的机轮的动作，世界地图，油画的外国军队军舰，和照相技术的种种，但是最要紧的还是吉公这个人，他的生平，他的样子，脾气，他自己对于这些新知识的兴趣。

吉公已是中年人了，但是对于种种新鲜事情的好奇，却还活像个孩子。在许多人跟前，他被认为是个不读书、不上进的落魄者，所以在举动上，在人前时，他便习惯于惭愧、谦卑、退让、拘束的神情，唯独回到他自己的旧楼上，他才恢复过来他种种生成的性格，与孩子们和蔼天真地接触。

在楼上他常快乐地发笑；有时为着玩弄小机器一类的东西，他还会带着嘲笑似的，骂我们迟笨——在人前，这些便是绝不可能的事。用句现在极普通的语言讲，吉公是个有“科学的兴趣”的人，那个小小楼屋，便是他私人的实验室。但在当时，吉公只是一个不喜欢做对子、读经书的落魄者，那小小角隅实是祖母用着布施式的仁慈和友爱的含忍，让出来给他消磨无用的日月的。

夏天里，约略在下午两点的时候。那大小几十口复杂的家庭里，各人都能将他一份事情打发开来，腾出一点时光睡午觉。小孩们有的也被他们母亲或看妈抓去横睡在又热又闷气的床头一角里去。在这个时候，火似的太阳总显得十分寂寞，无意义地罩着一个两个空院；一处两处洗晒的衣裳；刚开过饭的厨房；或无人用的水缸。在清静中，喜鹊大胆地飞到地面上，像人似的来回走路，寻觅零食，花猫、黄狗全都蜷成一团，在门槛旁把头睡扁了似的不管事。

我喜欢这个时候，这种寂寞对于我有说不出的滋味。饭吃过，随便在哪个荫凉处呆着，用不着同伴，我就可以寻出许多消遣来。起初，我常常一人走进吉公的小跨院里去，并不为的找吉公，只站在门洞里吹穿堂风，或看那棵大柚子树的树荫罩在我前面来回地摇晃。有一次，我满以为周围只剩我一人的，忽然我发现廊下有个长长的人影，不觉一惊。顺着人影偷着看去，我才知道是吉公一个人在那里忙着一件东西。他看我走来便向我招手。

原来，这时间也是吉公最宝贵的时候，不轻易拿来糟蹋在午睡上面。我同他的特殊的友谊便也建筑在这点点同情上。他告我他私自学会了照相，家里新买到一架照相机已交给他尝试。夜里，我是看见过的，他点盏红灯，冲洗那种旧式玻璃底片，白日里他一张一张耐性地晒片子，这还是第一次让我遇到！那时他好脾气地指点给我一个人看，且请我帮忙，两次带我上楼取东西。平常孩子们人多，他没有工夫讲解的道理，此刻慢吞吞地也都和我讲了一些。

吉公楼上的屋子是我们从来看不厌的，里面东西实在是不少，老式钟表就有好几个，都是亲戚们托他修理的，有的是解散开来卧在一个盘子里，等他一件一件再细心地凑在一起。桌上竟还放着一副千里镜，墙上满挂着许多很古怪翻印的油画，有的是些外国皇族，最多还是有枪炮的普法战争的图画，和一些火车轮船的影片，以及大小地图。

“吉公，谁教你怎么修理钟的？”

吉公笑了笑，一点不骄傲，却显得更谦虚的样子，努一下嘴，叹口气说："谁也没有教过吉公什么！"

"这些机器也都是人造出来的，你知道！"他指着自鸣钟，"谁要喜欢这些东西尽可拆开来看看，把它弄明白了。"

"要是拆开了还不大明白呢？"我问他。

他更沉思地叹息了。

"你知道，吉公想大概外国有很多工厂教习所，教人做这种灵巧的机器，凭一个人的聪明一定不会做得这样好。"说话时吉公带着无限的怅惘。我却没有听懂什么工厂什么教习所的话。

> **词苑撷英**
> 怅惘：因失意而心事重重，惆怅迷惘。

吉公又说："我那天到城里去看一个洋货铺里面有个修理钟表的柜台，你说也真奇怪，那个人在那里弄个钟，许多地方还没吉公明白呢！"

在这个时候，我以为吉公尽可以骄傲了，但是吉公的脸上此刻看去却更惨淡，眼睛正望着壁上火轮船的油画看。

> **神态描写**
> 运用了神态描写，写出了吉公的思想，对火轮船的向往。

"这些钟表实在还不算有意思。"他说，"吉公想到上海去看一次火轮船，那种大机器转动起来够多有趣？"

"伟叔不是坐着那么一个上东洋去了么？"我说，"你等他回来问问他。"

吉公苦笑了："傻孩子，伟叔是读书人，他是出洋留学的，坐到一个火轮船上，也不到机器房里去的，那里都是粗的工人、火夫等管着。"

"那你呢？难道你就能跑到粗人、火夫的机器房里去？"孩子们受了大人影响，怀疑到吉公的自尊心。

"吉公喜欢去学习，吉公不在乎那些个，"他笑了，看看我为他十分着急的样子，忙把话转变一点安慰我说："在外国，能干的人也有专管机器的，好比船上的船长吧，他就也得懂机器还懂地理。军官吧，他就懂炮车里机器，尽念古书不相干的，洋人比我们能干，就为他们的机器……"

这次吉公讲的话很多，我都听不懂，但是我怕他发现我太小不明白他的话，以后不再要我帮忙，故此一直勉强听下去，直到吉公记起廊下的相片，跳起来拉了我下楼。

又过了一些日子，吉公的照相颇博得一家人的称赞，尤其是女人们喜欢得了不得。天好的时候，六婶娘找了几位妯娌，请祖母和姑妈们去她院里照相。六婶娘梳着油光的头，眉目细细地淡淡地画在她的白皙脸上，就同她自己画的兰花一样有几分勉强。她的院里有几棵梅花，几竿竹，一个月门，还有一堆假山，大家都认为可以入画的景致。但照相前，各人对于陈设的准备，也和吉公对于照相机底片等等的部署一般繁重。婶娘指挥丫头玉珍、花匠老王，忙着摆茶几，安放细致的水烟袋及茶杯。前面还要排着讲究的盆花，然后两旁列着几张直背椅，各人按着辈分、岁数各各坐成一个姿势，有时还拉着一两个孩子做衬托。

在这种时候，吉公的头与手在他黑布与机器之间耐烦地周旋着。周旋到相当时间，他认为已经到达较完满的程度，才把头伸出观望那被摄影的人众。每次他有个新颖的提议，照相的人们也就有说有笑的起劲。这样祖母便很骄傲起来，这是连孩子们都觉察得出的，虽然我们当时并未了解她的许多伤心。吉公呢，他的全副精神却在那照相技术上边，周围的空气、人情并不在他注意中。等到照相完了，他才微微地感到一种完成的畅适，兴头地掮着照相机，带着一群孩子回去。

还有比这个严重的时候，如同年节或是老人们的生日，或宴客，吉公的照相职务便更为重要了。早上你到吉公屋里去，便看得到厚厚的红布黑布挂在窗上，里面点着小红灯，吉公驼着背在黑暗中来往地工作。他那种兴趣、勤劳和认真，现在回想起来，我相信如果他晚生了三十年，这个社会里必定会有他一个结实的地位的。照相不过是他当时一个不得已的科学上活动，他对于其他机器的爱好，却并不在照相以下。不过在实际上，照相既有所贡献于接济他生活的人，他也只好安于这份工作了。

另一次我记得特别清楚，我那喜欢兵器、武艺的祖父，拿了许多所谓“洋枪”到吉公那里，请他给揩擦上油。两人坐在廊下谈天，小孩子们也围上去。吉公开一瓶橄榄油，扯点破布，来回地把玩那些我们认为颇神秘的洋枪，一边议论着洋船、洋炮，及其他洋人做的事。

吉公所懂得的均是具体知识，他把枪支在手里，开开这里，动动那里，演讲一般指手画脚讲到机器的巧妙，由枪到炮，由炮到船，由船到火车，一件一件。祖父感到惊讶了，这已经相信维新的老人听到吉公这许多话，相当地敬服起来，微笑凝神地在那里点头领教。大点的孩子也都闻所未闻地睁大了眼睛；我最深的印象便是那次是祖父对吉公非常愉悦的脸色。

祖父谈到航海，说起他年轻的时候，极想到外国去，听到某处招生学洋文，保送到外洋去，便设法想去投考。但是那时他已聘了祖母，丈人方面得到消息大大地不高兴，竟以要求退婚要挟他把那不高尚的志趣打消。吉公听了，黯淡地一笑，或者是想到了他自己年少时多少的梦，也曾被这同一个读书人给毁掉了。

他们讲到苏黎世运河，吉公便高兴地，同情地，把楼上地图拿下来，由地理讲到历史，甲午呀，庚子呀，我都是在那时第一次听到。我更记得平常不讲话的吉公当日愤慨的议论，我为他不止一点的骄傲，虽然我不明白为什么他的结论总回到机器上。

但是年后吉公离开我们家，却并不为着机器，而是出我们意料外地为着一个女人。

也许是因为吉公的照相相当地出了名，并且时常地出去照附近名胜风景，让一些人知道了，就常有人来请他去照相。为着对于技术的兴趣，他亦必定到人家去尽义务地为人照全家乐，或带着朝珠补褂的单人留影。酬报则时常是些食品、果子。

有一次有人请他去，照相的却是一位未曾出阁的姑娘，这位姑娘因在择婿上稍稍经过点周折，故此她家里对于她的亲事常怀着悲观。与吉公认识的是她堂房哥哥，照相的事是否这位哥哥故意地设施，家里人后来议论得非常热烈，我们也始终不得明了。要紧的是，事实上吉公对于这姑娘一家甚有好感，为着这姑娘的相片也颇尽了些职务；我不记得他是否在相片上设色，至少那姑娘的口唇上是抹了一小点胭脂的。

这事传到祖母耳里，这位相信家教谨严的女人便不大乐意。起前，她觉得一个未出阁的女子，相片交给一个没有家室的男子手里印洗，是不名誉、不正当的。并且这女子既不是和我们同一省份，便是属于“外江”人家的，事情尤其要谨慎。在这纠纷中，我才又得听到关于吉公的一段人生悲剧。多少年前他是曾经娶过妻室的，一位年轻美貌的妻子，并且也生过一个孩子，却在极短的时间内，母子两人全都死去。这事除却在吉公一人的心里，这两人的存在几乎不在任何地方留下一点凭据。

现在，这照相的姑娘是吉公生命里的一个新转变，在他单调的日月里开出一条路来。不止在人情上吉公也和他人一样需要异性的关心和安慰，就是在事业的野心上，这姑娘的家人也给吉公以不少的鼓励，至少到上海去看火轮船的梦是有了相当的担保，本来悠长没有着落的日子，现在是骤然地点上希望。虽然在人前吉公仍是沉默，到了小院里他却开始愉快地散步；注意到柚子树又开了花；晚上有没有月亮；还买了几条金鱼养到缸里。在楼上，他也哼哼一点调子，把风景照片镶成好看的框子，零整地拿出去托人代售。有时他还整理旧箱子；多少年他没有心绪翻检的破旧东西，现在有时也拿出来放在床上、椅背上，尽小孩子们好奇地问长问短，他也满不在乎了。

忽然突兀地他把婚事决定了，也不得我祖母的同意，便把吉期选好，预备去入赘。祖母生气到默不做声，只退到女人家的眼泪里去，呜咽她对于这弟弟的一切失望。家里人看到舅爷很不体面地，到外省人家去入赘，带着一点箱笼什物，自然也有许多与祖母表同情的。但吉公则终于离开那所浪漫的楼屋，去另找他的生活了。

那布着柚子树荫的小跨院渐渐成为一个更寂寞的角隅，那道吱吱哑哑的木梯从此便没有人上下，除却小孩子们有时淘气，上到一半又赶忙下来。现在想来，我不能不称赞吉公当时那一点挣扎的活力，能不甘于一种平淡的现状。那小楼只能尘封吉公过去不幸的影子，却不能把他给活埋在里边。

吉公的行为既是叛离亲族，在旧家庭里许多人就不能容忍这种的不自尊。他婚后的行动，除了带着新娘来拜过祖母外，其他事情便不听到有人提起！似乎过了不久的时候，他也就到上海去，多少且与火轮船有关系。有一次，我曾大胆地问过祖父，他似乎对于吉公是否在火轮船做事没有多大兴趣，完全忘掉他们一次很融洽的谈话。在祖母生前，吉公也还有来信，但到她死后，就完全地渺然消失，不通音讯了。

侧面描写 运用了侧面描写，写出了吉公很多行为不合礼法。

两年前我南下，回到幼年居住的城里去，无意中遇到一位远亲，他告诉我吉公住在城中，境况非常富裕；子女四人，在各个学校里读书，对于科学都非常嗜好，尤其是内中一个，特别聪明，屡得学校奖金，等等。于是我也老声老气地发出人事的感慨。如吉公自己生早了三四十年，我说，我希望他这个儿子所生的时代与环境合适于他的聪明，能给他以发展的机会，不再复演他老子的悲剧。并且在生命的道上，我祝他早遇到同情的鼓励，敏捷地达到他可能的成功。这得失且并不仅是吉公个人的，而可以计算做我们这老朽的国家的。

至于我会见到那六十岁的吉公，听到他离开我们家以后一段奋斗的历史，这里实没有细讲的必要，因为那中年以后不经过训练，自己琢磨出来的机器师，他的成就必定是有限的。纵使他有相当天赋的聪明，他亦不能与太不适当的环境搏斗。由于爱好机器，他到轮船上做事，到码头公司里任职，更进而独立地创办他的小规模丝织厂，这些全同他的照相一样，仅成个实际上能博取物质胜利的小事业，对于他精神上超物质的兴趣，已不能有所补助，有所启发。年老了，当时的聪明一天天消失，所余仅是一片和蔼的平庸和空虚。认真地说，他仍是个失败者。如果迷信点的话，相信上天或许要偿补给吉公他一生的委屈，这下文的故事，就应该在他那个聪明孩子和我们这个时代上。但是我则仍然十分怀疑。

词苑撷英 天赋：生来具有的，禀受于天的。

精彩点拨

吉公在一个封建守旧的家庭中，除了一个小阁楼是他的私人实验室，并不能施展他对机械的聪慧与兴趣。后来，中年的吉公不顾家人反对入赘到外省的一个姑娘家去，姑娘的家人给吉公以不少的鼓励。吉公后来境况富裕，子女四人对于科学都非常嗜好。林徽因是中国较早将意识流手法运用于小说创作的作家之一。她关注人生，关注社会，在她的作品中时常流露出对人生、人性的思考。她具有京派小说家的特点，她选取的题材一般是平和的，但表现的主题却总是很深刻。《吉公》里不仅体现了作者对弱小者不幸命运的深切同情，而且最主要的是作者换一个角度写人物并开辟了一个新的天地，从而使人物的形象大放光彩。

模影零篇三——文珍

精彩导读

这篇的主角是个勤劳的丫环，她在待人接物方面都很热情，做事也干净利索。但就是这样一个丫环，她在家中的地位也是极为低下的。林徽因通过文珍的故事，写下的不仅仅是那个时代下小人物的喜悲，更是借用这样一个女性角色表现底层人民的反抗精神。而在林徽因的这篇短文中，也埋藏了不少的小伏笔。娶文珍的那户人家是做生意的，“听说文珍认得字，很愿意娶她”。受过教育，仿佛让文珍值钱了几分。而更深层次的内涵却是，让她拥有了自己的思想。她内心善良，性格中更具坚强。她知道自己以往的生活被压迫，也很明白如果逃走她将会背负一世骂名。当世俗没有给予任何机会的时候，文珍仍然勇敢地跨出了寻找真爱的一步。文珍的结局到底如何呢？

家里在复杂情形下搬到另一个城市去，自己是多出来的一件行李。大约七岁，似乎已长大了，篁姊同家里商量接我到她处住半年，我便被送过去了。

起初一切都是那么模糊，重叠的一堆新印象乱在一处；老大的旧房子，不知有多少老老少少的人，楼，楼上憧憧的人影，嘈杂陌生的声音，假山，绕着假山的水池，很讲究的大盆子花，菜圃，大石井，红红绿绿小孩子，穿着很好看或粗糙的许多妇人围着四方桌打牌的，在空屋里养蚕的，晒干菜的，生活全是那么混乱繁复和新奇。自己却总是孤单，怯生，寂寞。积渐地在纷乱的周遭中，居然挣扎出一点头绪，认到一个凝固的中心，在寂寞焦心或怯生时便设法寻求这个中心，抓紧它，旋绕着它要求一个孩子所迫切需要的保护、温暖和慰安。

这凝固的中心便是一个约摸十七岁年龄的女孩子。她有个苗条身材，一根很黑的发辫，扎着大红绒绳。两只灵活真叫人喜欢黑晶似的眼珠，和一双白皙、轻柔、无所不会的

知识延伸

蚕：鳞翅目的昆虫，丝绸的主要原料来源，在人类经济生活及文化历史上占有重要地位。原产中国，华南地区及台湾俗称之蚕宝宝或娘仔。

外貌描写

运用外貌描写，突出文珍让人喜爱。

手。她叫做文珍。人人都喊她文珍，不管是梳着油光头的妇女，扶着拐杖的老太太，刚会走路的“孙少”，老妈子或门房里人！

文珍随着喊她的声音转，一会儿在楼上牌桌前张罗，一会儿下楼穿过廊子不见了，又一会儿是哪个孩子在后池钓鱼，喊她去寻钓竿，或是另一个迫她到园角攀摘隔墙的还不熟透的桑葚。一天之中，这扎着红绒绳的发辫到处可以看到，跟着便是那灵活的眼珠。本能的，我知道我寻着我所需要的中心，和骆驼在沙漠中望见绿洲一样。清早上寂寞地踱出院子，一边望着银红阳光射在藤萝叶上，一边却盼望着那扎着红绒绳的辫子快点出现。凑巧她过来了，花布衫熨得平平的，就有补的地方，也总是剪成如意或桃子等好玩的式样，雪白的袜子，青布的鞋，轻快地走着路，手里持着一些老太太早上需要的东西，开水、脸盆或是水烟袋，看着我，她就和蔼亲切地笑笑：“怎么不去吃稀饭？”

难为情地，我低下头。

“好吧，我带你去。尽怕生不行的呀！”

感激的我跟着她走。到了正厅后面（两张八仙桌上已有许多人在吃早饭），她把东西放在一旁，携着我的手到了中间桌边，顺便地喊声：“五少奶，起得真早。”等五少奶转过身来，便更柔声地说：“小客人还在怕生呢，一个人在外边吹着，也不进来吃稀饭！”于是把我放在五少奶旁边方凳上，她自去大锅里盛碗稀饭，从桌心碟子里挟出一把油炸花生，拣了一角有红心的盐鸡蛋放在我面前，笑了一笑走去几步，又回头来，到我耳朵边轻轻地说：“好好地吃，吃完了，找阿元玩去，他们早上都在后池边看花匠做事，你也去。或是到老太太后廊子找我，你看不看怎样挟燕窝？”

红绒发辫暂时便消失了。

太阳热起来，有天我在水亭子里睡着了，睁开眼正是文珍过来把我拉起来：“不能睡，不能睡，这里又是日头又是风的，快给我进去喝点热茶。”害怕的我跟着她去到小厨房，看着她拿开水冲茶，听她嘴里哼哼地唱着小调。篁姊走过看到我们便喊：“文珍，天这么热你把她带到小厨房里做什么？”我当时真怕文珍生气，文珍却笑嘻嘻地：“三少奶奶，你这位妹妹真怕生，总是一个人闷着，今天又在水亭里睡着了，你给她想想法子解解闷，这里怪难为她的。”

篁姊看看我说：“怎么不找那些孩子玩去？”我没有答应出来，文珍在篁姊背后已对我挤了挤眼，我感激地便不响了。篁姊走去，文珍拉了我的手说：“不要紧，不找那些孩子玩时就来找我好了，我替你想想法子。你喜欢不喜欢拆旧衣衫？我给你一把小剪子，我教你。”

于是面对面我们两人有时便坐在树荫下拆旧衣，我不会时她就叫我帮助她拉着布，她一个人剪，一边还同我讲故事。

指着大石井，她说：“文环比我大两岁长得顶好看了，好看的人没有好命，更可怜！

我的命也不好，可是我长得老实样，没有什么人来欺侮我。”文环是跳井死的丫头，这事发生在我未来这家以前，我就知道孩子们到了晚上，便互相逗着说文环的鬼常常在井边来去。

“文环的鬼真来么？”我问文珍。

“这事你得问芳少爷去。”

我怔住不懂，文珍笑了：“小孩子还信鬼么？我告诉你，文环的死都是芳少爷不好，要是有鬼，她还不来找他算账，我看，就没有鬼，文环白死了！”我仍然没有懂，文珍也不再往下讲了，自己好像不胜感慨的样子。

过一会，她忽然说：“芳少爷讲书倒讲得顶好了，我替你出个主意，等他们早上讲诗的时候，你也去听。背诗挺有意思的，明天我带你去听。”

到了第二天，她果然便带了我到东书房去听讲诗。八九个孩子看到文珍进来，都看着芳哥的脸。文珍满不在乎地坐下，芳哥脸上却有点两样，故作镇定地向着我说：“小的孩子，要听可不准闹。”我望望文珍，文珍抿紧了嘴不响，打开一个布包，把两本唐诗放在我面前，轻轻地说：“我把书都给你带来了。”

芳哥选了一些诗，叫大的背诵，又叫小的跟着念；又讲李太白怎样会喝酒的故事。文珍看我已经很高兴地在听下去，自己便轻脚轻手地走出去了。此后每天我学了一两首新诗，到晚上就去找文珍背给她听，背错了她必提示我，每背出一首她还替我抄在一个本子里——如此文珍便做了我的老师。

五月节中文珍裹的粽子好，做的香袋更是特别出色，许多人便托她做，有的送她缎面鞋料，有的给她旧布衣衫，她都一脸笑高兴地接收了。有一天在她屋子里玩，我看到她桌子上有个古怪的纸包；我问她里边是些什么，她也很稀奇地说连她都不知道。我们两人好奇地便一同打开看。原来里边裹着是一把精致的折扇，上面画着两三朵菊花，旁边细细地写着两行诗。

“这可怪了，”她喊了起来，接着眼珠子一转，仿佛想起什么了，便轻声地骂着，“鬼送来的！”

听到鬼，我便联想到文环，忽然恍然，有点明白这是谁送来的！我问她可是芳哥？她望着我看看，轻轻拍了我一下，好脾气地说：“你这小孩子家好懂事，可是，”她转了一个口吻，“小孩子家太懂事了，不好的。”过了一会，看我好像很难过，又笑逗着我：“好娇气，一句话都吃不下去！轻轻说你一句就值得噘着嘴这半天！以后怎做人家儿媳妇？”我羞红了脸便和她闹，半懂不懂地大声念扇子上的诗。这下她可真急了，把扇子夺在手里说：“你看我稀罕不稀罕爷们的东西！死了一个丫头还不够呀？”一边说一边狠狠地把扇子撕个粉碎，伏在床上哭起来了。

我从来没有想到文珍会哭的，这一来我慌了手脚，爬在她背上摇她，一直到自己也哭了，她才回过头来说："好小姐，这是怎么闹的，快别这样了。"替我擦干了眼泪，又哄了我半天。一共做了两个香包才把我送走。

环境描写
运用了环境描写，写出了一派其乐融融的场景，渲染了和谐的氛围。

在夏天有一个薄暮里，大家都出来到池边乘凉看荷花，小孩子忙着在后园里捉萤火虫，我把文珍也拉去绕着假山竹林子走，一直到了那扇永远锁闭着的小门前边。阿元说那边住的一个人家是革命党，我们都问革命党是什么样子。要爬在假山上面往那边看。文珍第一个上去，阿元接着我推上去。等到我的脚自己能立稳的时候，我才看到隔壁院里一个剪发的年轻人，仰着头望着我们笑。文珍急着要下来，阿元却正挡住她的去路。阿元上到山顶冒冒失失地便向着那人问："喂，喂，我问你，你是不是革命党呀？"那人皱一皱眉又笑了笑，问阿元敢不敢下去玩，文珍生气了，说阿元太顽皮，自己便先下去把我也接下去走了。

词苑撷英
冒冒失失：过分地随便对待。

过了些时，我发现这革命党邻居已同阿元成了至交，时常请阿元由墙上过去玩，他自己也越墙过来同孩子们玩过一两次。他是个东洋留学生，放暑假回家的，很自然地我注意到他注意文珍，可是一切事在我当时都是一片模糊，莫名其所以的。文珍一天事又那么多，有时被孩子们纠缠不过，总躲了起来在楼上挑花做鞋去，轻易不见她到花园里来玩的。

可是忽然间，全家里空气突然紧张，大点的孩子被二少奶老太太传去问话；我自己也被篁姊询问过两次关于小孩子们爬假山结交革命党的事，但是每次我都咬定了不肯说有文珍在一起。在那种大家庭里厮混了那么久，我也积渐明白做丫头是怎样与我们不同，虽然我却始终没有看到文珍被打过。

经过这次事件以后，文珍渐渐变成沉默，没有先前活泼了。多半时候都在正厅耳房一带，老太太的房里或是南楼上，看少奶奶们打牌。仅在篁姊生孩子时，晚上过来陪我剪花样玩，帮我写两封家信。看她样子好像很不高兴。

中秋前几天阿元过来，报告我说家里要把文珍嫁出去，已经说妥了人家，一个做生意的，长街小钱庄里管账的，听说文珍认得字，很愿意娶她，一过中秋便要她过门，我一面心急文珍要嫁走，却一面高兴这事的新鲜和热闹。

“文珍要出嫁了！”这话在小孩子口里相传着。但是见到文珍，我却没有勇气问她。下意识地，我也觉到这桩事的不妙；一种黯淡的情绪笼罩着文珍要被嫁走的新闻上面。我记起文珍撕扇子那一天的哭，我记起我初认识她时她所讲的文环的故事，这些记忆牵牵连连地放在一起，都似乎叫我非常不安。到后来我忍不住了，在中秋前两夜大月亮和桂花香中看文珍正到我们天井外石阶上坐着时，上去坐在她旁边，无暇思索地问她：“文珍，我同你说。你真要出嫁了么？”

文珍抬头看看树枝中间月亮：“她们要把我嫁了！”

“你愿意么？”

“什么愿意不愿意的，谁大了都得嫁不是？”

“我说是你愿意嫁给那么一个人家么？”

“为什么不？反正这里人家好，于我怎么着？我还不是个丫头，穿得不好，说我不爱体面，穿得整齐点，便说我闲话，说我好打扮，想男子！……说我……”

她不说下去，我也默然不知道说什么。

“反正，”她接下去说，“丫头小的时候可怜，好容易挨大了，又得遭难！不嫁老在那里磨着，嫁了不知又该受些什么罪！活该我自己命苦，生在凶年……亲爹嬷背了出来卖给人家！”

我以为她又哭了，她可不，忽然立了起来，上个小山坡，颠起脚来连连折下许多桂花枝，拿在手里嗅着。

“我就嫁！”她笑着说，“她们给我说定了谁，我就嫁给谁！管他呢，命要不好，遇到一个醉汉打死了我，不更干脆？反正，文环死在这井里，我不能再在他们家上吊！这个那个都待我好，可是我可伺候够了，谁的事我不做一堆？不待我好，难道还要打我？”

“文珍，谁打过你？”我问。

“好，文环不跳到井里去了么，谁现在还打人？”她这样回答，随着把手里桂花丢过一个墙头，想了想，笑起来。我是完全地莫名其妙。

“现在我也大了，闲话该轮到我了，”她说了又笑，“随他们说去，反正是个丫头，我不怕！……我要跑就跑，跟卖布的，卖糖糕的，卖馄饨的，担臭豆腐挑子沿街喊的，出了门就走了！谁管得了我？”她放声地咭咭呱呱地大笑起来，两只手拿我的额发辫着玩。

我看她高兴，心里舒服起来。寻常女孩子家自己不能提婚姻的事，她竟说要跟卖臭豆腐的跑了，我暗暗稀罕她说话的胆子，自己也跟说疯话：“文珍，你跟卖馄饨的跑了，会不会生个小孩子也卖馄饨呀？”文珍的脸忽然白下来，一声不响。

××钱庄管账的来拜节，有人一直领他到正院里来，小孩们都看见了。

这人穿着一件蓝长衫，罩一件青布马褂，脸色乌黑，看去真像有了四十多岁，背还有点驼，指甲长长的，两只手老筒在袖里，顽皮的大孩子们眼睛骨碌碌地看着他，口上都在轻轻地叫他新郎。

我知道文珍正在房中由窗格子里可以看得见他，我就跑进去找寻，她却转到老太太床后拿东西，我跟着缠住，她总一声不响。忽然她转过头来对我亲热地一笑，轻轻地，附在我耳后说："我跟卖馄饨的去，生小孩，卖小馄饨给你吃。"说完噗嗤地稍稍大声点笑。我乐极了就跑出去。但所谓"新郎"却已经走了，只听说人还在外客厅旁边喝茶，商谈亲事应用的茶礼，我也没有再出去看。

此后几天，我便常常发现文珍到花园里去，可是几次，我都找不着她，只有一次我看见她从假山后那小路回来。

"文珍你到哪里去？"

她不答应我，仅仅将手里许多杂花放在嘴边嗅，拉着我到池边去说替我打扮个新娘子，我不肯，她就回去了。

又过了些日子，我家来人接我回去，晚上，文珍过来到我房里替篁姊收拾我的东西。看见房里没有人，她把洋油灯放低了一点，走到床边来同我说："我以为我快要走了，现在倒是你先去，回家后可还记得起来文珍？"

我眼泪挂在满脸，抽噎着说不出话来。

"不要紧，不要紧。"她说，"我到你家来看你。"

"真的么？"我伏在她肩上问。

"那谁知道！"

"你是不是要嫁给那钱庄管账的？"

"我不知道。"

"你要嫁给他，一定变成一个有钱的人了，你真能来我家么？"

"我也不知道。"

我又哭了。文珍摇摇我，说："哭没有用的，我给你写信好不好？"我点点头，就躺下去睡。

回到家后，我时常盼望着文珍的信，但是她没有给我信。真的革命了，许多人都跑上海去住，篁姊来我们家说，文珍在中秋节后快要出嫁以前逃跑了，始终没有寻着。这消息听到耳里同雷响一样，我说不出地牵挂、担心她。我鼓起勇气地问文珍是不是同一个卖馄饨的跑了，篁姊惊讶地问我："她时常同卖馄饨的说话么？"

我摇摇头说没有。

"我看，"篁姊说，"还是同那革命党跑的！"

一年以后，我还在每个革命画册里想发现文珍的情人。文珍却从没有给我写过一封信。

精彩点拨

作者七岁寄住在表姐家时，认识了表姐家的丫头文珍。文珍活泼伶俐，经常陪作者读书解闷。作者在与她相处中，也渐渐明白，虽然文珍开朗能干，但做丫头的与做小姐的是怎样不同。后来表姐家要把文珍嫁给一个四十多岁的生意人，文珍在出嫁前跑了，始终没寻着。充满着热情的仆女——文珍，虽深知自己终生都是服侍他人的命，但仍对生活抱有满足与期待。而这种感情正是其最终成功"逃离"宿命的关键。正是因为识字，她才可能与革命党人结识，从而随之逃跑。文珍是林徽因笔下努力从旧式大家庭中逃离的典型形象。林徽因笔下不乏活得艰难的小人物，尽管文中并没有提到文珍最后的结局，她仿佛人间消失一般，却也是最好的结局。在兵荒马乱的时代，个人的生死已经不再具有群体意义，可文珍走出的那一步，却是这样一个群体里一部分人抗争的呈现。

模影零篇㈣——绣绣

精彩导读

《模影零篇》是林徽因四篇短篇小说的合集，每一篇都由故事的主人公命名。作者以回忆性视角，讲述了她身边的四个人物：钟绿、吉公、文珍和绣绣的身世命运。《绣绣》则是让人唏嘘的一个故事。绣绣是作者童年的玩伴，聪明乖巧，她和她懦弱无能的母亲寄住在作者家对楼。父亲是位颇为阔绰的人物，另娶了姨娘住在别处。这种扭曲人性的家庭模式将给绣绣带来怎样的命运？绣绣又是如何面对的呢？

因为时局，我的家暂时移居到××。对楼张家的洋房子楼下住着绣绣。那年绣绣十一岁，我十三。起先，我们互相感觉到使彼此不自然，见面时便都先后红起脸来，准备彼此回避。但是每次总又同时彼此对望着，理会到对方有一种吸引力，使自己不容易立刻实行逃脱的举动。于是在一个下午，我们便有意距离彼此不远地同立在张家楼前，看许多人用旧衣旧鞋热闹地换碗。

还是绣绣聪明，害羞地由人丛中挤过去，指出一对美丽的小瓷碗给我看，用秘密亲昵的小声音告诉我，她想到家里去要一双旧鞋来换。我兴奋地望着她回家的背影，心里漾起一团愉悦的期待。不到一会子工夫，我便又佩服又喜悦地参观到绣绣同换碗的贩子一段交易的喜剧，变成绣绣的好朋友。

那张小小的图画今天还顶温柔地挂在我的胸口。这些年了，我仍能见到绣绣的两条发辫系着大红绒绳，睁着亮亮的眼，抿紧着嘴，边走边跳地过来，一只背在后面的手里提着一双旧鞋。挑卖瓷器的贩子口里衔着旱烟，像一个高大的黑影，笼罩在那两簇美丽得同云一般各色瓷器的担子上面！一

知识延伸

瓷器：由瓷石、高岭土、石英石、莫来石等烧制而成，外表施有玻璃质釉或彩绘的物器。瓷器的成形要通过在窑内高温（约1280℃－1400℃）烧制，瓷器表面的釉色会因为温度的不同而发生各种化学变化，是中华文明的瑰宝。

比喻手法

运用了比喻手法，将烟比作黑影，写出了烟的大和圆。

些好奇的人都伸过头来看。“这么一点点小孩子的鞋，谁要？”贩子坚硬的口气由旱烟管的斜角里呼出来。

“这是一双皮鞋，还新着呢！”绣绣抚爱地望着她手里旧皮鞋。那双鞋无疑地曾经一度给过绣绣许多可骄傲的体面。鞋面有两道鞋扣。换碗的贩子终于被绣绣说服，取下口里旱烟扣在灰布腰带上，把鞋子接到手中去端详。绣绣知道这机会不应该失落。也就很快地将两只渴慕了许多时候的小花碗捧到她手里。但是鹰爪似的贩子的一只手早又伸了过来，将绣绣手里梦一般美满的两只小碗仍然收了回去。绣绣没有话说，仰着绯红的脸，眼睛潮润着失望的光。

我听见后面有了许多嘲笑的声音，感到绣绣孤立的形势和她周围一些侮辱的压迫，不觉起了一种不平。“你不能欺侮她小！”我听到自己的声音威风地在贩子的肋下响，“能换就换，不能换，就把皮鞋还给她！”贩子没有理我，也不去理绣绣，忙碌地同别人交易，小皮鞋也还夹在他手里。

“换了吧老李，换了吧，人家一个孩子。”人群中忽有个老年好事的人发出含笑慈祥的声音。“倚老卖老”的他将担子里那两只小碗重新捡出交给绣绣同我：“哪，你们两个孩子拿着这两只碗快走吧！”我惊讶地接到一只碗，不知所措。绣绣却挨过亲热的小脸扯着我的袖子，高兴地笑着示意叫我同她一块儿挤出人堆来。那老人或不知道，他那时塞到我们手里的不止是两只碗，并且是一把鲜美的友谊。

自此以后，我们的往来一天比一天亲密。早上我伴绣绣到西街口小店里买点零星东西。绣绣是有任务的，她到店里所买的东西都是油盐酱醋，她妈妈那一天做饭所必需的物品，当我看到她在店里非常熟识地要她的货物了，从容地付出或找人零碎铜元同吊票时，我总是暗暗地佩服她的能干，羡慕她的经验。最使我惊异的则是她妈妈所给我的印象。黄瘦的，那妈妈是个极懦弱无能的女人，因为带着病，她的脾气似乎非常暴躁。种种的事她都指使着绣绣去做，却又无时无刻不咕噜着，教训着她的孩子。

起初，我以为绣绣没有爹，不久，我就知道原来绣绣的父亲是个很阔绰的人物。他姓徐，人家叫他徐大爷，同当时许多父亲一样，他另有家眷住在别一处的。绣绣同她妈妈母女两人早就寄住在这张家亲戚楼下两小间屋子里，好像被忘记了的孤寡。绣绣告诉我，她曾到过她爹爹的家，那还是她那新姨娘没有生小孩以前，她妈叫她去同爹要一点钱，绣绣说时，脸红了起来，头低了下去，挣扎着心里各种的羞愤和不平。我没有敢说话，绣绣随着也就忘掉了那不愉快的方面，抬起头来告诉我，她爹家里有个大洋狗非常的好，“爹爹叫它坐下，它就坐下。”还有一架洋钟，绣绣也不能够忘掉“钟上面有个门”，绣绣眼里亮起来，“到了钟点，门会打开，里面跳出一只鸟来，几点钟便叫了几次。”“那是——那是爹爹买给姨娘的。”绣绣又偷偷告诉了我。

“我还记得有一次我爹爹抱过我呢，”绣绣说，她常同我讲点过去的事情。“那时候，我还顶小，很不懂事，就闹着要下地，我想那次我爹一定很不高兴的！”绣绣追悔地感到自己的不好，惋惜着曾经领略过又失落了的一点点父亲的爱。“那时候，你太小了当然不懂事。”我安慰着她。“可是……那一次我到爹家里去时，又弄得他不高兴呢！”绣绣心里为了这桩事，大概已不止一次地追想难过着，“那天我要走的时候，”她重新说下去，“爹爹翻开抽屉问姨娘有什么好玩意儿给我玩，我看姨娘没有答应，怕她不高兴便说，我什么也不要，爹听见就很生气把抽屉关上，说：不要就算了！”——这里绣绣本来清脆的声音显然有点哑，“等我再想说话，爹已经起来把给妈的钱交给我，还说，你告诉她，有病就去医，自己乱吃药，明日吃死了我不管！”这次绣绣伤心地对我诉说着委屈，轻轻抽噎着哭，一直坐在我们后院子门槛上玩，到天黑了才慢慢地踱回家去，背影消失在张家灰黯的楼下。

夏天热起来，我们常常请绣绣过来喝汽水，吃藕，吃西瓜。娘把我太短了的花布衫送给绣绣穿，她活泼地在我们家里玩，帮着大家摘菜，做凉粉，削果子做甜酱，听国文先生讲书，讲故事。她的妈则永远坐在自己窗口里，摇着一把蒲扇，不时颤声地喊：“绣绣！绣绣！”底下咕噜着一些埋怨她不回家的话，“……同她父亲一样，家里总坐不住！”

有一天，天将黑的时候，绣绣说她肚子痛，匆匆跑回家去。到了吃夜饭时候，张家老妈到了我们厨房里说，绣绣那孩子病得很，她妈不会请大夫，急得只坐在床前哭。我家里

人听见了就叫老陈妈过去看绣绣，带着一剂什么急救散。我偷偷跟在老陈妈后面，也到绣绣屋子去看她。我看到我的小朋友脸色苍白地在一张木床上呻吟着，屋子在那黑夜小灯光下闷热的暑天里，显得更凌乱不堪。那黄病的妈妈除却交叉着两只手发抖地在床边敲着，不时呼唤绣绣外，也不会为孩子预备一点什么适当的东西。大个子的蚊子咬着孩子的腿同手臂，大粒子汗由孩子额角沁出流到头发旁边。老陈妈慌张前后地转，拍着绣绣的背，又问徐大妈妈——绣绣的妈——要开水，要药锅煎药。我偷个机会轻轻溜到绣绣床边叫她，绣绣听到声音还勉强地睁开眼睛看看我做了一个微笑，吃力地低声说："蚊香……在屋角……劳驾你给点一根……"她显然习惯于母亲的无用。

"人还清楚！"老陈妈放心去熬药。这边徐大妈妈咕噜着，"告诉你过人家的汽水少喝！果子也不好，我们没有那命吃那个……偏不听话，这可招了祸！……你完了小冤家，我的老命也就不要了……"绣绣在呻吟中间显然还在哭辩着："哪里是那些，妈……今早上……我渴，喝了许多泉水。"

语言描写
运用了语言描写，写出了徐大妈的愤怒和埋怨。

家里派人把我拉回去。我记得那一夜我没得好睡，惦记着绣绣，做着种种可怕的梦。绣绣病了差不多一个月，到如今我也不知道到底患的什么病，他们请过两次不同的大夫，每次买过许多杂药。她妈天天给她稀饭吃。正式的医药没有，营养更是等于零的。

因为绣绣的病，她妈妈埋怨过我们，所以她病里谁也不敢送吃的给她。到她病将愈的时候，我天天只送点儿童画报一类的东西去同她玩。

病后，绣绣那灵活的脸上失掉所有的颜色，更显得异样温柔，差不多超尘的洁净，美得好像画里的童神一般，声音也非常脆弱动听，牵得人心里不能不漾起怜爱。但是以后我常常想到上帝不仁的摆布，把这么美好敏感，能叫人爱的孩子虐待在那么一个环境里，明明父母双全的孩子，却那样伶仃孤苦，使她比失却怙恃更茕孑无所依附。当时我自己除却给她一点童年的友谊，做个短时期的游伴以外，毫无其他能

词苑撷英
伶仃孤苦：孤单困苦，没有依靠。

力护助着这孩子同她的运命搏斗。

她父亲在她病里曾到她们那里看过她一趟，停留了一个极短的时间。但他因为不堪忍受绣绣妈的一堆存积下的埋怨，他还发气狠心地把她们母女反申斥了、教训了，也可以说是辱骂了一顿。悻悻地他留下一点钱就自己走掉，声明以后再也不来看她们了。

我知道绣绣私下曾希望又希望着她爹去看她们，每次结果都是出了她孩子打算以外的不圆满。这使她很痛苦。这一次她忍耐不住了，她大胆地埋怨起她的妈，“妈妈，都是你这样子闹，所以爹气走了，赶明日他再也不来了！”其实绣绣心里同时也在痛苦着埋怨她爹。她有一次就轻声地告诉过我：“爹爹也太狠心了，妈妈虽然有脾气，她实在很苦的，她是有病。你知道她生过六个孩子，只剩我一个女的，从前，她常常一个人在夜里哭她死掉的孩子，日中老是做活计，样子同现在很两样，脾气也很好的。”但是绣绣虽然告诉过我——她的朋友——她的心绪，对她母亲的同情，徐大奶奶都只听到绣绣对她一时气愤的埋怨，因此便借题发挥起来，夸张着自己的委屈，向女儿哭闹，谩骂。

那天张家有人听得不过意了，进去干涉，这一来，更触动了徐大奶奶的歇斯塔尔利亚的脾气，索性气结地坐在地上狠命地咬牙捶胸，疯狂似的大哭。等到我也得到消息过去看她们时，绣绣已哭到眼睛红肿，蜷伏在床上一个角里抽搐得像个可怜的迷路的孩子。左右一些邻居都好奇，好事地进去看她们。我听到出来的人议论着她们事说：“徐大爷前月生个男孩子。前几天替孩子做满月办了好几桌席，徐大奶奶本来就气得几天没有吃好饭，今天大爷来又说了她同绣绣一顿，她更恨透了，巴不得同那个新的人拼命去！凑巧绣绣还护着爹，倒怨起妈来，你想，她可不就气疯了，拿孩子来出气么？”我还听见有人为绣绣不平，又有人说：“这都是孽债，绣绣那孩子，前世里该了他们什么吧？怪可怜的，那点点年纪，整天这样捱着。你看她这场病也会不死？这不是该他们什么还没有还清么？！”

绣绣的环境一天不如一天，的确好像有孽债似的，她妈的暴躁比以前更迅速地加增，虽然她对绣绣的病不曾有效地维护调摄，为着忧虑女儿的身体那烦恼的事实却增进她的衰弱怔忡的症候，变成一个极易受刺激的妇人。为着一点点事，她就得狂暴地骂绣绣。有几次简直无理地打起孩子来。楼上张家不胜其烦，常常干涉着，因之又引起许多不愉快的口角，给和平的绣绣更多不方便同为难。

我自认已不迷信的了，但是人家说绣绣似来还孽债的话，却偏偏深深印在我脑子里，让我回味又回味着，不使我摆脱开那里所隐示的果报轮回之说。读过《聊斋志异》同《西游记》的小孩子的脑子里，本来就装着许多荒唐的幻想的，无意的迷信的话听了进去便很自然发生了相当影响。此后不多时候，我竟暗同绣绣谈起观音菩萨的神通来。两人背着人描下柳枝观音的像夹在书里，又常常在后院向西边虔敬地做了一些滑稽的参拜或烧几炷家里的蚊香。我并且还教导绣绣暗中临时念“阿弥陀佛，救苦救难观世音菩萨”，告诉她那可以解脱突来的灾难。病得瘦白柔驯，乖巧可人的绣绣，于是真的常常天真地双垂着眼，让长长睫毛美丽地覆在脸上，合着小小手掌，虔意地喃喃向着传说能救苦的观音祈求一些小孩子的奢望。

“可是，小姊姊，还有耶稣呢？”有一天她突然感觉到她所信任的神明问题有点儿蹊跷，我们两人都是进过教会学校的——我们所受的教育，同当时许多小孩子一样本是矛盾的。

“对了，还有耶稣！”我呆然，无法给她合理的答案。

神明本身既发生了问题，神明自有公道慈悲等说也就跟着动摇了。但是一个漂泊不得于父母的寂寞孩子显然需要可皈依的主宰的，所以据我所知道，后来观音同耶稣竟是同时庄严地在绣绣心里受她不断地敬礼！

这样日子渐渐过去，天凉快下来，绣绣已经又被指使着去临近小店里采办杂物，单薄的后影在早晨凉风中摇曳着，已不似初夏时活泼。看到人总是含羞地不说什么话，除却过来找我一同出街外，也不常到我们这边玩了。

突然地有一天早晨，张家楼下发出异样紧张的声浪，徐大奶奶在哭泣中锐声气愤地在骂着，诉着，喘着，与这锐声相间而发的有沉重的发怒的男子口音。事情显然严重。借着小孩子身份，我飞奔过去找绣绣。张家楼前停着一辆讲究的家车，徐大奶奶房间的门开着一线，张家楼上所有的仆人，厨役，打杂同老妈，全在过道处来回穿行，好奇地听着热闹。屋内秩序比寻常还要紊乱，刚买回来的肉在荷叶上挺着，一把蔬菜萎靡得像一把草，搭在桌沿上，放出灶边或菜市里那种特有气味，一堆碗箸，用过的同未用的，全在一个水盆边放着。墙上美人牌香烟的月份牌已让人碰得在歪斜里悬着。最奇怪的是那屋子里从来未有过的雪茄烟的气雾。徐大爷坐在东边木床上。紧紧锁着眉，怒容满面，口里衔着烟，故作从容地抽着，徐大奶奶由邻居里一个老太婆同一个小脚老妈子按在一张旧藤椅上还断续地颤声地哭着。

当我进门时，绣绣也正拉着楼上张太太的手进来，看见我头低了下去，眼泪显然涌出，就用手背去擦着已经揉得红肿的眼皮。

徐大奶奶见到人进来就锐声地申诉起来。她向着楼上张太太：奶奶，你听听我们大爷说的没有理的话！……我就有这么半条老命，也不能平白让他们给弄死！我熬了这二十多年，现在难道就这样子把我撵出去？人得有个天理呀！……我打十七岁来到他家，公婆面上什么没有受过，捱过……”

张太太望望徐大爷，绣绣也睁着大眼睛望着她的爹，大爷先只是抽着烟严肃地冷酷地不做声。后来忽然立起来，指着绣绣的脸，愤怒地做个强硬的姿势说：“我告诉你，不必说那许多废话，无论如何，你今天非把家里那些地契拿出来交还我不可，……这真是岂有此理！荒唐之至！老家里的田产地契也归你管了，这还成什么话！”

夫妇两人接着都有许多驳难的话；大奶奶怨着丈夫遗弃，克扣她钱，不顾旧情，另有所恋，不管她同孩子两人的生活，在外同那女人浪费。大爷说他妻子，不识大体，不会做人，他没有法子改良她，他只好提另再娶能温顺着他的女人另外过活，坚不承认有何虐待大奶奶处。提到地契，两人各据理由争执，一个说是那一点该是她老年过活的凭藉，一个说是祖传家产不能由她做主分配。相持到吃中饭时分，大爷的态度愈变强硬，大奶奶却喘成一团，由疯狂地哭闹，变成无可奈何地啜泣。别人已渐渐退出。

知识延伸

地契：买卖土地的双方所立的契约。

直到我被家里人连催着回去吃饭时，绣绣始终只缄默地坐在角落里，由无望地伴守着两个互相仇视的父母，听着楼上张太太的几次清醒的公平话，尤其关于绣绣自己的地方。张太太说的要点是他们夫妇两人应该看绣绣面上，不要过于固执。她说：“那孩子近来病得很弱，”又说，“大奶奶要留着一点点也是想到将来的事，女孩子长大起来还得出嫁，你不能不给她预备点。”她又说：“我看绣绣很聪明，下季就不进学，开春也应该让她去补习点书。”她又向大爷提议：“我看以后大爷每月再给绣绣筹点学费，这年头女孩不能老不上学，尽在家里做杂务的。”

语言描写

运用语言描写，突出了张太太未雨绸缪，考虑周全的性格特征。

这些中间人的好话到了那牛气的两个人耳里，好像更变成一种刺激，大奶奶听到时只是冷讽着：“人家有了儿子了，还顾了什么女儿！”大爷却说：“我就给她学费，她那小气的妈也不见得送她去读书呀？”大奶奶更感到冤枉了，“是我不让她读书么？你自己不说过：女孩子不用读那么些书么？”

无论如何，那两人固执着偏见，急迫只顾发泄两人对彼此的仇恨，谁也无心用理性来为自己的纠纷寻个解决的途径，更说不到顾虑到绣绣的一切。那时我对绣绣的父母两人都恨透了，恨不得要同他们说理，把我所看到各种的情形全盘不平地倾吐出来，叫他们醒悟，乃至于使他们悔过，却始终因自己年纪太小，他们情形太严重，拿不起力量，懦弱地抑制下来。但是当我咬着牙毒恨他们时，我偶然回头看到我的小朋友就坐在那里，眼睛无可奈何地向着一面，无目的愣着，忽然使我起一种很奇怪的感觉。我悟到此刻在我看去无疑问的两个可憎可恨的人，却是那温柔和平绣绣的父母。我很明白即使绣绣此刻也有点恨他们，但是蒂结在绣绣温婉的心底的，对这两人到底仍是那不可思议的深爱！

我在惘惘中回家去吃饭，饭后等不到大家散去，我就又溜回张家楼下。这次出我意料以外地，绣绣房前是一片肃静。外面风刮得很大，树叶和尘土由甬道里卷过，我轻轻推门进去，屋里的情形使我不禁大吃一惊，几乎失声喊出来！方才所有放在桌上木架上的东西，现在一起打得粉碎，扔散在地面上……大爷同大奶奶显然已都不在那里，屋里既无啜泣，也没有沉重的气愤的申斥声，所余仅剩苍白的绣绣，抱着破碎的想望，无限的伤心，坐在老妈子身边。雪茄烟气息尚香馨地笼罩在这一幅惨淡滑稽的画景上面。

“绣绣，这是怎么了？”绣绣的眼眶一红，勉强调了一下哽咽的嗓子，“妈妈不给那——那地契，爹气了就动手扔东西，后来……他们就要打起来，隔壁大妈给劝住，爹就气着走了……妈让他们挟到楼上‘三阿妈’那里去了。”

小脚老妈开始用笤帚把地上碎片收拾起来。

忽然在许多凌乱中间，我见到一些花瓷器的残体，我急急拉过绣绣两人一同俯身去检验。

“绣绣！”我叫起来，“这不是你那两只小瓷碗？也……让你爹砸了么？”

绣绣泪汪汪地点点头，没有答应，云似的两簇花瓷器的担子和初夏的景致又飘过我心头，我捏着绣绣的手，也就默然。外面秋风摇撼着楼前的破百叶窗，两个人看着小脚老妈子将那美丽的尸骸同其他茶壶粗碗的碎片，带着茶叶剩菜，一起送入一个旧簸箕里，葬在尘垢中间。

这世界上许多纷纠使我们孩子的心很迷惑——那年绣绣十一，我十三。

终于在那年的冬天，绣绣的迷惑终止在一个初落雪的清早里。张家楼房背后那一道河水，冻着薄薄的冰，到了中午阳光隔着层层的雾惨白地射在上面，绣绣已不用再缩着脖颈，顺着那条路，迎着冷风到那里去了！无意地她却把她的迷惑留在我心里，飘忽于张家楼前同小店中间直到了今日。

精彩点拨

和《文珍》一样，《绣绣》写的也是一个小姑娘，只不过这个小姑娘比起文珍更让人心疼。绣绣是林徽因儿时认识的小朋友，她和绣绣的友谊起源于换小瓷碗。绣绣用旧鞋子换了小瓷碗，这是她们友谊的开始，也是林徽因亲近绣绣的开始。绣绣的母亲常年多病且脾气暴躁，父亲则娶了别人，父母的恩怨让绣绣一日也没有安宁。最后，伴随着父母的争吵，父亲一怒之下打碎了绣绣换的小瓷碗，生病的绣绣在这终日的争吵中去世了。多年后，林徽因再没有见过绣绣这个儿时的玩伴，是旧时代的吞没，是制度的压榨，是旧社会的不公，把底层小人物送上了一生都安排好的运命牢笼里。林徽因将目光投注到其他作家不曾关注的角落，绣绣的母亲未能生下男丁而遭丈夫抛弃，同类题材作品多会从绣绣母亲角度来批判旧式婚姻和传统男权社会，而林徽因却将目光投注于父亲和母亲双重枷锁之下的幼童——“绣绣”，林徽因的关怀视角是带有前瞻性和普世性的。

剧本

梅真同他们（四幕剧）

精彩导读

这篇讲述的是一个李姓大户人家的丫头梅真和家里小姐少爷们之间发生的故事。这些少男少女之间的故事既与友情有关，也和爱情有关，若从大处着眼，还和当时社会上的思想启蒙运动有关，在这篇四幕剧里呈现了解放女性、“解放婢女”等阶级平等的相关问题，还包括女性自我意识的觉醒，对婚姻自由的追求，对爱情的向往。

梅蕊触人意，冒寒开雪花。
遥怜水风晚，片片点汀沙。

——黄山谷《题梅》

第一幕

出台人物（按出台先后）

四十多岁的李太太（已寡）　李琼
四小姐　李琼女　李文琪
梅真　李家丫头
荣升　仆人
唐元澜　从国外回来、年较长的留学生
大小姐（李前妻所出，非李琼女）李文娟
张爱珠　文娟女友
黄仲维　研究史学、喜绘画的青年

地点　三小姐、四小姐共用的书房

时间　最近的一个冬天寒假里

这三间比较精致的厢房妈妈已经给了女孩子们做书房（三个女孩中已有一个从大学里毕了业，那两个尚在二年级的兴头上）。这房里一切器具虽都是家里书房中旧有的，将就地给孩子们摆设，可是不知从书桌的那一处，书架上，椅子上，睡榻上，乃至于地板上，都显然地透露出青年女生宿舍的气氛。现在房里仅有妈妈同文琪两人（文琪寻常被称做“老四”，三姊文霞，大姊文娟都不在家），妈妈（李琼）就显然不属于这间屋子的！她是那么雅素整齐，端正地坐在一张直背椅子上看信，很秀气一副花眼眼镜架在她那四十多岁的脸上。“老四”文琪躺在小沙发上看书，那种特殊的蜷曲姿势，就表示她是这里真实的主人毫无疑问！她的眼直愣愣地望着书，自然地、甜蜜地同周围空气合成一片年轻的享乐时光。时间正在寒假的一个下午里，屋子里斜斜还有点太阳，有一盆水仙花，有火炉，有柚子，有橘子，吃过一半的同整个的全有。妈妈看完信，立起来向周围望望，眼光抚爱地停留在“老四”的身上，好一会儿，才走过去到另一张矮榻前翻检那上面所放着的各种活计编织物。老四愣愣地看书连翻过几篇书页，又回头往下念，毫未注意到妈妈的行动。

词苑撷英

蜷曲：卷绕或盘绕，肢体等弯曲。

琼　大年下里，你们几个人用不着把房子弄得这么乱呀！（手里提起矮榻上的编织物，又放下）

语言描写

运用了语言描写，写出了李琼的无奈和温柔。

琪　（由沙发上半仰起头看看又躺下）那是大姊同三姊的东西，一会儿我起来收拾得了。

琼　（慈爱地抿着嘴笑）得了。老四，大约我到吃晚饭时候进来，你也还是这样躺着看书！

琪　（毫不客气地）也许吧！（仍看书）

琼　（仍是无可奈何地笑笑，要走出门又回头）噢，我忘了，二哥信里说，他要在天津住一天，后天早上到家。（稍停）你们是后天晚上请客吧？

琪　后天？噢，对了，后天，（忽然将书合在胸上稍稍起来一点）二哥说哪一天到？

琼　他说后天早上。

琪　那行了——更好。其实，就说是为他请客，要他高兴一点儿。

琼　二哥说他做了半年的事，人已经变得大人气许多，他还许嫌你们太疯呢！（暗中为最爱的儿子骄傲）

琪　不会，我找了许多他的老同学，还……还请了璨璨。妈妈记得他是不是有点喜欢璨璨？

琼　我可不知道，你们的事，谁喜欢谁，谁来告诉妈呀？我告诉你，你们请客要什么东西，早点告诉我，听差荣升都靠不住的，你尽管孩子气，临时又该着急了。

琪　大姊说她管。

琼　大姊？她从来刚顾得了自己，并且这几天唐元澜回来了，他们的事真有点……（忽然凝思不语，另改了一句话）反正你别太放心了，有事还是早点告诉我好，凡是我能帮忙的我都可以来。

琪　（快活地，感激地由沙发上跳起来，仍坐在沙发边沿，眼望着妈）真的？妈妈！（撒娇地）妈妈，真的？（把书也扔在一旁）

琼　怎么不信？

琪　信，信，妈妈！（起来扑在妈妈右肩，半推着妈妈走几步）

琼　（同时的）这么大了还撒娇！

琪　妈妈，（再以央求的口气）妈妈……

琼　（被老四扯得要倒，挣扎着维持平衡）什么事？好好地说呀！

琪　我们可以不可以借你的那一套好桌布用？

琼　（犹豫）那块黄边挑花的？

琪　爹买给你的那块。

琼　（戏拨老四脸）亏你记得真！爹过去了这五年，那桌布就算是纪念品了。好吧，我借给你们用。（感伤向老四）今年爹生忌，你提另买把花来孝敬爹。

琪　（自然地）好吧，我再提另买盒糖送你，（逗妈的口气）不沾牙的！

琼　（哀愁地微笑，将出又回头）还有一桩事，我要告诉你。你别看梅真是个丫头，那孩子很有出息，又聪明又能干，你叫她多帮点你的忙……你知道大伯嬷老挑那孩子不是，大姊又常磨她，同她闹，我实在不好说……我很同情梅真，可是就为得大姊不是我生的，许多地方我就很难办！

琪　妈妈放心好了，梅真对我再痛快没有的了。

李琼下，文琪又跳回沙发上伸个大懒腰，重新愣生生地瞪着眼看书。小门轻轻地开了，进来的梅真约摸在十九至廿一岁中间，丰满不瘦，个子并不大，娇憨天生，脸上处处是活泼的表情，尤其是一双伶俐的眼睛顶叫人喜欢。

梅　（把长袍的罩布褂子前襟翻上，里面兜着一堆花生，急促地）四小姐！四小姐！

琪　（正在翻书，不理会）……

梅　李文琪！

琪　（转脸）梅真！什么事这样慌慌张张的？

梅　我——我——（气喘地）我在对过陈太太那儿斗纸牌，斗赢了一大把落花生、几

只柿子！（把柿子摇晃着放书架上）

琪 好，你又斗牌，一会儿大小姐回来，我给你“告”去。

梅 （顽皮地捧着衣襟到沙发前）你闻这花生多香，你要告去，我回房里一个人吃去。（要走）

琪 哎，别走，别走，坐在这里剥给我吃。（仍要看书）

梅 书呆子倒真会享福！你还得再给我一点赌本，回头我还想掷“骰子”去呢。……陈家老姨太太来了，人家过年挺热闹的。

琪 这坏丫头，什么坏的你都得学会了才痛快，谁有对门陈家那么老古董呀……

梅 （高兴地笑）谁都像你们小姐们这样向上？（扯过一张小凳子坐下）反正人家觉得做丫头的没有一个好的，大老爷昨天不还在饭桌上说我坏么？我不早点学一些坏，反倒给人家不方便！（剥花生）

琪 梅真，你这双嘴太快，难怪大小姐不喜欢你！（仍看书）

梅 （递花生到文琪嘴里）这两天大小姐自己心里不高兴，可把我给磨死了！我又不敢响，就怕大太太听见又给大老爷告嘴，叫你妈妈为难。

琪 （把书撇下坐起一点）对了，这两天大姊真不高兴！你说，梅真，唐家元哥那人脾气古怪不古怪？……我看大姊好像对他顶失望的（伸手同梅真要花生）……给我两个我自己剥吧……大姊是虚荣心顶大的人……（吃花生，梅真低头也在剥花生）唐家元哥可好像什么都满不在乎……（又吃花生）……到底，我也没有弄明白当时元哥同大姊，是不是已算是订过婚，这阵子两人就都别扭着！我算元哥在外国就有六年，谁知道他有没有人！（稍停）大姊的事你知道，她那小严就闹够了一阵，现在这小陆，还不是老追着她！我真纳闷！

梅 我记得大小姐同唐先生好像并没有正式地订婚，可是差不多也就算是了，你知道当时那些办法古里古怪的……（吃花生）噢，我记起来了，起先是唐先生的姨嬷——刘姑太太——来同大太太讲，那时唐先生自己早动身走了。刘姑太太说是没有关系，事情由她做主，（嚼着花生顽皮地）后来刘姑太许是知道了她做不了主吧，就没有再提起，可是你的大伯伯那脾气，就咬定了这个事……

琪 现在我看他们真别扭，大姊也不高兴，唐家元哥那不说话的劲儿更叫人摸不着头儿！

梅 你操心人家这许多事干吗？

琪 （好笑地）我才没有操心大姊的事呢，我只觉得有点别扭！

梅 反正婚姻的事多少总是别扭的！

琪 那也不见得。

梅 （凝思无言，仍吃花生）我希望赶明儿你的不别扭。

琪 （起立到炉边看看火把花生皮掷入）你看大姊那位好朋友张爱珠，特别不特别，这几天又尽在这里扭来扭去的，打听二哥的事儿！

梅 （仍捧着衣襟也起立）让她打听好了！她那眯着眼睛，扭劲儿的！

琪 （提起火筷指梅真）你又淘气了！（忽然放下火筷走过来小圆桌边）梅真，我有正经事同你商量。

梅 可了不得，什么正经事？别是你的终身大事吧？（把花生由襟上倒在桌面上）

琪 别捣乱，你听着，（坐椅边摇动两只垂着的脚。梅真坐在对面一张椅子上听）后天，后天我们不是请客么？……咳咳……糟糕？（跳下往书桌方面走去）请帖你到底都替我们发出去了没有？前天我看见还有好些张没有寄，（慌张翻抽屉）糟糕，请帖都哪儿去了？

梅 （闲适地）大小姐不是说不要我管么？

琪 （把抽屉大声地关上）糟了，糟了，你应该知道，大小姐的话靠不住的呀！她说不要你管，她自己可不一定记得管呀！（又翻另一个抽屉）她说……

梅 （偷偷好笑）得了，得了，别着急……我们做丫头的可就想到这一层了，人家大小姐尽管发脾气，我们可不能把人家的事给误了！前天晚上都发出去了。缺的许多住址也给填上了，你说我够不够格儿做书记？

琪 （松一口气又回到沙发上）梅真，你真“可以”的！明日我要是有出息，你做我的秘书！

梅 你怎样有出息法子？我倒听听看！

琪 我想写小说。

梅 （抿着嘴笑）也许我也写呢！

琪 （也笑）也许吧！（忽然正经起来）可是梅真，你要想写，你现在可得多念点书，用点功才行呀！

梅 你说得倒不错！我要多看上了书，做起事来没有心绪，你说大小姐答应不答应我呢？

琪 晚上……

梅 晚上看！好！早上起得来吗？我们又没有什么礼拜

词苑撷英

闲适：清闲安适。

动作描写

运用了动作描写，写出了文琪的急切。

六、礼拜天的！……

琪 我同妈妈商量礼拜六同礼拜天给你放假……

梅 得了，礼拜六同礼拜天你们姊儿几个一回家，再请上四五位都能吃能闹的客，或是再忙着打扮出门，我还放什么假？要给我，干脆就给我礼拜一，像中原公司那样……好吧，

琪 我明儿替你说去，现在我问你正经话……

梅 好家伙。正经话说了半天还没有说出来呀？

琪 没有呢！……你看，咱们后天请客，咱们什么也没有预备呢！

梅 “咱们”请客？我可没有这福气！

琪 梅真你看！你什么都好，就是有时这酸劲儿的不好，我告诉你，人就不要酸，多好的人要酸了，也就没有意思了……我也知道你为难……

梅 你知道就行了，管我酸了臭了！

琪 可是你不能太没有勇气，你得往好处希望着，别尽管灰心。你知道酸就是一方面承认失败，一方面又要反抗，倒反抗不反抗的……你想那多么没有意思！

梅 好吧，我记住你这将来小说家的至理名言，可是你忘了世界上还有一种酸，本来是一种忌妒心发了酵变成的，那么一股子气味——可是我不说了。……

琪 别说吧。回头……

梅 好。我不说，现在我也告诉你正经话，请客的事，我早想过了！……

琪 我早知道你一定有鬼主意……

梅 你看人家的好意你叫做鬼主意！其实我尽可不管你们的事的！话不又说回来了么，到底一个丫头的职务是什么呀？

琪 管它呢？我正经劝你把这丫头不丫头的事忘了它，（看到梅真抿嘴冷笑）你——你就当在这里做……做个朋友……

梅 朋友？谁的朋友。

琪 帮忙的……

梅 帮忙的？为什么帮忙？

琪 远亲……一个远房里小亲戚……

梅 得了吧，别替我想出好听的名字了，回头把你宝贝小脑袋给挤破了！丫头就是丫头，这个倒霉事就没有法子办，谁的好心也没有法子怎样的，除非……除非哪一天我走了，不在你们家！别说了，我们还是讲你们请客的事吧。

琪 请客的事，你闹得我都把请客的事忘光了！

梅 你瞧，你的同情心也到不了那儿不是？刚说几句话，就算闹了你的正经事，好娇的小姐！

琪 你的嘴真是小尖刀似的！

梅　对不起，又忘了你的话。

琪　我的什么话？

梅　你不说，有勇气就不要那样酸劲儿么？

荣升入，荣升是约略四十岁左右的北方听差，虽然样子并无特殊令人注意之外，可是看去却又显然有一点点滑稽。

荣　四小姐电话……黄仲维先生，打什么画会里打来的，我有点听不真，黄先生只说四小姐知道……

琪　（大笑）得了，我知道，我知道。（转身）耳机呢，耳机又跑哪里去了？

梅　又是耳机跑了！什么东西自己忘了放在哪儿的，都算是跑了！电话本子，耳机都长那么些腿？（亦起身到处找）

荣升由桌子边书架上找着耳机递给四小姐，自己出。

琪　（接电话）喂，喂，（生气地）荣升！你把电话挂上罢！我这儿听不见！喂，仲维呀？什么事？

梅　四小姐我出去吧，让你好打电话……

琪　（按着电话筒口）梅真，梅真你别走，请客的事，（急招手）别走呀！喂，喂，什么？噢，噢，你就来得啦？……我这儿忙极了，你不知道！吓？我听不见，你就来吧！吓？好，好……

梅真笑着回到桌上拿一张纸、一支铅笔坐在椅上，一面想一面写。

琪　（继续打电话）好，一会儿见。（拔掉电话把耳机带到沙发上一扔）

梅　（看四小姐）等等又该说耳机跑了！（又低头写）

琪　刚才我们讲到哪儿了？

梅　讲到……我想想呀，噢，什么酸呀臭呀的，后来就来了甜的……电话？

琪　（发出轻松的天真的笑声）别闹了，我们快讲请客的事吧。

梅　哎呀，你的话怎么永远讲不到题目上来呀？（把手中单子递给文琪看）我给你写好了一个单子你看好不好？家里蜡台我算了算一共有十四个，桌布我也想过了……

琪　桌布，（看手中单子）亏你也想到了，我早借好啦！

梅　好吧，好吧，算你快一步！我问你吃的够不够？

琪　（高兴地）够了，太够了。（看单子）嘿，这黑宋磁胆瓶拿来插梅花太妙了，梅真你怎么那么会想？

梅　我比你大两岁，多吃两碗饭呢！（笑）我看客厅东西要搬开，好留多点地方你们跳舞，你可得请太太同大老爷说一声，回头别要大家“不合适”。（起立左右端详）这间屋子我们给打扮得怪怪的，顶摩登的，未来派的，（笑）像电影里的那样留给客人们休息、抽烟、谈心或者“做爱”——好不好？

琪 这个坏丫头！

梅 我想你可以找你那位会画画的好朋友来帮忙，随便画点摩登东西挂起来，他准高兴！

琪 找他？仲维呀？鬼丫头，你主意真不少！我可不知道仲维肯不肯。

梅 他干吗不肯？（笑着到桌边重剥花生吃）

琪 （跟着她过去吃花生，忽然俯身由底下仰看着梅真问）唐家元哥——唐元澜同黄——黄仲维两人，你说谁好？

梅 （大笑以挑逗口气）四小姐，你自己说吧，问我干吗？

琪 （不好意思）这鬼！我非打你不可！（伸手打梅背）

梅真乱叫，几乎推翻桌子，桌子倾斜一下，花生落了满地。两人满房追打。

> **动作描写**
> 运用了动作描写，写出了梅真和文琪的感情很好。

荣升开门无声地先皱了皱眉，要笑又不敢。

荣 唔，四小姐，唐先生来了。

四小姐同梅真都不理会，仍然追着闹。

荣 （窘，咳嗽）大小姐、三小姐管莫都没有回来吧？

四小姐同梅真仍未理会。

荣 （把唐元澜让了进来，自己踌躇的）唐先生，您坐坐吧，大小姐还没有回来。（回头出）

唐元澜已是三十许人，瘦高，老成持重，却偏偏富于幽默。每件事，他都觉得微微好笑，却偏要皱皱眉。锐敏的口角稍稍掀动，就停止下来；永远像是有话要说，又不想说，仅要笑笑拉倒。他是个思虑深的人，可又有一种好脾气，所以样子看去倒像比他的年岁老一点。身上的衣服带点“名士派”，可不是破烂或是肮脏。口袋里装着书报一类东西，一伸手进去，似乎便会带出一些纸片。唐元澜微笑看四小姐同梅真，似要说话又不说了，自己在袋里掏出烟盒来，将抽，又不抽了。

> **词苑撷英**
> 幽默：有趣或可笑而意味深长。

琪 （红着脸摇一摇头发望到唐）元哥，他们都不在家，就剩我同梅真两个。

唐 （注视梅真又向文琪）文琪，玩什么这么热闹？

琪 （同梅真一同不好意思地憨笑。琪指梅真）问她！

唐 我问你二哥什么时候能到家？

梅真因鞋落，俯身扣上鞋，然后起立难为情地往着门走，听到话，回头忙着。

琪 二哥后天才到，因为在天津停一天。（向梅）这坏丫头！怔什么？

梅 你说二少爷后天才回来？……我想……我先给唐先生倒茶去吧。

唐 别客气了，我不大喝茶。（皱眉看到地上花生）噢，这是哪里来的？（俯身拾地上花生剥着放入嘴里）

梅 （憨笑地）你看唐先生饿了，我给你们开点心去！（又回头）四小姐，你们吃什么？

琪 随便，你给吧！噢，把你做的蛋糕拿来，（看梅将出又唤回她）等等，梅真，（伸手到抽屉里掏几张毛钱票给梅）哪，拿走吧，回头我忘了，你又该赌不成了。

梅 （高兴地淘气地笑）好小姐，记性不坏，大年下我要赌不成，说不定要去上吊，那多冤呀！

唐 （目送梅出去）你们真热闹！

琪 梅真真淘气，什么都能来！

唐 聪明人还有不淘气的？文琪，我不知道你家里为什么现在不送她上学了？

琪 我也不大知道，反正早就不送她上学了。奶奶在的时候就爱说妈惯她，现在是大伯伯同伯嬷连大姊也不喜欢她，说她上了学，上不上，下不下的，也不知算什么！那时候我们不是一起上过小学么？在一个学堂里大姊老觉得不合适。

唐 学堂里同学的都知道她是……

琪 自然知道的，弄得大家都别扭极了。后来妈就送她到另外一个中学，大半到了初中二就没有再去了……

唐 为什么呢？

琪 她觉得太受气了，有一次她很受点委屈——一个刺激吧，（稍停）别说了，（回头看看）一会儿谁进来了，听见不好。（稍停）……元哥，你说大姊跟从前改了样子没有。

唐 改多了……其实谁都改多了，这六年什么都两样得了不得……大家都——都很摩登起来。

琪 尤其是大姊，你别看三姊糊里糊涂的，其实更摩登，有点普罗派，可很矛盾的，她自己也那么说，（笑）还有妈妈，元哥，你看妈妈是不是个真正摩登人？（急说地）严格的说，大姊并不摩登，我的意思说，她的思想……

唐 （苦笑打断文琪的话）我抽根烟，行不行？（取出烟）

琪 当然，——你抽好了！

唐元澜划了洋火点上，衔着烟走向窗前两手背着。

琪 （到沙发上习惯地坐下，把腿弯上去，无聊地）我——我也抽根烟行不行？

唐 （回过身来微笑）当然——你抽好了！

琪 我可没有烟呀！

唐 对不起。（好笑地从袋里拿出烟盒，开了，走过递给文琪，让她自己拿烟）

琪 （取根烟让唐给点上）元哥，写文章的人是不是都应该会抽烟？

唐 （逗老四口气）当然的！要真成个文豪，还得学会了抽雪茄烟呢！

琪 （学着吹烟圈）元哥，你是不是同大姊有点别扭？你同她不好，是不是？

唐 （笑而不答，拾起沙发上小说看看，诧异地）你在看这个？（得意）喜欢么？真好，是不是？

琪 好极了！（伸手把书要回来）元哥，原来你也有热心的时候，起初我以为你什么都不热心，世界上什么东西都不爱！

唐 干吗我不热心？世界上（话讲得很慢）美的东西……美的书……美的人……我一样地懂得爱呀！怎么你说得我好像一个死人！

琪 不是，我看你那么少说话，怪别扭的，（又急促地）我同梅真常说你奇怪！

唐 （声音较前不同，却压得很低）你同梅真？梅真也说我奇怪么？

琪 不，不，我们就是说——摸不着你的脾气……（窘极翻小说示唐）你看这本书还是你寄给大姊的，大姊不喜欢，我就捡来看……

唐 大姊不喜欢小说，是不是？我本就不预备她会看的，我想也许有别人爱看！

琪 （老实地）谁？（又猜想着）

唐 （默然，只是抽着烟走到矮榻前，预备舒服地坐下，忽然触到毛织物，跳起，转身将许多针线移开）好家伙，这儿创作品可真不少呀！

琪 （吓一跳，笑着，起来走过去）对不起，对不起这都是姊姊们的创作，扔在这儿的！我来替你收拾开点，（由唐手里取下织成一半的毛衣，提得高高的）你看这是三姊的，织了滑冰穿的，人尽管普罗，毛衣还是得穿呀！（比在自己身上）你看，这颜色不能算太“布尔乔雅”吧？（顽皮得高兴）

（唐元澜又捡起一件大红绒的东西。）

琪 （抢过在手里）这是大姊的宝贝，风头的东西，你看，（披红衣在肩上，在房里旋转）我找镜子看看……

大小姐文娟同张爱珠，热闹地一同走入。文娟是个美丽的小姐，身材长条，走起路来非常好看，眉目秀整，但不知什么缘故，总像在不耐烦谁，所以习惯于锁起眉尖，叫人家有点儿怕她，又不知道什么时候得罪了她似的，怪难过的。

张爱珠眯着的眼里有许多讲究，她会笑极了，可是总笑得那么不必需，这会子就显然在热闹地笑，声音叽叽喳喳地在说一些高兴的话。

娟 （沉默地，冷冷地望着文琪）这是干吗呀？

琪 （毫不在意地笑笑地说）谁叫你们把活全放开着就走了？人家元哥没有地方坐，我才来替你们收拾收拾。

珠　Mr. 唐等急了吧，别怪文娟，都是我不好……（到窗前拢头发抹口唇）

唐　（局促不安）我也刚来。（到炉边烤火）

娟　（又是冷冷地一望）刚来？（看地上花生微怒）谁这样把花生弄得满地？（向老四）屋子乱，你干吗不叫梅真来收拾呢？你把她给惯得越不成样子了！

> **动作描写**
> 运用了动作描写，写出了文娟对于屋内凌乱的愤怒。

琪　（好脾气地陪笑着）别发气，别发气，我来当丫头好了。（要把各处零碎收拾起来）

娟　谁又发气？更不用你来当丫头呀！（按电铃）爱珠，对不起啊，屋子这么乱！

珠　你真爱清爽，人要好看，她什么都爱好看。（笑眯眯地向唐）是不是？

> **词苑撷英**
> 清爽：清新，凉爽，清楚，清晰。

梅真入。

梅　大小姐回来啦？

娟　回来了，就不回来，你也可以收拾收拾这屋子的！你看看这屋子像个什么样子？

梅　（偷偷同老四做脸，老四做将笑状手掩住口）我刚来过了，看见唐先生来了，就急着去弄点心去。

娟　我说收拾屋子就是收拾屋子，别拉到点心上。

梅（噘着嘴）是啦，是啦。（往前伸着手）您的外套脱不脱？要脱就给我吧，我好给挂起来，回头在椅子上堆着也是个不清爽不是？

娟　（生气地脱下外套交梅）拿去吧，快开点心！

梅　（偏不理会地走到爱珠前面）张小姐，您的也脱吧，我好一起挂起来。

爱珠脱下外套交梅。

梅　（半顽皮地向老四）四小姐，您受累了，回头我来捡吧。（又同老四挤了挤眼，便捧着一堆外套出去）

唐　（由炉边过来摩擦着手大声地笑）这丫头好厉害！

娟　（生气地）这怎么讲！

唐　没有怎么讲，我就是说她好厉害。

娟　这又有什么好笑？本来都是四妹给惯出来的好样子，来了客，梅真还是这样没规没矩的。

唐 别怪四妹，更别怪梅真，这本来有点难为情，这时代还叫人做丫头，做主人的也不好意思，既然从小就让人家上学受相当教育，你就不能对待她像对待底下人老妈子一样！

娟 （羞愤）谁对待她同老妈子一样了？既是丫头，就是进了学，念了一点书，在家里也还该做点事呀，并且妈妈早就给她月费的。

唐 问题不在做事上边，做事她一定做的，问题是在你怎样叫她做事……口气，态度，怎样的叫她不……不觉得……

珠 （好笑地向文娟）Mr. 唐有的是书生的牢骚……她就不知道人家多为难，你们这梅真有时真气人透了……Mr. 唐，你刚从外国回来有好些个思想，都太理想了，在中国就合不上。

娟 （半天不响才冷冷地）人家热心社会上被压迫的人，不好么？……可是我可真不知道谁能压迫梅真？我们不被她欺侮、压迫就算很便宜啰，那家伙……尽借着她那地位来打动许多人的同情！遇着文霞我们的那位热心普罗的三小姐更不得了……

珠 其实丫头还是丫头脾气，现在她已经到了岁数——他们从前都说丫头到了要出嫁的岁数，顶难使唤的了，原来真有点那么一回事！我妈说……（吃吃笑）

琪 （从旁忽然插嘴）别缺德呀！

娟 你看多奇怪，四妹这护丫头的劲儿！

门开处黄仲维笑着捧一大托盘茶点入，梅真随在后面无奈何他。黄年轻，活泼，顽皮，身着洋服，内衬花毛线衣，健康得像运动家，可是头发蓬松一点，有一双特别灵敏的眼睛，脸上活动的表情表示他并不是完全的好脾气，心绪恶劣时可以发很大的脾气，发完又可以自己懊悔。就因为这一点，许多女孩子本来可以同他恋爱的倒有点怕他，这一点也就保护着他不成为模范情人。此刻，他高兴地胡闹地走入他已颇熟识的小书房。

黄 给你们送点心来了！（四顾）大小姐，四小姐，张小姐，唐先生，你们大家好？（手中捧盘问梅真）这个放哪儿呀？

梅 你看，不会做事可偏要抢着做！（指小圆桌）哪，放这儿吧！

娟 （皱眉对梅）梅真规矩点，好不好？

梅 （噘起嘴，不平地）人家黄先生愿意拿，闹着玩又有什么要紧？

珠 （做讨厌梅真样子，转向黄）仲维，你来得真巧，我们正在讨论改良社会，解放婢女问题呢。

黄 讨论什么？（放下茶盘）什么问题？

珠 解放婢女问题。

梅 （如被刺问张）张小姐，您等一等，这么好的题目，等我走了再讨论吧，我在这儿，回头妨碍您的思想！（急速转身出）

唐元澜咳嗽要说话，又不说。

黄 （呈不安状，交换皱眉）梅真生气了。

琪 你能怪她么？

娟 生气让她生气好了。

珠 我的话又有什么要紧，“解放婢女问题”，做婢女的听见了又怎样？我们不还说“解放妇女”么？我们做妇女听见难道也就该生气么？

琪 （不理张）我们吃点心吃点心，仲维，都是你不好，无端端惹出是非来！

黄 真对不起！（看大小姐，生气地）谁想到你们这儿规矩这么大？！我看，我看，（气急地）梅真也真……倒……

琪 （搁住黄的话）别说啦，做丫头当然倒霉啦！

黄 那，你们不会不要让她当丫头么？

琪 别说孩子话啦——吃点心吧！

娟 （冷笑地）你来做主吧！

黄 （不理大小姐，向文琪）怎么是孩子话？

唐 （调了嗓子，低声地）文琪的意思是，这不是口里说让不让她当丫头的问题。问题在：只要梅真在她们家，就是不拿她当丫头看待，她也还是一个丫头，因为名义上、实际上，什么别的都不是！又不是小姐，又不是客人，又不是亲戚……

琪 （惊异地望元澜，想起自己同梅谈过的话）元哥，你既然知道得这么清楚，你看梅真这样有什么办法？

唐 有什么办法？（稍停）也许只有一个办法，让她走，离开你们家，忘掉你们，上学去，让她到别处去做事——顶多你们从旁帮她一点忙——什么都行，就是得走。

娟 又一个会做主的——这会连办法都有了，我看索性把梅真托给你照应得了，元澜，你还可以叫她替你的报纸办个社会服务部。

琪 吃点心吧，别抬杠了！（倒茶）仲维，把这杯给爱珠，这杯给大姊。

大家吃点心。

唐 （从容地仍向娟）人家不能替你做主，反正早晚你们还是得那样办，你还是得让她走，她不能老在你们这里的。

娟 当然不能！

琪 元哥，你知道梅真自己也这样想，我也……

娟 老四，梅真同你说过她要走么？

琪 不是说要走，就是谈起来，她觉得她应该走。

娟 我早知道她没有良心，我们待她真够好的了，从小她穿的住的都跟我们一样，小的时候太小，又没有做事，后来就上学，现在虽然做点事，也还拿薪水呀！元澜根本就不知道这些情形。……元澜，你去问你刘姨嬷，你还问她，从前奶奶在的时候，梅真多叫老太太生气，刘姨嬷知道。

唐 这些都是不相干的，一个人总有做人的，的——的Pride呀。谁愿意做，做……哪，刚才爱珠说的“婢女”呀！管你给多少薪水！

珠 （捡起未完毛线衣织，没有说话，此刻起立）文娟，别吵了，我问你，昨天那件衣料在哪儿？去拿给我看看，好不好？

娟 好，等我喝完这口茶，你到我屋子比比，我真想把它换掉。

珠 （又眯着眼笑）别换了，要来不及做了，下礼拜小陆请你跳舞不是？别换了吧。

娟 你不知道，就差那一点就顶不时髦，顶不对劲了。小陆眼睛尖极了。

黄 （吃完坐在沙发看杂志，忽然插嘴）什么时髦不时髦的，怎样算是对劲，怎样算是不对劲？

唐元澜望望文娟无语，听到黄说话，兴趣起来，把杯子放下听，拿起一块蛋糕走到角落里倚着书架。

> **动作描写**
> 运用了动作描写，写出了唐元澜对黄仲维发言的兴趣。

珠 你是美术家，你不知道么？

> **知识延伸**
> 美术家：美术家是指在绘画、雕塑等造型艺术方面有一定造诣或贡献的专业人士。美术家是社会分工细化的产物，指具有较高的审美能力和娴熟的创造技巧并从事美术创作，且有一定成就的美术工作者，包括在美术领域里以美术创作作为自己专门职业的人，也包括在自己职业之外非职业从事美术创作，并达到一定专业级水平的人。

琪 （轻声亲热地逗黄）碰了一鼻子灰了吧？

唐元澜无聊地忽走过，俯身由地上捡拾一个花生吃。

黄 （看见）这倒不错，满地上有吃的呀！（亦起俯身捡一粒）怎么，我捡的只是空壳。（又俯身捡寻）

琪 你知道这花生哪里来的？

黄 不知道。

琪 （凑近黄耳朵）梅真赌来的！

娟 （收拾椅上活计东西要走，听见回头问）哪儿来的？

唐、黄同文琪都笑着不敢答应。

黄 （忽然顽皮地）有人赌来的！

娟 什么？

琪 （急）没有什么，别听他的，（向黄）再闹我生气了。

娟 （无聊地起来）爱珠，上我屋来，我给你那料子看吧。（向大家）对不起呀，我们去一会就来，反正看电影时间还早呢，老三也没有回来。

珠 （提着毛织物，咭咭呱呱地）你看这件花样顶难织了，我……（随娟出）

文娟同爱珠同下。

唐 哎呀，我都忘了约好今天看电影，还好我来了！我是以为二弟今天回来，我来找他有事！（无聊地坐下看报）

黄 （直爽地）我没有被请呀，糟糕，我走吧！（眼望着文琪）

琪 别走，别走，我们还有事托你呢，我们要找你画点新派的画来点缀这个屋子。

黄 （莫名其妙地）什么？

琪 我们后天晚上请客，要把这屋子腾出来做休息室，梅真出个好主意，她说把它变成未来派的味儿，给人抽烟、说话用。我们要你帮忙。

唐在旁听得很有兴趣，放报纸在膝上。

黄 （抓头）后天晚上，好家伙！

门忽然开了，李琼走了进来。

琼 （妈妈的颜色不同平常那样温和，声音也急促点）老四你在这儿，我问你，你们干嘛又同梅真过不去呀？大年下的！

琪 我没有……

唐 表姑。

黄 （同时地）伯母。

琼 来了一会吧，对不起，我要问老四两句话。

琪 妈，妈别问我，妈知道大姊的脾气的，今天可是张爱珠诚心同梅真过不去！梅真实在有点儿太难。

琼 （坐下叹口气）我真不知怎么办好！梅真真是聪明，岁数也大了，现在我们这儿又不能按老规矩办事，现在叫她上哪儿去好，送她到哪儿去我也不放心，老实说也有点舍不得。你们姊儿们偏常闹到人家哭哭啼啼的，叫我没有主意！

琪 不要紧，妈别着急，我去劝劝她去，好不好？

黄 对了，你去劝劝她，刚才都是我不好。

琼 她赌气到对门陈家去了，我看那个陈太太对她很有点不怀好意。

琪 （张大了眼）怎么样不怀好意，妈？

琼 左不是她那抽大烟的兄弟！那陈先生也是鬼头鬼脑的。……得了，你们小孩子哪里懂这些事？梅真那么聪明人，也还不懂得那些人的用心。

唐 那老陈不是吞过公款被人控告过的么？

琼 可不是？可是后来，找个律师花点钱，事情马马虎虎也就压下来了。近来又莫名其妙地很活动，谁知道又在那里活动些什么。一个顶年轻的少奶奶，人倒顶好，所以梅真也就常去找她玩，不过，我总觉得不妥当，所以她一到那边我就叫人叫她回来，我也没告诉过梅真那些复杂情形（稍停，向文琪）……老四你现在就过去一趟，好说坏说把梅真劝回来吧！

琪　（望黄）好吧，我，我就去。

黄　我送你过去。

文琪取壁上外衣，黄替她穿上。

琪　妈，我走啦。元哥一会见。

黄　（向唐招呼地摆摆手）好，再见。

两人下。

唐　（取烟盒递给李琼）表姑抽烟不？

琼　（摇摇头）不是我偏心，老四这孩子顶厚道。

唐　我知道，表姑，文琪是个好孩子。（自己取烟点上，俯倚对面椅背上）

琼　元澜，我是很疼娟娟的，可是老实说，她自小就有脾气。你知道，她既不是我生的，有时使我很为难……小的时候，说她有时她不听，打她太难为情，尤其是她的祖母很多心，所以我也就有点惯了她。现在你回来了……

唐元澜忽起立，将烟在火炉边打下烟灰，要说话又停下。

琼　（犹疑地）你们的事快了吧？

唐　（抬头很为难地说）我觉得我们这事……

琼　我希望你劝劝娟娟，想个什么法子弄得她对生活感觉满足……我知道她近来有点脾气，不过她很佩服你，你的话她很肯听的，你得知道她自己总觉得没有嬷有点委屈。

唐　我真不知道怎样对表姑说才好，我也不知道应该不应该这样说。我——我觉得这事真有点叫人难为情。当初那种办法我本人就没有赞成，都是刘姨嬷一个人弄的。后来我在外国写许多信，告诉他们同表姑说，从前办法太滑稽，不能正式算什么，更不能因此束缚住娟娟的婚姻。我根本不知道，原来刘姨嬷就一字没有提过，反倒使亲亲戚戚都以为我们已经正式订了婚。

琼　我全明白你的意思，当时我也疑心是你刘姨嬷弄的事。你也得知道我所处地位难，你是我的表侄，娟娟却又不是我亲生的，娟娟的伯父又守旧，在他眼里，连你在外国的期间的长短好像我都应该干涉，更不要说其他！当时我就是知道你们没有正式订婚，我也不能说。

唐　所以现在真是为难！我老实说，我根本对娟娟没有求婚的意思。如果当时，我常来这里，那是因为……（改过语气）表姑也知道那本不应该就认为有什么特殊的意义。我们是表兄妹，当时我就请娟娟一块出去玩几趟，又能算什么？

琼　都是你那刘姨嬷慌慌张张地跑去同娟娟的伯嬷讲了一堆，我当时也就觉得那样不妥当——这种事当然不能勉强的。不过我也要告诉你，我觉得娟娟很见得你好，这次你回来，我知道她很开心，你们再在一起玩玩熟了，也许就更知道对方的好处。

唐 （急）表姑不知道，这事当初就是我太不注意了，让刘姨嬷弄出那么一个误会的局面，现在我不能不早点表白我的态度，不然我更对娟娟不起了。

琼 （一惊）你对娟娟已说过了什么话么？

唐 还没有！我觉着困难，所以始终还没有打开窗子说亮话。为了这个事，我真很着急，我希望二弟快回来，也就是为着这个缘故。我老实说，我是来找梅真的，我喜欢梅真……

琼 梅真？你说你……

琪 （推门入）妈妈，我把梅真找了回来，现在仲维要请我同梅真看电影去，我们也不回来吃饭了！（向唐）元哥，我不同你们一块看电影了，你们提另去吧，劳驾你告诉大姊一声。

琪匆匆下。唐失望地怔着。

琼 （看文琪微笑）这年龄时期最快活不过，我喜欢孩子们天真烂漫，混沌一点……

娟 （进房向里来）妈妈在这儿说话呀？老四呢？仲维呢？

琼 （温和地）他们疯疯癫癫跑出去玩去了。

娟 爱珠也走了，现在老三回来了没有？

琼 老三今早说今天有会，到晚上才能回来的。

娟 （向唐半嘲的口吻）那么只剩了我们俩了，你还看不看电影？

琼 （焦虑地望着唐，希望他肯去）今天电影还不错呢，你们去吧。

唐 表姑也去看么？我，我倒……

琼 我有点头痛不去了，（着重地）你们去吧，别管我，我还有许多事呢，（急起到门边）元澜，回头还回来这里吃晚饭吧。

琼下。

文娟直立房中间睨唐，唐、娟无可奈何地对望着。

娟 怎样？

神态描写
运用了神态描写，写出了唐元澜的失望。

词苑撷英
疯疯癫癫：精神失常的样子。

唐 怎样？

（幕下）

第二幕

出台人物（按出台先后）

老孙 电灯工匠

宋雄 电料行掌柜（二十七八壮年人）

梅真

李大太太 李琼夫嫂

李文琪

黄仲维

荣升

唐元澜

三小姐 李文霞

李文娟

地点 三小姐、四小姐共用的书房

时间 过了两天以后

同一个书房，过了两天的早上。家具一切全移动了一些位置，秩序显然纷乱，所谓未来派的吃烟室尚在创造中，天下混沌，玄黄未定。地上有各种东西，墙边放着小木梯架。小圆桌子推在台的一边，微微偏左，上面放着几副铜烛台，一些未插的红蜡。一个很大的纸屏风上面画了一些颜色鲜浓，而题材不甚明了的新派画；沙发上堆着各种靠背，前面提另放着一张画，也是怪诞叫人注目的作品。

幕开时，电灯工匠由梯子上下来，手里拿着电线，身上佩着装机械器具的口袋。宋雄背着手立着看电灯。

宋雄是由机器匠而升做年轻掌柜的人物，读过点书，吃过许多苦，因为机会同自己会利用这机会的麻利处，卒成功地支持着一个小小专卖电料零件的铺子。他的体格大方，眉目整齐，虽然在装扮上显然俗些。头发梳得油光，身上短装用的是黑色绸料，上身夹袄胸上挖出小口袋，金表链由口袋上口牵到胸前扣襻上。椅上放着黑呢旧外衣，一条花围巾，一副皮手套。

宋 饭厅里还要安一些灯，加两个插销。电线不够了吧？

工匠 （看电线）剩不多了！要么，我再回柜上拿一趟去！

宋 不用，不用，我给柜上打个电话，叫小徒弟送来。你先去饭厅安那些灯口子。

工匠 劳驾您告诉老张再给送把小改锥来，（把手里改锥一晃）这把真不得使。（要走又回头）我说掌柜的，今日我们还有两处的“活”答应人家要去的，这儿这事挺麻烦的，早上要完不了怎么办？（缠上剩下的电线）

宋 （挥手）你赶着做，中饭以前非完不行。我答应好这儿的二太太，不耽误他们开饭。别处有活没有活，我也不能管了！

工匠 掌柜的，您真是死心眼，这点活今日就自己来这一早上！

宋 老孙，我别处可以不死心眼，这李家的事，我可不能不死心眼！好！我打十四岁就跟这儿李家二爷在电灯厂里做事，没有二爷，好！说不定我还在那倒霉地方磨着！二爷是个工程师，他把我找去到他那小试验所里去学习，好，那二爷脾气模样就像这儿的三小姐，他可真是好人，今日太太还跟我提起，我们就说笑，我说，要是三小姐穿上二爷衣服，不仔细看，谁也以为是二爷。

工匠 那位高个子的小姐么？好，那小姐可有脾气呀，今日就这一早上，我可就碰着一大堆钉子了。

宋 （笑）你说的管莫是大小姐！好，她可有脾气！（低声）她不是这位二太太生的。（急回头看）得了，去你的吧，快做活，我可答应下中饭以前完事，你给我尽着做，我给你去打电话。

工匠下。

宋拿起外衣围巾要走，忽见耳机，又放下衣服走到书桌边，拿起耳机，插入插销试电话。

宋 （频回头看看有没有人）喂，东局五〇二七，喂，你老张呀？我是掌柜的，我在李宅，喂，我说呀，老孙叫你再叫小徒弟骑车送点电线来，再带一把好的改锥来，说是呢！他说他那一把不得使，……谁知道？……老孙就那脾气！我说呀，你给送一把来得了，什么？哪家又来催？你就说今日柜上没有人，抓不着工夫，那有什么法子！好吧，再见啦。（望着门）

梅真捧铜蜡台入，放小圆桌上，望宋，宋急拔耳机走近梅。

宋 （笑声）梅姊您这两日忙得可以的？（注视梅不动）

梅 倒挺热闹的，（由地下拿起擦铜油破布擦烛台，频以口呵气）怎么了，小宋你们还不赶着点，尽摆着下去，就要开饭了，饭厅里怎么办？说不定我可要挨说了！（看宋）

宋 （急）我可不能叫你挨说，我已经催着老孙赶着做，那老孙又偏嫌他那改锥不得使，我又打了电话到柜上要去，还要了电线，叫人骑车送来，这不都是赶着做么？

梅 只要中饭以前饭厅里能完事，我就不管了。你还不快去，瞧着点你那老孙？别因为他的改锥不得使，回头叫人家都听话。你可答应太太中饭以前准完事的！

宋 梅姊，你……你可……你可记得我上次提过的那话？

梅 （惊讶地）什么话？噢，那个，得了，小宋，人家这儿忙得这样子，你还说这些！

宋 你……你答应我到年底再说不是？……

梅 一年还没有过完呢！我告诉你吧，小宋，我这个人没有什么用处，又尽是些脾气，干脆最好你别再来找我，别让我耽搁你的事情……

宋 我，我就等着你回话……你一答应了，我就跟李太太说去。

梅 我就没有回话给你。

宋 梅……梅姊，你别这样子，我这两年辛辛苦苦弄出这么一个小电料行不容易，你得知道，我心里就盼着那一天你肯跟我一块过日子，我能不委屈你。

梅 得了，你别说了。

宋 我当时也知道你在这里同小姐似的讲究，读的书还比我多，说不定你瞧不上我，可是现在，我也是个掌柜的，管他大或小，铺子是我自己办的，七八个伙计，（露出骄傲颜色）再怎样，也用不着你动手再做粗的，我也能让你享点福，贴贴实实过好日子，除非你愿意帮着柜上管管账簿，开开清单。

> **语言描写**
> 运用语言描写写出了宋雄对目前生活的满意，为自己的成就感到骄傲。

梅 （怜悯地）不是我不知道你能干。三年的工夫你弄出那么一个铺子来，实在不容易！……

宋 （得意地，忸怩地）现在你知道了你可要来，我准不能叫你怎样……我不能丢你的脸。

> **词苑撷英**
> 忸怩：羞愧或不大方的样子。

梅 （急）小宋，你可别这样说，出嫁不是要体面的事，你说得这贫劲儿的！我告诉你什么事都要心愿意才行，你就别再同我提这些事才好，我这个人于你不合适，回头耽搁了你的事。

宋 我……我……我真心要你答应我。

梅 （苦笑）我知道你真心，可是单是你真心不行，我告诉你，我答应不出来！

宋 你，你管莫嫌我穷！我知道我的电料行还够不上你正眼瞧的……

梅 （生气）我告诉你别说得这么贫！谁这么势利？我

好意同你说，这种事得打心里愿意才行。我心里没有意思，我怎样答应你？

宋 你……你，你不是不愿意吧？（把头弄得低低的，担心地迸出这句疑问，又怕梅真回答他）

梅 （怜悯地）……不……不是不愿意，是没有这意思，根本没有这意思！我这个人就这脾气，我，我这个人不好，所以你就别找我最好，至少今天快别提这个了，我们这儿都忙，回头耽误了小姐们的事不好。

宋 （低头弄上围巾，至此叹口气围在项上，披着青呢旧大衣由旁门出）好吧，我今日不再麻烦你了，可是年过完了你可还得给我一个回话。

宋下。

梅 （看宋走出，自语）这家伙！这死心眼真要命，用在我身上可真是冤透了，（呵铜器仍继续擦）看他讨厌又有点可怜！（叹息）那心用在我身上，真冤！我是命里注定该吃苦，上吊，跳河的！怎么做电料行的掌柜娘，（发憨笑）电料行的掌柜娘！（忽伏在桌上哭）

门开处大太太咳嗽着走入。她是个矮个子，五十来岁瘦小妇人，眼睛小小的到处张望，样子既不庄严，说话也总像背地里偷说的口气。

梅 （惊讶地抬头去后望，急急立起来）大太太是您，来看热闹？这屋子还没有收拾完呢。

大太 （望屏风）这是什么东西——这怪里怪气的？

梅 就是屏风。

大太 什么屏风这怪样子？

梅 （笑笑）我也不知道。

大太 我看二太太真惯孩子，一个二个大了都这么疯！二老爷又不在世了，谁能说他们！今天晚上请多少客，到底？

梅 我也不知道，反正都是几位小姐的同学。

大太 （好奇地）在大客厅里跳舞吗？

梅 （又好笑又不耐烦）对了！

大太 吃饭在哪儿呢？

梅 （好笑）就在大饭厅里啰！

大太 坐得下那些人吗？

梅 分三次吃，有不坐下的站着吃……

大太 什么叫做新，我真不懂这些事，（提起这个那个地看）女孩子家疯天倒地的交许多朋友，一会儿学生开会啦，请愿啦，出去让巡警打个半死半活的啦！一会儿又请朋友啦，跳舞啦，一对对男男女女这么拉着搂着跳，多么不好看呀？怪不得大老爷生气，常说二太太不好好管孩子！梅真，我告诉你，我们记住自己是个丫头，别跟着她们学！赶明日好找婆婆家。

梅 （又好笑又生气地逗大太太）您放心，我不会嫁的，我就在这儿家里当一辈子老丫头！

大太 （凑近了来，鬼鬼祟祟地）你不要着急，你多过来我院里，我给你想法子。（手比着）那天陈太太，人家还来同我打听你呢。别家我不知道，陈家有钱可瞒不了我！……陈太太娘家姓丁的阔气更不用说啦！

梅 （发气脸有点青）您告诉我陈家丁家有钱做什么？

大太 你自己想吧。傻孩子，人家陈太太说不定看上了你！

梅 （气极竭力忍耐）陈太太，她……她看上了我干吗？！

大太 （更凑近，做神秘的样子）我告诉你……

梅 （退却不愿听）大太太，您别……别告诉我什么……

大太 （更凑近）你听着，陈太太告诉过我她那兄弟丁家三爷，常提到你好，三奶奶又没有男孩子，三爷很急着……

梅 （回头向门跑）大太太，您别说这些话，我不能听……

仲维同文琪笑着进来，同梅真撞个满怀。

琪 （奇怪地）梅真怎么了，什么事，这样忙？

梅 我……我到饭厅去拿点东西……

梅急下。

琪 （仍然莫明其妙地）伯嬷，您来有事么？

大太 （为难）没有什么事，……就找梅真……就来这里看看。

琪 （指仲维）这是黄先生，（指大太太）仲维，这是我的伯嬷。

黄 （致意）我们那一天吃饭时候见过。

大太 我倒不大认得，现在小姐们的朋友真多，来来往往的……

琪 （做鬼脸向黄，又对大太太）怪不得您认不得！（故作正经地）我的朋友，尤其是男朋友，就够二三十位！来来往往的——今天这一个来，明天那一个来！……

黄 （亦做鬼脸，背着大太太用手指频指着琪）可是你伯嬷准认得我，因为每次你那些朋友排着队来，都是我领头，我好比是个总队长！

大太 （莫明其妙地）怎么排队来法子？我不记得谁排队来过！

黄 （同时忍住笑）您没有看见过？

琪 下回我叫他们由您窗口走过……好让大伯伯也看看热闹。

大太 （急摇手）不要吧。老四，你不知道你的大伯伯的脾气？

黄、琪忍不住对笑。

大太 你们笑什么？

琪 没有什么。

大太 （叹口气）我走了，你们这里东西都是奇奇怪怪的，我看不出有什么好看！今早上也不知道是谁把客厅那对湘绣风景镜框子给取下了，你嬷说是交给我收起来……我，我就收起来，赶明儿给大姊陪嫁，那本来是你奶奶的东西！

黄 （又忍住笑）那对风景两面一样，一边挂一个，真正好东西！

琪 对了，您收着给大姊陪嫁，那本来是你奶奶的东西！又是月亮又是水的，太好看了，我们回头把它给糟蹋了太可惜！

荣升入。

荣 大太太在这屋子么？

大太 在这屋子。什么事？

荣 对门陈太太过来了，在您屋子里坐，请您过去呢。

大太 （慌张）噢，我就来，就来……

大太太下，黄同琪放声地笑出来。

荣 （半自语）我说是大太太许在这屋子里，问梅真，她总不答应，偏说不知道，害得我这找劲儿的！……

荣升下。

琪 对门陈太太，她跑来做什么？那家伙，准有什么鬼主意！

黄 许是好奇也来看你们的热闹。谁让你们请跳舞，这事太新鲜，你不能怪人家不好奇，想来看看我们都是怎样的怪法子！

琪 （疑惑地）也许吧……还许是为梅真，你听伯嬷说她来没有？嘿！……得了，不说了，我们先挂画吧。回头我一定得告诉妈去！

黄 对了，来挂吧。（取起地上画，又搬梯子把梯架两腿支开放好）文琪，我上去，你替我扶着一点，这梯子好像不大结实。（慢慢上梯子）

琪 （扶住梯子，仰脸望）你带了钉子没有？

黄 带了，（把画比在墙上）你看挂在这里行不行？

词苑撷英

慌张：不沉着而急切忙乱。

语言描写

运用了语言描写，写出了荣升对梅真的抱怨和不高兴。

琪 你等等呀，我到那一边看看。（走过一边）行了，不不……再低一点……好了，就这样。（又跑到梯下扶着）

黄 （用锤子刚敲钉子）我钉啦！

琪 你等等！（又跑到一边望）不，不，再高一点！

黄 一会儿低，一会儿高，你可拿定了你的主意呀！

琪 你这个人什么都可以，就是这性急真叫人怕你！

黄 （钉画，笑）你怕我吗？

琪 （急）我可不怕你！

黄 （钉完画，由梯上转回头）为什么呢？

琪 因为我想我知道你。

黄 （高兴地转身坐梯上）真的？

琪 （仰着脸笑）好，你还以为你自己是那么难懂的人呀？

仲维默望底下，愣愣地注视琪，不说话，只吹口哨。

琪 （用手轻摇梯身）你这是干吗呀？

黄 别摇，别摇，等我告诉你。

琪 快说，不然就快下来！

黄 自从有了所谓新派画，或是立体派画，他们最重要的贡献是什么？

琪 我可不知道！（咕噜着）我又不学历史，又不会画画！

黄 得了别说了，我告诉你，立体画最重要的贡献，大概是发现了新角度！这新角度的透视真把我们本来四方八正的世界——也可以说是宇宙——推广了变大了好几倍。

琪 你讲些什么呀？

黄 （笑）我在讲角度的透视。它把我们日常的世界推广了好几倍！你知道的，现代的画——乃至于现代的照相——都是由这新角度出发！一个东西，不止可以从一面正正地看它，你也可以从上，从下，斜着，躺着或是倒着，看它！

琪 你到底要说什么呀？

黄 我就说这个！新角度的透视。为了这新角度，我们的世界，乃至于宇宙，忽然扩大了，变成许多世界，许多宇宙。

琪 许多宇宙这话似乎有点不通！

黄 此刻我的宇宙外就多了一个宇宙，我的世界外又多出一个世界，我认识的你以外又多了一个你！

琪 （恍然悟了黄在说她）得了，快别胡说一气的了！

黄 我的意思是，我认识的你以外，我又多认识了一个你——一个从梯子上往下看到的，从梯子下往上望着的李文琪！

琪 （不好意思）你别神经病地瞎扯吧！

黄 （望琪）我顶正经地说话，你怎么不信！

琪 我信了就怎样？（顽皮地）你知道这宇宙以外，根本经不起再多出一个，从梯子上往下看到的，从梯子下往上望的李文琪所看到的，坐在梯子顶上说疯话的黄仲维！（仰脸大笑）

黄 你看，你看，我真希望你自己此刻能从这儿看看你自己，（兴奋）哪一天我要这样替你画一张相！

琪 你画好了么，闹什么劲儿？下来吧。

黄 说起来容易。我眼高手低，就没有这个本领画这样一张的你！要有这个本领，我早不是这么一个空想空说的小疯子了！

琪 你就该是个大疯子了么？

黄 可不？对宇宙，对我自己的那许多世界，我便是真能负得起一点责任的大疯子了！

琪 快下来吧，黄大疯子，不然，我不管替你扶住梯子了！

黄 （转身预备下来，却轻轻地说）文琪，如果我咬定了你这句话的象征意义，你怎样说？（下到地上望琪）

琪 什么象征意义？

黄 （拉住文琪两手，对面望住她）不管我是大疯子小疯子，在梯子顶上幻想着创造什么世界，你都替我扶住梯子，别让我摔下去，行不行？

琪 （好脾气地，同时又讽刺地）什么时候你变成一个诗人？

黄 （放下双手丧气地坐在梯子最下一级上）你别取笑我，好不好？……你是个聪明人，世界上最残忍的事就是一个聪明人笑笨人！（抬头向文琪苦笑）有时候，你弄得我真觉到自己一点出息都没有！（由口袋里掏出烟，垂头叹气）

琪 （感动，不过意地凑近黄，半跪在梯边向黄柔声问）仲维，你，你看我像不像一个刻薄人？

黄 （迷惑地抓头）你？你，一个刻薄人？文琪，你怎么问这个？你别这样为难我了，小姐！你知道我不会……不会说话……简直地不会说！

琪 （起立）不会说话，就别说了，不好么？

黄 （亦起立抓过文琪肩膀摇着她）你这个人！真气死我！你……你……你不知道我要告诉你什么？

琪 （逗黄又有点害怕）我，我不知道！（摆脱黄抓住她的手）

黄 （追琪）你……你把你耳朵拿过来，我非要告诉你不可——今天！

琪 （顽皮地歪着把耳朵稍凑近）哪……我可有点聋！

黄 （抓住琪的脸，向她耳边大声地）我爱你，知道吗，文琪？你知道我不会说

神态描写
运用了神态描写，写出了文琪的急切。

话……

琪　（努着嘴，红着脸，说不出话半天）那——那就怎么样呢？（两手掩面笑，要跑）

黄　（捉住琪要放下她两手）怎样？看我……琪看我，我问你，……别这样别扭吧！（从后面揽住文琪）我问你老四，你……你呢？

琪　（放下手转脸望黄，摇了一下头发微笑）我……我只有一点儿糊涂！

黄　（高兴地）老四！你真……真……噢，（把琪的脸藏在自己的胸前感伤地吻文琪发）你，你弄得我不止有一点儿糊涂了怎么好？小四！

琪　（伏在黄胸前憨笑）仲维，我有一点想哭。（抽噎着又像是笑声）

门开处唐元澜忽然闯入房里。

唐　今日这儿怎么了？！（忽见黄、琪两人，一惊）对不起，太高兴了忘了打门！

仲维、文琪同时转身望唐，难为情地相对一笑。

琪　（摇一摇头发顽皮倔强地）打不打门有什么关系？那么洋派干吗？

唐　（逗文琪）我才不知道刚才谁那么洋派来着？好在是我，不是你的大伯伯！

琪　（憨笑）元哥，你越变越坏了！（看黄微笑）

唐　可不是？（忽然正经地）顶坏的还在后边，你们等着看吧！文琪，你二哥什么时候到？

黄　（看表）十一点一刻。

唐　为什么又改晚了一趟车？

琪　我也纳闷呢，从前，他一放假总急着要回家来，这半年他怎么变了，老像推延着，故意要晚点回来似的。

唐　（看墙上画同屏风）仲维，这些什么时候画的？

黄　画的？简直是瞎涂的，昨天我弄到半晚上才睡！

梅真入，仍恢复平时活泼。

梅　（望望画，望黄同琪）你们就挂了这么一张画？

琪　可不？还挂几张？

知识延伸
屏风：屏风，中国传统建筑物内部挡风用的一种家具，所谓“屏其风也”。屏风作为传统家具的重要组成部分，历史由来已久。成为中式家居装饰不可分割的整体，而呈现出一种和谐之美、宁静之美。

黄 挂上一张就很不错了!

唐 你不知道，梅真，你不知道一张画好不容易挂呢!(望琪)

梅 (看看各人)唐先生，您来的真早!您不是说早来帮忙么?

唐 谁能有黄先生那么勤快，半夜里起来做苦工!

黄 老唐，今日起你小心我!

梅 (望两人不懂)得了，你们别吵了，唐先生，现在该轮到您干点活了，(手里举着一堆小白片子)您看，这堆片子本来是请您给写一写的。(放小桌上)

唐 (到小桌边看)这些不都写好了么?

梅 可不?(淘气地)要都等着人，这些事什么时候才完呀?四小姐，你看看这一屋子这么好?

三小姐文霞跑进来。文霞穿蓝布夹袍，素净像母亲，但健硕，比母亲高。她虽是巾帼而有须眉气概的人，天真稚气却亦不减于文琪。爱美的心，倔强的志趣，高远的理想，都像要由眉宇间涌溢出来。她自认爱人类，愿意为人类服务牺牲者，其实她就是一个富于热情又富于理想的好孩子。自己把前面天线展得很长很远，事实上她却仍然是学校、家庭中的小孩子。

霞 (兴奋地)饭厅里谁插的花?简直地是妙!

大家全看着彼此。

梅真不好意思地转去收拾屋子。

琪 一定是梅真!(向梅努嘴)

霞　我以为或者是妈妈——那个瓶子谁想到拿来插梅花！

琪　那黑胆瓶呀？可不是梅真做的事。（向梅）梅真，你听听我们这热心的三小姐！怎么？梅真“烧盘儿”啦？

黄　梅真今天很像一个导演家！

霞　嘿，梅真，你的组织能力很行呀，明日你可以到我们那剧团里帮忙！

梅　得了，得了，你们尽说笑话！什么导演家啦，组织能力啦，组织了半天，导演了半天，一早上我还弄不动一个明星做点正经事！

黄　好，我画了一晚上不算？今日早上还挂了一张名画呢？

梅　对了，这二位明星（指黄同琪）挂一张画的工夫，差点没有占掉整一幕戏的时候！（又指唐）那里那一位，好，到戏都快闭幕了才到场！

大家哄然笑。

唐　你这骂人的劲儿倒真有点像大导演家的口气，你真该到上海电影公司里去……

梅　导演四小姐的恋爱小说，三小姐的宣传人道的杰作……

霞　梅真，你再顽皮，我晚上不帮你的忙了，你问什么社会经济问题以后我都不同你说了，省得你挖苦我宣传人道！

宋雄入，手里提许多五彩小灯笼。

宋　四小姐，饭厅灯安好一排，您来看看！

梅　安好了吗？真快，我来看……

琪下。

黄　我也去看看……

黄随琪下。

霞　宋雄！你来了，你那铺子怎样啦？

宋　三小姐，好久没有见着您，听说您总忙！您不是答应到我那铺子里去参观吗？您还要看学徒的吃什么，睡在哪儿，我待他们好不好，您怎么老不来呀？

霞　（笑）我过两天准来，你错待了学徒，我就不答应你！

宋　好，三小姐，这一城里成千成万的大资本家，您别单挑我这小穷掌柜的来做榜样！告诉您，我待人可真不错，刚才那小伙计送电线来，您不出去瞧瞧？吃得白胖白胖的。

唐　（微笑插嘴）小电灯匠吃得白胖白胖的可不行！小心上了梯子掉下来！

宋　（好脾气地大笑，望着梅立刻敛下笑容，很庄严地）三小姐哪天到我行里玩玩？买盏桌灯使？

霞　好，我过两天同梅真一块来。

宋　（高兴向梅）梅姊，对了，你也来串串门。（急转身望梯子）这梯子要不用了，我给拿下去吧。

梅　（温和地）好吧，劳驾你了。（急转脸收拾屋子）

宋拿梯子下。

唐　我也去看看饭厅的梅花去！

梅　得了，唐先生，您不是来帮忙吗？敢情是来看热闹的！

唐　（微笑，高兴地）也得有事给我做呀？！

梅　好，这一屋子的事，还不够您做的？

霞　我也该来帮点忙了。

梅　三小姐，这堆片子交给您，由您分配去，吃饭分三组，您看谁同谁在一起好。就是一件。（附霞耳细语）

霞　这坏丫头！（笑起来，高兴地向门走）

文霞下。

梅真独自收拾屋子不语。

唐元澜望梅，倚书架亦不语。

梅　怎么了，唐先生？

唐　没有怎么了，我在想。

梅　什么时候了，还在想！

唐　我在想我该怎么办！

梅　什么事该怎么办？

唐　所有的事！……好比……你……

梅　（惊异地立住）我？

唐　你！你梅真，你不是寻常的女孩子，你该好好自己想想。

梅　我，我自己想想？……那当然，可是为什么你着急，唐先生？

唐　（苦笑）我不着急，谁着急？

梅　这可奇怪了！

唐　奇怪，是不是？世界上事情都那么奇怪！

梅　唐先生，我真不懂你这叫做干吗！

唐　别生气，梅真，让我告诉你，我早晚总得告诉你，你先得知道我有时很糊涂，糊涂极了！

梅　等一等，唐先生，您别同我说这些话！有什么事您不会告诉大小姐去？

唐　梅真！大小姐同我有什么关系？除掉那滑稽的误会

> **神态描写**
> 运用了神态描写，写出了唐元澜的思量。

> **词苑撷英**
> 滑稽：（举止言谈）诙谐而引人发笑。

的订婚！你真不知道，我不是来找那大小姐的，我是来这儿解释那订婚的误会的，同时我也是来找她二弟帮我忙，替你想一想法子离开这儿的。

梅 找二爷帮你的忙，替我想法子离开这儿？我愈来愈不明白你的话了！

唐 我知道我这话唐突，我做的事糊涂，我早该说出来，我早该告诉你……（稍顿）

梅 我不懂你早该告诉我什么？

唐 我早该告诉你，我不止爱你，我实在是佩服你，敬重你，关心你。当时我常来这儿找她们姊妹们玩，其实也就是对你……对你好奇，来看看你，认识你！一直到现在我还是一样的对你好奇，尽想来看你，认识你——平常的说法也许就是爱恋你，倾倒你。

梅 来看我？对我好奇？（眼睛睁得很大，向后退却）对我……

唐 你！来看你！对你好奇，我才糊糊涂涂地常来！谁知道倒弄出一个大误会！大家总以为我来找文娟，我一出洋，我那可恶的刘姨嬷就多管闲事，做主说要我同文娟订婚！这玩笑可开得狠了！弄得我这狼狈不堪的！这次回来，事情也还不好办，因为这儿的太太是大小姐的后妈，却是我的亲姑姑，我不愿意给她为难，现在就盼着二少爷回来帮帮我的忙，同文娟说穿了，然后再叫我上地狱过刀山挨点骂倒不要紧，要紧的是你……

梅 （急得跺脚两手抱住额部，来回转）别说了，别说了，我整个听糊涂了！……你这个叫做怎么回事呀？（坐一张矮凳上，不知所措）

唐 （冷静地）说得是呢？怎么回事？！（叹息）这次我回来才知道大小姐同你那样做对头，我真是糊涂，我对不起你。（走近梅真）梅真，现在我把话全实说了，你能原谅我，同情我！你……（声音轻柔地）这么聪明，你……你不会不……

梅 （急打断唐的话）我，我同情你，但是你可要原谅我！

唐 为什么？

梅 因为我……我只是没有出息的丫头，值不得你，你的……爱……你的好奇！

唐 别那样子说，你弄得我感到惭愧！现在我只等着二少爷回来把那误会的婚约弄清。你答应我，让我先帮助你离开这儿，你要不信我，你尽可让我做个朋友……我们等着二少爷……

梅 （哭着拿手绢蒙脸）你别，你别说了，唐先生！你千万别跟二爷提到我！好，我的事没有人能帮助我的！你别同二少爷说。

唐 为什么？为什么别跟二少爷提到你？（疑心想想，又柔声地问）你不知道他是一个很能了解人情的细心人？他们家里的事有他就有了办法吗？

梅 （擦眼泪频摇头）我不知道，你别问我！你就别跟二少爷提到我就行了！你要同大小姐退婚，自己快去办好了！（起立要走）那事我很同情你的，不信问四小姐。（又哭拭眼泪）

唐 梅真，别走！你上哪儿去？我不能让你这样为难！我的话来得唐突，我知道！可是现在我的话都已经实说出来了，你，你至少也得同我说真话才行！（倔强地）我能不能问你，为什么你叫我别对二少爷提到你？为什么？

梅 （窘极摇头）不为什么！不为……

唐 梅真，我求你告诉我真话。（沉着严重地）你得知道，我不是个浪漫轻浮的年轻人，我已经不甚年轻，今天我告诉你，我爱你，我就是你，无论你爱不爱我！现在我只要求你告诉我真话。（头低下去，逐渐了解自己还有自己不曾料到的苦痛）你不用怕，你尽管告诉我，我至少还是你的朋友，盼望你幸福的人。

梅 （始终低头呆立着咬手绢边，至此抿紧了口唇，翻上含泪的眼向唐）我感激你，真的我，我感激你……

唐 （体贴的口气）为什么你不愿意我同文靖提到你？

梅 因为他——他——（呜咽地哭起来）我从小就在这里，我……我爱……我不能告诉你……

唐 （安静地拍梅肩，安慰地）他知道么？

梅 我就是不知道他知道不知道呀！（又哭）他总像躲着我。……这躲着我的缘故，我也不明白……又好像是因为喜欢我，又好像是怕我……我……我真苦极了……（又蒙脸哭）

唐 梅真！你先别哭，回头谁进来了……（四面张望着拉过梅真到一边）好孩子，别哭，恋爱的事太惨了，是不是？（叹口气）不要紧，咱们两人今天是同行了。（自己低头，掏出手绢擤鼻子，又拿出烟点上，嘴里轻轻说）我听见窗子外面有人过去，快把眼睛擦了！

窗外许多人过去，仲维、文琪同文霞的声音都有。

窗外荣 二少爷的火车是十一点一刻到。

窗外黄 雇几辆洋车？都谁去车站接二哥？

窗外霞 还有我……

窗外琪 我也去接二哥！

窗外黄 快，现在都快十点半了！

唐静静地抽着烟，梅真低头插瓶花，整理书架。

窗外二爷 火车十一点一刻到，是不是？

还有三刻钟了，还不快点？

（梅又伏桌上哭，唐不过意地轻拍梅肩，门忽然轻推开，大小姐文娟进来，由背后望着他们。窗外仍有嘈杂声。）

窗外 接二哥去……快吧……

（幕下）

第三幕

出台人物（按出台先后）

文娟

李二太太　李琼

张爱珠

文琪

荣升

二少爷　文靖　初由大学校毕业，已在南方工厂供职一年的少年

文霞

梅真

地点　　三小姐、四小姐共用的书房

时间　　与第二幕同日，下午四点钟后

同一个房间，早上纷乱的情形又归恬静。屋子已被梅真同文琪收拾成所谓未来派的吃烟室。墙上挂着新派画，旁边有一个比较怪诞的新画屏风。矮凳同靠垫同其他沙发、椅子分成几组，每组有他中心的小茶几，高的，矮的，有红木的，有雕漆的，圆的同方的。家具显然由家中别处搬来，茶几上最主要的摆设是小盏纱灯同烟碟。书架上窗子前均有一种小小点缀。最醒目的是并排的红蜡烛。近来女孩子们对于宴会显然受西洋美术的影响，花费她们的心思在这种地方。

幕开时天还没有黑，阳光已经有限，屋中似乎已带点模糊。大小姐文娟坐在一张小几前反复看一封短短的信。

娟　（自语）这真叫人生气！今早的事，我还没有提出，他反如此给我为难！这真怪了，说得好好的他来，现在临时又说不能早来！这简直是欺侮我！（皱眉苦思）今晚他还要找我说话，不知要说什么？……难道要同我提起梅真？（不耐烦地起立去打电话）喂，东局五三四〇，哪儿？喂，唐先生在家么？我李宅，李小姐请他说话……（伸头到处看有没有人）……喂，元澜呀？我是娟，对了……你的信收到了，我不懂！干吗今晚不早来跳舞？为什么你愈早来，愈会

> **知识延伸**
> 西洋：泛指西方国家，多指欧洲、美国、加拿大、澳大利亚和新西兰。在古代是古中国人以中国为中心的一个地理概念。最早出现在五代，不同时代含义不尽相同。元、明朝时期的西洋是指文莱以西的东南亚和印度沿岸地区，晚清用西洋一词指欧美国家。西洋概念与东洋、南洋等概念相对应。南洋指东南亚，东洋指日本。

> **语言描写**
> 运用了语言描写，写出了文娟对于对方失约的愤怒。

妨碍我的愉快？怎么这算是为我打算！什么？晚上再说？这样你不是有点闹别扭，多存心给人不高兴？……人……人家好意请你……你自己知道对不起人，那就不要这样，不好么？你没有法子？为什么没有法子？晚上还是不早来呀？那……那随你。

（生气地将电话挂上，伏在桌上哭，又擦擦眼泪，欲起又怔着）

妈妈 （李琼）走进屋子，望见文娟哭，惊讶地退却，又换个主意仍然进来。

琼 （装作未见娟哭）这屋子安排得倒挺有意思！

（娟低头拭泪不答。）

琼 （仍装作未见）到底是你们年轻人会弄……

娟仍不语。

琼 娟娟，这趟二弟回来你看是不是比去年头显着胖一点？（望见娟不语）我真想不到他在工厂里生活那么苦，倒吃胖了，这倒给我这做父母的一个好教训。我自己寻常很以为我没有娇养过孩子，就现在看来，我还应该让你们孩子苦点才好！（偷看文娟，见她没有动静）你看，你们这宴会，虽然够不上说奢侈，也就算是头等幸福。这年头挨饿的不算，多数又多数的人是吃不得饱的，这个有时使我很感到你们的幸福倒有点像是罪过！（见到娟总不答应，决然走到她背后拍着她）娟娟，怎么了？热闹的时候又干吗生气？

娟 （哽声愤愤地）谁……谁愿意生气？！

琼 娟，妈看年轻的时光里不值得拿去生气的！昨晚上，我听你睡得挺晚，今晚你们一定会玩到更晚，小心明天又闹头痛！（娟索性哭起来。）

琼 别哭，别哭，回头眼睛哭红了不好看，到底什么事，能告诉我吗？

娟 （气愤地抬头）元澜今晚要丢我的面子！他，他说他不能早来，要等很晚才到，吃饭的时候人家一定会奇怪的，并且妈不是答应仲维同老四今晚上宣布他们的婚约吗？

琼 元澜早来晚来又有什么关系？

娟 怎么没有关系？！并且，我告诉妈吧，梅真太可恶了！

琼 （一惊）梅真怎么了？

娟 怎么了？！妈想吧！一直从元澜回来后，她总是那么妖精似的在客人面前讨好，今早上我进这屋子正看见她对元澜不知哭什么！元澜竟然亲热地拿手搭在她背上，低声细语地在那儿安慰她！我早就告诉妈，梅真要不得！

琼 （稍稍思索一下）在你们新派人的举动里，这个也算不得什么了不得的事！这也不能单怪梅真。（用劝告口气）我看娟娟，你若是很生气元澜，你们那婚约尽可以“吹”了，别尽着同元澜生气下去，好又不好，吹又不吹地僵着！婚姻的事不能勉强的，你得有个决心才好。

娟 他，他蹓了人，我怎么不生气！

琼 他要真不好，你生他的气，又有什么用？还不如大家客客气气地把话说开了，解除了这几年口头上的婚约，大家自由。

娟 这可便宜了他！

琼 这叫什么话，娟？你这样看法好像拿婚姻来同人赌气，也不顾自己的幸福！这是何苦来？你要不喜欢他，或是你觉得他对不起你，那你们只好把从前那事吹了，你应该为自己幸福打算。

娟 这样他可要得意了！他自己素来不够诚意，“现在我要提出吹了婚约的话，他便可以推在我身上说是我蹓了他！”

琼 什么是谁“蹓”了谁！如果合不来，事情应该早点解决，我看，婚姻的事很重大，不是可以随便来闹意气的。你想想看，早点决定同我说。你知道，我多担心你这事！

娟 那么，梅真怎么样？她这样可恶，您也不管吗？

琼 梅真的事我得另外问问她，我还不知道她到底做了些什么不应该的事。

娟 我不是告诉您了么，她对元澜讨好，今早我亲眼看到他们两人在这屋子里要好得了不得样子……

琼 这事我看来还是你自己决定，如果你不满元澜对你的态度，你就早点同他说，以后你们的关系只算是朋友，从前的不必提起，其他的事根本就不要去管它了。

娟 您尽在我同元澜的关系一点上说，梅真这样可恶荒唐，您就不提！

琼 老实说，娟，这怎样又好算梅真的荒唐可恶呢？这事本该是元澜负点责！现在男女的事情都是自己自由的，我们又怎样好去禁止谁同谁“讨好”？

娟 好，我现在连个丫头都不如了！随便让她给侮辱了，我只好吞声下气地去同朋友解除婚约！我反正只怪自己没有嬷，命不好……

琼 娟，你不能对我这样说话！（起立）我自认待你一百分的真心。你自小就为着你的奶奶总不听我的话，同我种种为难，我对你总是很耐烦的。今天你这么大了，自己该有个是非的判别力！据我的观察，你始终就不很喜欢元澜的，我真不懂你为什么不明白地表示出来？偏这样老生气干吗？

娟 谁说过我不喜欢元澜？

琼 我说据我的观察。我也知道你很晓得他学问好，人品好，不过婚姻不靠着这种客观的条件。在性情上你们总那么格格不入，这回元澜由国外出来，你们两人兴趣越隔越远……

娟 反正订婚的事又不是我的主张！本来是他们家提的不是；现在他又变心了，叫我就这样便宜了他，我可没有那么好人！

琼 娟，这是何苦来呢？

娟 我不知道！（生气地起立）我就知道，我要想得出一个法子，我一定要收拾收拾梅真，才出得了我这口气。我恨透了梅真！当时我就疑心元澜有点迷恋她。

琼 你早知道了，为什么你答应同元澜订婚？

娟 就是因为我不能让梅真破坏我同元澜的事！

琼 娟，你这事真叫我着急，你这样的脾气只有给自己苦恼，你不该事事都这样赌气似的来！

语言描写
运用了语言描写生动表现出李琼的愤怒。

娟 事事都迫着我赌气！这梅真简直能把我气死，一天到晚老像反抗着我。明明是丫头而偏不服！本来她做丫头又不是我给卖掉的，也不是我给买来的，她对我总是那么一股子恨。

琼 她这点子恨也许有一点，可是你能怪得她么？记得当时奶奶在时你怎样地压迫她，怎样地使她的念书问题变得格外复杂？当时她岁数还小，没有怎样气，现时她常常愤慨她的身世，怀恨她的境遇感到不平……不过她那一点恨也不尽是恨你……

娟 我又怎样地压迫她？她念书不念书怎么又是我负责？

琼 当然我是最应该负责的人，不过，当时她是你奶奶主张买来的，又交给我管，一开头我就知道不好办，过去的事本来不必去提它，不过你既然问我，我也索性同你说开，当时我主张送她到学堂念书，就是准备收她做干女儿，省得委屈她以后的日子。我想她那么聪明，书总会念得好。谁知就为着她这聪明，同你一块儿上学，功课常比你的好，你就老同她闹，说她同你一块上学，叫你不好看。弄到你奶奶同我大生气，说我做后嬷的故意如此，叫你不好过。这样以后，我才把她同你姊妹们分开，处处看待她同看待你们有个不同，以示区别……

词苑撷英
索性：表示直截了当，干脆。

娟 奶奶当时也是好意，她是旧头脑，她不过意人家笑话我同丫头一起上学……那时二弟上的是另外一个学堂，三妹、四妹都没有上学，就是我一人同梅真。

琼 就为得这一点，我顺从了你奶奶意思，从此把梅真却给委屈了！到了后来我不是把梅真同三妹、四妹也同送一个学堂，可是事事都成了习惯，她的事情地位一天比一天不好办，现在更是愈来愈难为情了！老实说，我在李家做了十来年的旧式儿媳妇，事事都顺从着大人的主意，我什么都不懊悔，就是梅真这桩事，我没有坚持我的主张，误了她的事，现在我总感到有点罪过……

娟 我不懂您说的什么事一天比一天的不好办，愈来愈难为情？

琼 你自己想想看！梅真不是个寻常的女孩子，又受了相当高的教育，现在落个丫头的名义，她以后怎么办？当时在小学校时所受的小小刺激不算，后来进中学，她有过朋友不能请人家到家里来，你们的朋友她得照例规规矩矩地拿茶，拿点心，称先生，称小姐——那回还来过她同过学的庄云什么，你记得么？她就不感到不公平，我们心里多感到难为情？……现在她也这么大了，风气同往前更不同了，她再念点新思想的书……你想……

娟 那是三妹在那儿宣传她的那些社会主义！

琼 这也用不着老三那套社会主义，我们才明白梅真在我们这里有许多委屈不便的地方！就拿今天晚上的请客来说吧，到时候她是不是可以出来同你们玩玩？……

娟 对了，（生气地）今天晚上怎么样？四妹说妈让梅真出来做客——是不是也让她跳舞？……要是这样，我干脆不用出来了……这明明是同我为难！

琼 （叹口气）一早上我就为着这桩事七上八下的，想同你商量，我怕的就是你不愿意，老三、老四都说应该请梅真。

娟 那您又何必同我商量？您才不用管我愿意不愿意呢！

琼 娟，我很气你这样子说话！你知道，我就是常常太顾虑了你愿意不愿意，才会把梅真给委屈了，今晚上的宴会，梅真为你们姊妹忙了好多天，你好意思不叫她出来玩玩？她也该出来同你们的朋友玩玩了。

娟 这还用您操心，（冷冷地）分别不过在暗同明的就是了。今早上她不是同元澜鬼混了一阵子么？（哭）反正，我就怪我没有嬷……

琼 娟，你只有这么一个病态心理吗？为什么你不理智一点，客观一点，公平一点看事！……我告诉你，我要请梅真出来做客是一桩事，你同元澜合得来合不来又是一桩事，你别合在一起闹。并且为着保护你的庄严，你既不满意元澜，你该早点同他说穿了，除掉婚约。别尽着同他别扭，让他先……先开口……我做妈的话也只能说到这里了。

娟委屈伤心地呜咽着哭起来。

琼 （不过意地走到娟身旁，坐下一臂揽住文娟，好意地）好孩子，别这样，你年纪这么轻，幸福，该都在前头呢，元澜不好，你告诉他……别叫人笑话你不够大方……对梅真我也希望你能厚道一点……

爱珠忽然走进来。

珠 （惊愕地）文娟怎么了？

琼 张小姐你来得正好，娟娟有点不痛快，你同她去洗洗脸……一会就要来客了不是？娟，今晚上你们请客几点来？

娟 六点半……七点吧……反正我不出来了。

珠 （坐娟旁）娟娟，怎么啦？

琼 （起立）张小姐你劝劝她吧，本来也不是什么大事情，我今晚决定请梅真出来做客，趁这机会让我表白一下我们已经同朋友一样看待她。你是新时代人，对于这点一定赞成的，晚上在客人眼前一定不会使梅真有为难的地方。（要走）

珠 伯母今晚请梅真做客，这么慎重其事的，（冷笑）那我们都该是陪客了，怎么敢得罪她！

琼 （生气正色地）我不是说笑话，张小姐，我就求你们年轻人厚道一点，多多帮点忙……

娟暗中拉爱珠衣袖。

琼下。

珠 怎么了，娟？

娟 怎么了？这是我的命太怪，碰上这么个梅真！大家近来越来越惯她，我想不到连妈都公然护着她，并且妈妈明明听见了我说元澜有点靠不住……今早上他们那样子……

珠 我不懂元澜怎么靠不住？

娟 你看不出来元澜近来的样子在疯谁？他常常盯着眼看梅真的一举一动，没有把我气死！今早上……

外面脚步响。

珠 （以手指放唇上示意叫文娟低声）唏！外面有人进来，我们到你屋子去讲吧……

娟回头望门，外面寂然。

娟 回头我告诉你……

珠 （叹口气向窗外望，又回头）娟，我问你，我托你探探你二弟的口气，你探着什么了没有？

娟 二弟的嘴比蜡封的还紧，我什么也问不出来。据我看，他也不急着看璨璨……

珠 得了，我也告诉你，我看，也是梅真的鬼在那儿作怪，打吃午饭时起，我看你二弟同梅真就对怔着，也不知是什么意思……

（外面又有语声，两人倾耳听。）

娟 我们走吧，到我屋子去……

（荣升提煤桶入。）

娟 什么事，荣升？

荣 四小姐叫把火添得旺旺的，今儿晚上要屋子越热越好。

珠 我们走吧！

（娟、珠同下）

荣 （独弄火炉，一会儿又起立看看屋子。对着屏风）这也不叫着什么？（又在几个小凳上试试。屋子越来越黑）这天黑得真早！（又去开了开小灯。左右回顾才重新到火炉边弄火炉）（小门开了，四小姐文琪肩上披着白毛巾，散着显然刚洗未干的头发进来。）

荣 四小姐，是您呀？

琪 荣升，火怎么了？

荣 我这儿正通它呢！说话就上来。

琪 荣升，今晚上，今晚上你同梅真说话客气点……

荣 我们“多会儿”说话都是客客气气的……人家是个姑娘……

琪 不是为别的，今晚上太太请梅真出来做客，你们就当她是一位客人，好一点，你知道她也是我的一个同学。

荣 反正，您是小姐，您要我们怎样，我们一定得听您的话的，可是四小姐……我看（倚老卖老地）您这样子待她，对她也没有什么好处……

琪 为什么？你的话我不懂！（走近火炉烤头发）

荣 您想吧，您越这样子待她不是越把她眼睛提得老高，往后她一什么，不是高不成，低不就，不落个空么？

琪 我不懂，这个怎讲？

荣 就说那德记电料行宋掌柜的，说话就快有二年了！

琪 宋掌柜又怎么了，什么快有二年了？

荣 （摩擦两掌吞吞吐吐地）那小宋不尽……等着梅真答应……嫁给他吗？

琪 （惊讶地）小宋等……等……梅真？

荣 说得是呢，那不是挺“门当户对”的。梅真就偏不给他个回话，人家也就不敢同二太太提。那天我媳妇还说呢，她说，要么她替宋掌柜同太太小姐们说说好话，小宋也没有敢让我们来说话。今儿，我顺便就先给您说一下子……

小门忽然推开，文靖——刚回家的二少爷——进来。文靖像他一家子人，也是有漂亮的体格同和悦的笑脸的。沉静处，他最像他母亲，我们奇怪的是在他笑悦的表情底下，却蕴住与他不相宜的一种忧郁，这一点令人猜着是因为他背负

语言描写

运用了语言描写，写出了文琪的犹豫。

词苑撷英

门当户对：旧指男女双方家族的社会政治地位和经济状况不相上下，适宜通婚结亲。现泛指人与人的身份相等，物与物的对称适合等。

着一个不易解决的问题所致，而不是他性情的倾向。

靖　（亲热淘气地）怎样？

琪　（向荣升）你去吧，快点再去别的屋子看看炉子。

荣　好吧，四小姐。

荣匆匆下。

靖　（微笑）荣升还是这个样子，我总弄不清楚他是个好人还是个坏人！（重新淘气地）怎么样？我看你还是让我跟你刷头发吧！

琪　二哥，我告诉你了，你去了一年，手变粗了，不会刷头发了，我不要你来弄我的头！

靖　别那么气我好不好？你知道我的手艺本来就高明，经过这一年工厂里的经验，弄惯了顶复杂的机器，我的手更灵敏了许多……

琪　得了，我的头可不是什么复杂的机器呀！

靖　（笑逗琪）我也知道它不复杂，仅是一个很简单的玩艺儿！

琪　二哥你真气人！（用手中刷子推他）你去吧，你给自己去打扮打扮，今晚上有好几位小姐等着欢迎你呢！去吧，我不要你刷我的头发。……

靖　（把刷子夺过举得高高地）我真想不到，我走了一年，我的娇嫩乖乖的小妹妹，变成了这么一个凶悍泼辣的“娘们”！

琪　你真气死我啦！

靖　别气，别气，气坏了，现在可有人会不答应我的……

琪　（望靖，正经地）二哥，……二哥……，你还没有告诉我，你喜欢不喜欢仲维呢？……（难为情地）二哥，你得告诉我真话……

靖　（亲热怜爱地）老四，你知道我喜欢仲维，看样子他很孩子气，其实我看他很有点东西在里面，现在只看他怎样去发展他那点子真玩艺儿……

琪　我知道，我知道，我看我们这许多人里，顶算他有点，有点真玩艺儿，二哥，你也觉得这样，我太高兴了……今晚上我们就宣布订婚的事。（两人逐渐走近火炉边。）

靖　（轻轻地推着琪）高兴了，就请你坐下，乖乖地让我替你刷头发……做个纪念，以后嫁了就轮不到哥哥了！

琪　（笑）二哥，你真是怪物，为什么，你这么喜欢替我刷头发？

靖　这个你得问一个心理学家，我自己的心理分析是：一个真的男性他一定喜欢一件极女性的柔媚的东西，我是说天然柔媚的东西，不是那些人工的，奢侈繁腻的可怕玩艺儿！（刷琪发）

琪　吓！你轻一点……

靖　对不起，（又刷琪发）这样子好不好？我告诉你，不知为什么，我觉得刚洗过的女孩子的头发，表现着一种洁净，一种温柔，一种女性的优美，我对着它会起一种尊敬，又生一种爱，又是审美的，又是近人性的……并且在这种时候，我对于自己的性情也就感到一种和谐的快活。

琪 真的么？二哥。

靖 你看（一边刷头发）我忘了做男子的骄傲，把他的身边的情绪对一个傻妹妹说，她还不信！

琪 二哥，我还记得从前你喜欢同人家打辫子，那时候我们都剪了头发，就是梅真有辫子……我们都笑你同丫头好，你就好久好久不理梅真……

靖 （略一皱眉）你还记得那些个，我都忘了！（叹口气）我抽根烟好不好？哪，（把刷子递给琪）你自己刷一会，我休息一下子……

琪 （接刷子起立）好，就刷这几下子！（频频打散头发摇下水花）二哥，你到底有几天的假？

靖 不到十天。

琪 那为什么你这么晚才回来，不早点赶来，我们多聚几天？你好像不想回家，怕回家似的。

靖 我，我真有点怕 。

琪 （惊奇地）为什么？

靖 老四，你真不知道？

琪 不知道什么？我不懂！

靖 我怕见梅真……

琪 （更惊讶地）为什么，二哥？

靖 （叹口气，抽两口烟，默然一会儿）因为我感到关于梅真，我会使妈妈很为难，我不如早点躲开点，我决定我不要常见到梅真倒好。

琪 二哥！你这话怎么讲？

靖 （坐下，低头抽烟）老四，你不……不同情我么？（打打烟灰）有时我觉到很苦痛……或者是我不够勇敢。

琪 （坐到靖旁边）二哥，你可以全告诉我吗？我想……我能够完全同情你的，梅真实在能叫人爱她……（见靖无言）现在你说了，我才明白我这人有多糊涂！我真奇怪我怎么没想到，我早该看出你喜欢她……可是有一时你似乎喜欢璨璨——你记得璨璨吗？我今晚还请了她。

靖 （苦笑）做妹妹的似乎比做姐姐的糊涂多了。大姐早就疑心我，处处盯着我，有一时我非常地难为情。她也知道我这弱点，更使得我没有主意，窘透了，所以故意老同璨璨在一起，（掷下烟，起立）老四，我不知道你怎样想……

琪 我？我……怎样想？

靖 我的意思是：我不知道你是不是也感到如果我同梅真好，这事情很要使妈妈苦痛，（急促地）我就怕人家拿我的事去奚落她，说她儿子没有出息，爱上了丫头。我觉得那个说法太难堪；社会上一般毁谤人家的话，太使我浑身起毛栗。就说如果我真的同梅真结婚，那更糟了，我可以听到所有难听的话，把梅真给糟蹋坏了……并且妈妈拿我这儿子看得那么重，我不能给人机会说她儿子没有骨气，（恨恨地）我不甘心让大伯嬷那类人得意地有所借口，你知道么？老四！

琪 现在我才完全明白了！……怪不得你老那样极力地躲避着梅真。

靖 我早就喜欢她，我告诉你！可是我始终感到，我对她好只会给她苦痛的，还要给妈妈个难题，叫她为我听话受气，所以我就始终避免着，不让人知道我心里的事儿，（耸一耸肩）只算是给自己一点点苦痛。（支头沉思）

琪 梅真她不知道吗？

靖 就怕她有点疑心！或许我已经给了她许多苦痛也说不定。

琪 也许，可是我倒没有看出来什么……我也很喜欢梅真，可是我想要是你同她好，第一个，大伯伯一定要同妈妈闹个天翻地覆，第二个是大姊，一定要不高兴，更加个爱传是非的大伯嬷，妈妈是不会少麻烦的。可是刚才我刚听到一桩事，荣升说梅真……什么她……（有点不敢说小宋求婚的事）

靖 （显然不高兴）梅真怎么了？

琪 荣升说……

张爱珠盛妆入。

珠 嘿，你们这里这么黑，我给你们开盏灯！

琪 （不耐烦地同靖使个眼色）怎么你都打扮好了！这儿可不暖和呀。

珠 （看靖）我可以不可以叫你老二？你看，这儿这个叫你二哥，那个叫你二弟的，我跟着哪个叫都不合适！（笑

> **语言描写**
> 运用了语言描写，写出了文靖的担忧和急切。

> **词苑撷英**
> 天翻地覆：变化巨大，也形容闹得很凶。

眯眯地，南方口音特重）老二，你看，我这副镯子好不好？（伸手过去）

靖 （客气地）我可不懂这个。

珠 你看好不好看呢？

靖 当然好看！

珠 干吗当然？

靖 （窘）因为当然是应该当然的！

珠 （大笑）你那说话就没有什么诚意！……嘿，老四你知道，你大姐在那儿哭吗？

琪 她又哭了，我不知道，反正她太爱哭。

珠 这个你也不能怪她，（望一望靖）她今早上遇到元澜同梅真两人在这屋子里，也不知是怎样的要好，亲热极的那样子——她气极了。

琪 什么？不会，不会，一定不会的！

珠 嘿，人家自己看见了，还有错么？你想。

琪 望靖，靖转向门。

靖 你们的话，太复杂了，我还是到屋里写信去吧，说不定我明天就得走！

琪 二哥，你等等……

靖 不行，我没有工夫了。

靖急下。

珠 （失望地望着靖的背影）你的二哥明天就走？

琪 不是我们给轰跑的吗？爱珠，大姐真的告诉你那些话么？

珠 可不真的！难道我说瞎话？

琪 也许她看错了，故意那么说，因为她自己很不喜欢元哥！

珠 这个怎样会看错？我真不懂你怎么看得梅真那么好人！你妈说今晚要正式请梅真在这儿做客，好让她同你们平等，我看她以后的花样可要多了。说不定仲维也要让她给迷住！

琪 爱珠！你别这样子说话！老实说，梅真实在是聪明，现在越来越漂亮，为什么人不能喜欢她？（笑）要是我是男人，也许我也会同她恋爱。

珠 （冷笑）你真是大方，随便可以让姊姊的同自己的好朋友同梅真恋爱，梅真福气也真不坏！

琪 得了吧，我看她就可怜！

文霞拉着梅真上。

霞 梅真真气人，妈请她今天晚上一定得出来做客，她一定不肯，一定要躲起来。

珠 梅真干吗这样子客气，有人等着要同你恋爱呢，你怎么要跑了，叫人失恋！

梅 张小姐，您这是怎么讲？

霞 （拉着梅真）梅真，你管她说什么！我告诉你，你今天晚上就得出来，你要不出来，你就是不了解妈妈的好意，对不起她。你平日老不平社会上的阶级习惯，今天轮到你自己，你就逃不出那种意识，介意这些个，多没有出息！

琪 梅真，要是我是你，我才不躲起来！

梅 （真挚地带点咽哽）我不是为我自己，我怕有人要不愿意，没有多少意思。

珠 （向梅真）你别看我不懂得你的意思！大小姐今天晚上还许不出来呢，你何苦那么说。反正这太不管我的事了，这是你们李家的纠纷……

霞 怎么？大姊今晚上真不出来吗？那可不行，她还请了好些个朋友，我们都不大熟的……

珠 那你问你大姊去，我可不知道，老实说，我今天听了好些事，我很同情她……

爱珠向着门，扬长而去。

梅 你们看，是不是？我看我别出来吧，反正我也没有什么心绪。

琪 三姊，我们同去看大姊吧，回头来了客，她闹起别扭来多糟糕！

霞 （回头）梅真你还是想一想，我劝你还是胆子大一点，装做不知道好！今天这时候正是试验你自己的时候……

梅 好小姐，你们快去看大小姐吧，让我再仔细想，什么试验不试验的，尽是些洋话！

琪、霞同下，梅起灭了大灯，仅留小桌灯，独坐屏风前小角隅里背向门，低头啜泣。门轻轻地开了，文靖穿好晚服的黑裤白硬壳衬衫，黑领结打了一半，外面套着暗色呢“晨衣”Dressing-Gown进来。

靖 老四，给我打这鬼领带……哪儿去啦？……（看看屋子没有人，伸个懒腰，垂头丧气地坐在一张大椅上，拿出根烟抽，又去寻洋火起立在屋中转，忽见梅真）梅……梅真……你在这儿干吗？

梅 （拭泪起立强笑）好些事，坐在这里想想……

靖 （冷冷地）那么对不起，打扰了！我进来时就没有看见你。

梅 你什么时候都没有看见我……

靖 （一股气似的）为什么我要特别注意你？……

梅 （惊讶地瞪着眼望着）谁那样说啦？哪有那样说话的，靖爷！（竭力抑制住）我的意思是你走了一年……今天回来了……谁都高兴，你……你却那样好像……好像不理人似的，叫人怪难过的！（欲哭又止住眼泪）

靖 我不知道怎样才叫理人？也许你知道别位先生们怎样理你法子，我就不会那一套……

梅（更惊讶靖的话）靖爷！你这话有点儿怪！素常你不爱说话，说话总是顶直爽的，今天为什么这样讲话？

> **语言描写**
> 运用了语言描写，写出了梅真的愤怒。

靖　你似乎很明白，那不就得了么？更用不着我直爽了！

梅　（生气地）我不懂你这话，靖爷，你非明说不可！

靖　我说过你明白就行了，用不着我明说什么，反正我明天下午就走了，你何必管我直爽不直爽的！你对你自己的事自己直爽就行了。虽然有时候我们做一桩事，有许多别人却为着我们受了一些苦处……不过那也是没有法子的事！

梅　（带哭声）你到底说什么？我真纳闷死了！我真纳闷死了。（坐椅上伏椅背上哭起来）

靖　有点不过意，想安慰梅，走到她旁边又坚决地转起走开。文琪入。

琪　二哥，（见哭着的梅真）怎么了？

梅　（抬头望琪）四小姐，你快来吧，你替我问问靖爷到底怎么了，我真不懂他的话！

> **词苑撷英**
> 不知所措：不知道怎么办才好。

琪　（怔着望文靖不知所措）二哥！

靖　老四，不用问了！我明天就走，一切事情我都可以不必再开心了，就是妈妈我也交给你照应了……

琪　二哥！（文靖绷紧着脸匆匆走出）

梅　四小姐！

琪　梅真！到底怎么了？

梅　我就不明白，此刻靖爷说的话我太不懂了……

琪　他同你说什么呢？

梅　我一个人坐在这里，他，他进来了，起先没有看见我，后来看见了，尚冷冷地说对不起，他打扰了我……我有点气他那不理人的劲儿，就说他什么时候反正都像不理人……他可就大气起来，问我怎样才叫理人！又说什么也许我知道别位先生怎样理我法子，他不懂那一套……我越不懂他的话，他越……我真纳闷死了！

琪　（怔了这许久）我问你梅真，元哥同你怎么啦？今早上你们是不是在这屋子里说话？

梅　今早上？噢，可是你怎么知道，四小姐？

琪　原来真有这么一回事！（叹口气）张爱珠告诉我的，二哥也听见了。爱珠说大姊亲眼见到你同元哥……同元哥……

梅　（急）可是，可是我没有同唐先生怎样呀！是他